光文社古典新訳文庫

ロレンザッチョ

ミュッセ

渡辺守章訳

光文社

光文社古典新訳文庫

ロレンザッチョ

ミュッセ

渡辺守章訳

光文社

Title : LORENZACCIO
1834
Author : Alfred de Musset

目次

凡例

〈固有名詞等の日本語表記について〉

この戯曲は、一五三七年にイタリア、フィレンツェで起きたフィレンツェ公暗殺事件を主題としているから、登場人物名を始めとする固有名詞や単語に、イタリア語を前提としたフランス語表記が頻出する。フィレンツェはフロランスであり、メディチはメディシスである。しかし、背景をなす十六世紀イタリアの歴史的・文化的な事象は、特に美術史を介して、日本人にも馴染みのあるものも多く、それらはイタリア語の音読表記で語られているから、人名、地名等の固有名詞は、原則としてイタリア語読みとする。但し、古代ローマ史に登場する人物などで、英語読みが普及しているものは、英語読みにしている（例えば"Brutus"は、フランス語式には「ブリュチュス」だが、「ブルータス」とする、など）。

〈テクスト〉

この作品の翻訳に際して底本としたものは、次の二点である。

Musset: *Théâtre complet*, édition établie par Simon Jeune, «*Bibliothèque de la Pléiade*», Gallimard, 1990.

Alfred de Musset : *Lorenzaccio*, drame en cinq actes, 1834, édition présentée et annotée par Anne Ubersfeld, «*Le Théâtre de Poche*», «*Le Livre de Poche*», 2010（初版1986）.

渡邊一夫先生に捧ぐ

ロレンザッチョ

登場人物

アレクサンドル・デ・メディチ　フィレンツェ公爵①
ロレンゾ・デ・メディチ　通称ロレンザッチョ②
コジモ・デ・メディチ③　ロレンゾとコジモはアレクサンドルの従兄弟（いとこ）
チーボ枢機卿④
チーボ侯爵⑤　チーボ枢機卿の弟
モーリス卿　フィレンツェ八人会議議長
バッチオ・ヴァローリ枢機卿　法王庁特使
ジュリアン・サルヴィアーチ⑥
フィリップ・ストロッツィ⑦
ピエール・ストロッツィ　以下の二人とともにフィリップの息子
トマ・ストロッツィ

レオン・ストロッツィ　カプアノ修道院長
ロベルト・コルシーニ　要塞司令官
パッラ・ルッチェライ　共和派の貴族
アラマンノ・サルヴィアーチ　同前
フランソワ・パッツィ　同前
ビンド・アルトヴィティ　ロレンゾの伯父
ヴェントゥーリ　町人
テバルデオ　画家[8]
スコロンコンコロ　殺し屋[9]
八人会議
ハンガリー野郎のジオーモ　公爵の馬丁[10]
マフィオ　町人
二人の貴婦人とドイツ士官
金銀細工商[11]、生地屋[12]、教師二人、子供二人、小姓たち、兵士たち、修道僧たち、宮廷人たち、追放される人々、学生たち、召使たち、町民、等々

マリー・ソデリーニ⒀　ロレンゾの母
カトリーヌ・ジノーリ⒁　ロレンゾの叔母
チーボ侯爵夫人⒂
ルイーズ・ストロッツィ⒃

補注

（1）二十七歳の放蕩無頼の暴君。法王クレメンス七世とモール人の女との間に生まれた私生児。法王と、当時ヨーロッパ最強の神聖ローマ皇帝カール五世の傀儡政権となっている。因みに、この劇の時点での法王はパウロ三世［アレクサンドル・ファルネーゼ］。また神聖ローマ帝国は地理的にドイツと同一視されているが、カール五世はスペイン国王でもあり、スペイン国王としてはカルロス一世と呼ぶ。アレクサンドル・デ・メディチの妃はカール五世の私生児であり、カール五世は、従って、彼の義父になる。

（2）メディチ家の若い貴族。二十三歳。従弟に当たるフィレンツェ公爵アレクサンドルの暗殺を図り、その腹心となって、放蕩の手先を務める。ロレンザッチョはそのあだ名。アレクサンドルが、コジモ一世の家系に属していたのに対して、傍系とも言えるロレンゾ一世の家系に属している。

（3）アレクサンドル暗殺の後に、チーボ枢機卿の傀儡としてフィレンツェ公爵に選ばれる若い貴族。

（4）弟チーボ侯爵の妻リチャルダに対するアレクサンドルの恋を利用して、フィレンツェの権力を掌握しようとしている野心家。

（5）リチャルダの夫。
（6）フィレンツェの若い貴族。アレクサンドルの放蕩仲間。
（7）フィレンツェ名門の長。共和派の首領。ルネッサンスの理想主義的人文学者。
（8）若い、少年のように純情な画家。ルネッサンス的な宗教絵画の代弁者。ロレンゾの暗殺計画に利用される。
（9）ロレンゾに雇われた殺し屋。
（10）「ハンガリー人」のあだ名を持つ、色の浅黒い、残忍な馬丁。アレクサンドルの腹心の部下。実説では、アレクサンドルには「ジオーモ」と「ハンガリー人」の二人の腹心の部下がいた。ジョルジュ・サンドが読んでいたヴァルキ『フィレンツェ年代記』の版には誤植があって、この二人の人物を同一人物のように語っていた。そのため、彼女は二人を混同し、ミュッセもそれに倣（なら）った。
（11）モンデラと呼ばれる。共和派に共鳴する商人。
（12）絹織物商。モンデラと対照的に、風見鶏的な商人。
（13）一五一二年に結婚し、一五二三年には未亡人となり、一五二六年以降、フランスの介入を恐れて、各地を転々とし、アレクサンドルの治世になって、フィレンツェへ戻り、質素な生活をした。

(14) ロレンゾの叔母に当たるが、齢(とし)は若い。ロレンゾによるアレクサンドル暗殺に利用されるが、その計画は知らされていない。

(15) 名はリチャルダ。共和派の理念に燃えつつも、アレクサンドルの情婦となる。

(16) フィリップの娘。ジュリアン・サルヴィアーチから恋をしかけられたが、袖にしたことを恨まれて、毒殺される。

第一幕

第一場

庭──月光。奥に離れ家。手前にも一棟。

マントに身を包んだ公爵とロレンゾ登場。
ジオーモはランタンを持つ。

公爵 あと十五分待たせてみろ、俺は帰る。なんて寒さだ、いったい！

ロレンゾ ご辛抱を、殿下、ご辛抱を。

公爵 十二時には母親のところから出て来ると言った。もう十二時だ。来ないじゃないか、あの娘は！

ロレンゾ　参りません場合は、わたくしが間抜けで、母親のほうはしっかり者という
わけ。

公爵　糞忌ま忌ましい！　一千ヂュカは取られ損か！

ロレンゾ　そう急かないで。娘のことは請け合います。悩ましげなあの大きな瞳、嘘はつかない。おぼこ娘を相手のお遊び、通にはこたえられませんな。十五と言ったってまだ子供だ、しかし、一度落ちれば、あとはたちまち。とっくり眺めて、種をまく。情欲の摩訶不思議な水脈を、こうじっくりと体の芯にしみこます。怖がらなくったっていい、お友達じゃないか、そう、こう顎なんか撫でてやって——ずばりと言うもよし、言わないでおくのもよし、親の性格次第——娘のふくらんでいく想像力を、やさしく導いてやり、心に描いた幻を本物にしてやる、おぞけをふるう怖いものにも、じかにさわらせ、有り難いものは馬鹿にするように慣らしてしまう。思ったよりも、よっぽど早い。肝心なのは急所を、しっかり押さえること。大した掘り出し物じゃありませんか。殿下が、身も心もとろけるような一晩をお過ごし遊ばすには、恰好のお相手。[1] そりゃ、恥ずかしがりますよ、

最初は。ジャムはなめたいが、お手々を汚すのは嫌という子猫だ。フランドル娘のように綺麗好き。町人階級の凡庸さを絵に描いたようなもの。それに親のほうでも、しっかりした教育を施す金はない。立て前だけで、本音はない。薄っぺらな釉薬だけ。しかし、この、踏む度にめりめり割れる氷の下には、たぎりたつ激流が待ち構えている！　花盛りの樹にもこれほど珍かな果実は滅多にない。まだほんの子供のような体から、たちのぼるのは――抱いてほしいと切ない匂い。

公爵　やってみなきゃ分からん！　合図もない！　今夜は、ナジの邸の舞踏会にも行かなきゃならんのだ。あいつの娘の婚礼だからな。

ジオーモ　あそこまで参りましょう、殿下。前金を払った娘をかっ攫うだけ。窓を叩いてみます。

公爵　こっちから行こう。ジオーモの言う通りだ。

三人は遠ざかる。――マフィオ登場。

マフィオ　夢で[2]妹が、明りを持って、庭を横切って行くのを見た。体じゅう、宝石をつけて。はっと思って目が覚めた。単なる幻だ、しかし幻にしては強烈で、目が覚めた。よかった！　窓は閉まっているし、いつものように、古い無花果（いちじく）の木のあいだに、明りが洩（も）れている。馬鹿だなあ、俺は。涙まで浮かべて。妹が現実に危険な目にあっているように。――なんだ、あの物音？　木の間で動いている……（マフィオの妹が奥を通る）また、夢か？　あの子の亡霊だ。明りを持って、きらきらと、月の光に首飾りが、胸のところで光っている。ガブリエル！　ガブリエル！　どこへ行くんだ？

ジオーモと公爵が戻って来る。

ジオーモ　兄貴の野郎が夢遊病でふらふらお出ましだ。――姫君はロレンゾが、裏の木戸からお館（やかた）へ。殿下のことはお任せを。

マフィオ　誰だ。動くな。

剣を抜く。

ジオーモ　わからねえのか。お友だちだよ。
マフィオ　妹はどこだ。何しに来た。
ジオーモ　雛鳥の巣は、もぬけのからだ。つべこべ言わずと、庭の鉄格子を開けろ。
マフィオ　剣を抜け！　勝負だ！　この、人殺しめ！
ジオーモ　（マフィオに飛びかかり、剣を奪う）急くな、急くな、大馬鹿野郎め。
マフィオ　なんたる屈辱か！　悲惨の極みだ！　フィレンツェの町にまだ掟があるならば、地上に正義があるならば、この世の真実、聖なるもののすべてにかけて、公爵様に直訴する、その足元に平伏して。お前らなんぞは、絞首刑だ！
ジオーモ　その足元に？
マフィオ　そうだとも、お前らのような連中が、市民を殺して罰も受けない。だが俺は、いいか、この俺は、他の奴らのように、おめおめ黙って死にはしないぞ。この町が、強盗や毒殺者、操を汚された娘たちであふれかえった森だということ、当の公爵様がご存じないなら、俺はそれを言ってやる。暗殺者め！　剣と血を！　正義の裁きを！(3)

ジオーモ　（剣を抜いて）切り捨てますか、殿下。

公爵　よせ、よせ、こんなちんぴら、切るだけむだだ。帰って、寝ろ。幾らか、明日、届けてやる。

退場。

マフィオ　メディチ家の、アレクサンドル様！

ジオーモ　その通りだ。間抜けな耳を切られたくなきゃ、お出ましのことは、口外するな。

退場。(4)

第二場

街路──朝まだき。

正面の煌々と明りの灯る邸から、夥しい数の仮装した客が出てくる。絹織物の商人（生地屋）と金銀細工商が、店を開く。(5)

生地屋　いやあ、モンデラ爺さん、反物に風を入れてやりましょうかい。

生地を拡げる。

細工商　（欠伸をしながら）頭ががんがんする。やつらの婚礼なんぞ糞くらえだ。一睡もできなかった。

生地屋　家のかみさんもご同様さ。鰻みたいに寝返りばっかり。若い身空にゃ、バイオリンは、とても耳について眠れない。

細工商　若い、若い、か。言いたいだけ言うがいい。こんな髭では、若いもへったくれもないだろうが。とにかく、あんな音楽は聞いても踊る気にはならん。

二人の学生が登場。[6]

学生一　そりゃ面白いぜ。玄関の扉に体をぴったりつけて、兵隊の間を潜（くぐ）って行くと、名士が色とりどりの仮装をして、目の前を通って行く。ほら、ここが有名なナジのお邸さ。（指に息を吹きかける）俺のカルトン、指が凍りつく。

学生二　傍（そば）まで行けるかな。

学生一　なんで傍まで行けないんだ？　俺たち、フィレンツェの市民じゃないか。見ろよ、ご門のまわりの人の浪を。馬だ、小姓だ、お伴廻り！　寄せては返す人の浪、ちょっと馴（な）れればすぐに分かる。お偉方の名前なんぞは、みんな言えるぞ。仮装をしっかり見ておいて、夕方、仕事場（アトリエ）へ帰ってこう言うんだ。ああ眠い眠い、なにしろ昨夜（ゆうべ）は、アルドブランディーニ殿下の舞踏会で徹夜だからな。サルヴィアーチ伯爵のお邸にも寄ったし。殿下のお召し物はかくかくしかじか、妃殿下もご同様、とかなんとか、見てきたような嘘八百。こっちだよ、俺のマントにつかまっていろ。

二人は邸の入口に貼りつく。

細工商　聞いたかね、あの餓鬼どもの言うこと？　うちの丁稚が、あんなことをしてみやがれ、ただじゃおかねえからな。

生地屋　いいじゃないか、モンデラ爺さん、ただなら、若い連中が楽しんだって、誰の損にもなるまい。あの若い衆の驚いて見開いた目、可愛いじゃないか。――わたしだって、若い時はああだった、鼻をきかせて、面白い話はどこだ？　とにかくナジの娘は美人で取り巻きには事欠かない。マルテッツリ(7)も運のいい男だ。なんてったって、フィレンツェばりの名家だね。どうだい、あのお殿様がたのご立派なお衣装。わたしゃね、こういった宴会が好きでね。寝床に入って横になり、カーテンの裾を、こうちょっとまくっておく。時々横目でお邸のなかを行ったり来たりする明りを見る、踊りの曲も聞かせてもらう、それもただで。「どうだい、有り難いじゃないかね、あのご立派なお殿様方、そのお体に着て頂いて、ご一緒に踊っているのは、わたしの店の絹なんだよ、それも飛びきり高級な奴。」

細工商　勘定の済んでいない生地だって、随分あるはずだ、そうだろうが。そういう生地には、葡萄酒をいくらぶっかけても惜しくはない、壁でこすれてもかまやしない。殿様方が楽しむのはな、単純だ――楽しむために生まれてきたんだからな。だがね、楽しみって言ったって、色々ある。分かっているのかね、いったい。

生地屋　そりゃ、分かってるさ、踊りだの、馬だの、球打ちもあるし、その他もろもろ。お前さんはどうなんだよ、ええ？　モンデラ爺さん。

細工商　もういい、分かった――分かったよ――。つまりだ、こうしたお邸の壁が、今ほど丈夫だと分かったことはない。ご先祖様が雨風凌ぐそのためよりも、ぐでんぐでんに酔ったお子様方を支えるためには、よほど力が要る。

生地屋　一杯の酒でいい知恵も浮かぶ、なあモンデラ爺さん。家の店へ入って、ビロードの生地でも見てくださいよ。

細工商　いい知恵も湧くし、血色もよくなる。酒代を稼ぐために、汗水流した男の腕に、なみなみと注がれた古い酒は、そりゃいい色をしているさ。いい気分で一杯やる、そうとも家族のために働いたまっとうな男の心には、勇気を与えてくれる。だがな、お邸に住み着いたあの女たらしどもはな、恥知らずの酒樽だよ、まったく。獣（けだもの）になりさがって誰が喜ぶ。誰も喜ばない、ご当人だって嬉しかなかろう、神様はなおさらだ。

生地屋　それにしても、カーニバルはひどかった。例の大きな風船球[8]のおかげで、家（うち）なんぞは五十フローリンの損害だ。有り難いことに、ストロッツィ家の方々が、弁償してくださいましたがね。

細工商　ストロッツィ家の方々か！　あそこの甥御に指一本でも触れてみろ、ただじゃすまねえからな。フィレンツェで一番ご立派なお方は、フィリップ・ストロッツィ様だ[9]。

生地屋　そりゃそうかも知れないが、ご子息のピエール様が、例の風船球を担ぎまわって、店の特上の刺繍（ししゅう）ビロードにしみをつけたのは間違いない。そりゃそうと、モンテラ爺さん、モントリヴェト[10]では会えるかね。

細工商　祭りの市（いち）を回るのは、わしの仕事じゃないが、モントリヴェトには行く。信心からな。あそこは、有り難い巡礼地だよ、犯した罪がすべて赦（ゆる）されるのだからな。

生地屋　そのとおり、まったくもって有り難い、商人には、一年中で一番の稼ぎになる。いいですね、おミサから出ておいでのご夫人方が、こう生地を手に取ってご覧くださる。まったく、公爵様は有り難いお方様。ご一門、その宮廷、実に何とも素晴らしい。

細工商　ご一門だ？　宮廷だと？　人民が背中に背負っているんじゃないか！　フィレンツェはな、まだそんな昔のことじゃない、一軒のしっかりした建物だった。名門のお殿様方のお住まいであるあのお邸、その一軒一軒が、それを支えるがっしりした柱だった。しかも、どの一本も、一寸たりと他の柱の上に出るものはなかった。どの柱も、揃って古くからのセメントで固めた屋根を支えていたし、われわれにしたところが、その下を、石が落ちてくる心配などせずに歩いていた。ところがここに、浅はかな建築家が二人出てきて、なにもかも台なしにしてくれた——ここだけの話だが、法王様とカール皇帝だ。皇帝は、まず今言った邸に、うまい隙間を見つけて、中へはいりこんだ。それから、柱の一本に目をつけ、メディチ家と言う名の柱よ、その柱を鐘楼にかえた、この鐘楼が、一夜のうちに、災いの茸となって育ってしまった。その後か？　なにしろ、頭ばっかし大きくて、足が一本足りないから、このお化け茸はただふらつく。これではいかんと、鐘楼に化けた柱のかわりに、泥と唾をこねあげて、得体の知れない山を拵え、要塞(11)と名づけた。ドイツ人の兵士どもが、この忌ま忌ましい穴の中に、鼠がチーズに棲みつくように、居ついてしまった。知っておいて悪くはない。さいころ遊びや、お国の酸っぱい葡萄酒を飲みながら、わしらをしっかり監視してござる。フィレンツェの名門がいくら叫んでも無駄なこと、人民や商人がいくら言っても役には立たない。メディチ家の連中が、ドイツ皇帝の駐留軍のお蔭で政治をしている。やつらは、胃の中を食い荒らす癌だよ、まったく。この高台を歩き回るドイツの矛槍のおかげで、あの私生児(12)が、メディチ家と言ったって、血は半分しか流れていない、世が世ならば、肉屋の小僧か作男が相当のあの下司野郎が、わしらの娘と寝、わしらの酒を飲み放題、ガラスはこわす、その分まで、わしらは税金を払わされている。

生地屋　なんだね、なんだね、まるで暗唱しているみたいだ。だがね、モンデラ爺さん、相手を見て言わないと、事ですぜ。

細工商　そうとも、追放すりゃいいんだ、他の奴らと同じに。ローマでだって、ちゃんと暮らせる。ええ、糞忌ま忌ましい婚礼だ、踊っている奴らも婚礼も、悪魔に食われてしまうがいい！

金銀細工商は店のなかへ入る。生地屋は見物人にいりまじる。

町人が妻と通りかかる。

町人の妻　ギヨーム・マルテッリは美男子で、お金持ちよ。ニコロ・ナジは運がいい、あんなお婿さんがもらえるなんて。まだ踊りは続いている。ご覧なさいよ、あの明り。

町人　家（うち）の娘は、いつ嫁にやるんだ？

町人の妻　あの明り、お邸じゅう！　こんな時間まで踊っているなんて、すばらしい宴会ね！——なんでも公爵様もお出ましとか。

町人　昼を夜に、夜を昼にするのは、まっとうな人間に会わないためには、うまい手口だ。婚礼の入口に、矛槍をおっ立てる、結構な新趣向さ。神よ、フィレンツェの街を守りたまえ！　毎日のように、新入りの奴らが出て来る、ドイツ兵の犬どもが、地獄の砦からぞろぞろと。

町人の妻　まあ、きれいな仮面だこと！　すごい衣装よ！　高いでしょうね！　とっても、あたしたちにはね。

二人、退場。

兵士　（生地屋に）どけ、間抜け！　馬を通せ！

生地屋　どいつが間抜けだ、ドイツ野郎！

兵士は槍で突く。

生地屋　（さがりながら）条約を守る[13]ってのは、こういうことかい！　市民のほうが、あいつらに、ひどい目にあわされる。

店に入る。

学生一　(友達に) あの仮面を取ろうとしている、パッラ・ルッチェライ(14)だよ。女と見れば、飛びかかる。隣のちびは、トマ・ストロッツィ、マサッチオってあだ名だ。

小姓　(大声で) 殿下のお馬!

学生二　もう、帰ろう。公爵様も帰る。

学生一　取って食やしないよ、お前なんか!

門口に群衆がひしめく。

学生一　あれがニコリーニさ、あれは要塞の司令官(15)だ。

公爵が修道女の仮装(16)をして、同じ仮装のジュリアン・サルヴィアーチとともに出て来る。二人とも、仮面をつけている。

公爵　（馬に乗りながら）帰るか、ジュリアン？
サルヴィアーチ　いいえ、殿下、まだまだ。

耳打ちする。

公爵　分かった、頑張れよ。
サルヴィアーチ　とにかく美人だ、こたえられない。——見てらっしゃい。女房をうまくまけるといいんだが……。

中へ戻る。

公爵　酔っているぞ、サルヴィアーチ。なんだそのざまは、真っ直ぐ歩けんじゃないか。

お付きとともに退場。

学生一　公爵様が帰ったから、そろそろお開きだ。

仮装の客が一斉に出て来る。

学生二　ピンクだ、グリーンだ、ブルーだ、すごい。ああ、目が回る！

町人　宴会は余っ程長かったようだ。あそこに二人、真っ直ぐ立っていられないのがいる。

司令官が馬に乗ろうとすると、その肩に割れた瓶が飛んで来る。

司令官　誰だ、こんな真似をするのは？

仮面の男　それそれ、コルシーニ閣下、窓をご覧なさい。ロレンゾの奴だ、尼さんの恰好をしている。[17]

司令官　ロレンザッチョ！　覚えていろ！　馬が怪我をしたぞ。（窓が閉まる）糞を喰らえ、酔っぱらいめ、陰険な道化芝居！　一生に三度と笑ったことのない奴だ。

暇さえあれば、らちもない餓鬼の悪戯（いたずら）、くだらん！

退場。

ルイーズ・ストロッツィが、邸から出て来る。ジュリアン・サルヴィアーチが後（あと）を追い、彼は馬の轡（くつわ）を捉（とら）える。彼女は馬に乗る。馬丁と侍女が後に続く。

サルヴィアーチ　綺麗な足だ[18]。俺の太陽、俺の骨の髄まで焼き尽くす。

ルイーズ　やんごとないお方が、そんな言葉を。

サルヴィアーチ　凄い目だなあ。この美しい肩、しっとりと濡れて、拭いてあげたい。今夜あなたの侍女になるには、何をあげたらいい？　靴を脱がしてみたい。

ルイーズ　放して、足を！

サルヴィアーチ　バッコスにかけて、放さない。いつ、寝てくれる、ええ？　いつ？

ルイーズは、馬に鞭（むち）をあてて去る。

仮面の男　（ジュリアンに）ストロッツィの姫君は、真っ赤に怒って行ってしまった——怒らせたのは、あんた、サルヴィアーチ。
サルヴィアーチ　やれやれ、若い娘のお怒りと、朝の時雨(しぐれ)は……。

退場。

第三場

チーボ侯爵邸。
侯爵は旅支度。
侯爵夫人、アスカーニョ、チーボ枢機卿は座っている。

侯爵　（息子に接吻しながら）連れて行ってやりたいのは山々だが、君も、その脚の間に引きずっている大きな剣もな。辛抱をおし。マッサ[19]はそう遠くはないし、いいお土産(みやげ)を持ってきてあげるから。

侯爵夫人　さようなら、ローラン、どうか、早いお戻りを。

枢機卿　その涙は、奥方、余計ですな。弟が、パレスチナ[20]へでも行きそうな。自分の領地、なんの危険もありますまい。

侯爵　この美しい涙、いいではありませんか、兄上。

妻に接吻する。

枢機卿　やましい所のない人が、こうまでせずとも、そう思っただけ。

侯爵夫人　やましい所がないときは、猊下(げいか)、涙を流してはいけませんのか？　涙は、ただ後悔や恐れのためと？

侯爵　何を言う。一番尊い涙は、愛の涙だ。わたしの頬にこぼれた涙を、拭いてはくれるな、道々、風が乾かしてくれる。それもゆっくり乾いてほしい。それより、君のお気に入りに、伝言はないのか？　いつもとは違い、君からと言って、古い領地の岩たちや滝に、心の籠(こも)った挨拶を、してやらなくてもよいとでも？

侯爵夫人　ああ、わたくしの可哀そうな滝！

侯爵　そうだな、君がいないと、寂しいだろう、あの滝も。（小声で）昔は、もっと陽気だった、違うか、リチャルダ？

侯爵夫人　お連れになって！

侯爵　わたしが正気を失っていたら、連れても行こう、いや、戦さに馴れた兵士のような顔をしていても、ほとんどそうだ。もうこの話は止(や)めよう——ほんの一週間だ。邸の庭が静かに、人気(ひとけ)もないようになったら、リチャルダも来ればよい。散歩の小道に、農夫たちの泥足の跡もなくなった頃に。今はわたしが数えておく、君の父君アルベリック殿を思い出させてくれるあの古木(こぼく)、その数を、そう、森の新芽の一つ一つを。小作人もその牛たちも、わたしには大切なのだ。花が咲き始めたら、何をおいても、君をマッサに連れて行く。

侯爵夫人　あの美しい芝生の花、咲き初(そ)めの時ほど可愛らしいものはありません。冬はこんなに長いのですもの。あの可愛い花たちに、もう会われぬのではないかと。

侯爵　中庭へおいで、すぐに分かる。

アスカーニョ　どの馬になさいます、父上？

退場する。
侯爵夫人、枢機卿と残る。——沈黙。

枢機卿　懺悔(ざんげ)をなさりたいと仰(おっしゃ)っていた……今日でしたな、奥方。

侯爵夫人　申し訳ございません、枢機卿様。お時間がございましたら、今夜か、明日にしていただけましたら。——今は、とてもその気には。

窓の所へ行き、夫に別れの合図をする。

枢機卿　神の下僕(しもべ)にも、悔やむことが許されておりますなら、弟が羨(うらや)ましい。——ほんの短い旅だ、しかも危険もなにもありはせぬ――ここからは目と鼻の先の領地へ行くだけ――一週間、留守にする――それなのに、あれほど悲しむ、如何(いか)にも甘美な悲しみが、いや、残された身に、と言う意味ですが。果報者だ、まったく、結婚して七年になるのに、まだこれほどまでに愛されているとは！――七年[21]ですな、確か？

侯爵夫人　ええ、あの子は六歳ですもの。

枢機卿　昨夜(さくや)、ナジの婚礼に行かれましたか。

侯爵夫人　参りました。

枢機卿　公爵殿が、修道女の仮装で。

侯爵夫人　修道女の、仮装とは？

枢機卿　いえ、そう申した者がおりまして。ただの噂かも知れない。

侯爵夫人　そういえば、仰るとおりのお召し物でした。ああ、マラスピーナ様[22]、浅ましい世の中ですわ、神聖なものは穢(けが)せばよいと思っている。

枢機卿　神聖なものを敬いつつも、祭りの無礼講の場で、修道女の仮装をする、だからといって、神聖なるカトリック教会に背こうというつもりはない。

侯爵夫人　お手本になりますわ、その意図がどうであれ。あなたとは違います、嫌ですわ、ああいうことは。あなたの不可思議な掟の上で、してよいことと悪いことの区別は、わたくしには分かりません。でも、その結果は？　言葉を鉄床(かなとこ)にかけて、槌(つち)や鑢(やすり)でねじまげるお方は、言葉が思想を、思想は行動を表しているということを、お忘れなのですわ。

枢機卿　分かりました。公爵殿はまだお若い、修道女の粋(いき)な仮装も、さぞ人の心をそそったであろう。

侯爵夫人　申し分なしでございました。あれで、お従兄弟御(いとこご)様、イポリット様の血(23)でもついていれば。

枢機卿　それと「自由の女神(24)」の頭巾(ずきん)でしょうが。あなたも、なんでそんなに公爵をお憎しみになる？　可哀そうに。

侯爵夫人　では、あなたは、公爵の右腕とも言うべきあなたは、構わないのですか、フィレンツェ公がカール五世のたんなる知事、バッチオが宗教監督官であるのと同じに、法王様の民事監督官になりさがっても？　ローランの兄でいらっしゃるあなたには、どうでもよいことなのですね、フィレンツェの太陽が要塞の上に、ドイツ軍の影をうろつかせる。ここで聞こえるのは皇帝の命令ばかり。放蕩の限りを尽くす暴君のために、人民は奴隷にされる。人民の嘆きの声は、鈴を鳴らして聞こえなくする。なにか起きれば、教会のほうでも放ってはおかない、鐘という鐘を打ち鳴らして噂を消すか、この町の哀れな屋根で眠りこんだ皇帝の鷲(25)を起こしてくれる。結構なお心遣いですわ。

退場。

枢機卿　(一人残り、壁掛けを上げて、小声で呼ぶ) ――アニョーロ。(小姓登場) 何か、変わったことは?
小姓　このお手紙が。
枢機卿　どれ。
小姓　猊下、そのような罪は。
枢機卿　ローマ教会の僧に従うのは、罪にはならぬ。

アニョーロ、手紙を渡す。

枢機卿　滑稽だ、あの奥方のお怒りの言葉。ところが、現実には、ああして愛する暴君と恋の逢瀬（おうせ）に駆けていく、共和派の怒りの涙も乾かぬうちに。（手紙を開き、読む）
「君、わがものとなり給（たも）うや、あるいは、われらが不運、君が不運、われら両家の禍いとなり給うや。」
公爵の文体は素気ない、が、なかなか力がある。(26) 奥方が靡（なび）くか、靡かぬか、分からん。二月（ふたつき）も熱心にくどいた、アレクサンドルとしては、上出来だ。リチャルダ・チーボも、そろそろ落ちるか。（手紙を小姓に返す）奥方様のところへ持って行け。何も言うではないぞ。わしに任せておけばよい。

手に接吻をさせて、退場する。

第四場

公爵邸の中庭。

アレクサンドル公爵はテラスに。

小姓が庭で調馬をしている。

ヴァローリとモーリス卿[27]登場。

公爵 (ヴァローリに) 猊下は、今朝、何かローマ[28]の報せを受けられたか?

ヴァローリ パウロ三世猊下には、殿下に対し奉り、夥しい祝福を賜り、御代万歳を祈願されておられます。

公爵 祈願するだけか?

ヴァローリ 法王様には、殿下が余り寛大になさいますと、お身に危険が及ぶのではないかと。人民どもは、絶対的な御治世に、まだ慣れてはおりません。皇帝陛下

　におかせられましても、先般お立ち寄りの際に、しかと仰せられたかと存じますが。
公爵　どうだ、モーリス卿、いい馬じゃないか。見ろよ、あの臀(しり)の具合！(29)
モーリス卿　いかにも、見事で。
公爵　つまり、法王庁派遣の監督官殿としては、まだ切らねばならぬ悪い枝が何本かある。皇帝と法王は、俺を国王にしてくれた。だが、とんだ国王だ、王笏のようなものは持たせてくれたが、こいつが、一里先からでも、斧の匂いがする。どういうことだ、ヴァローリ、はっきりしろ。
ヴァローリ　私は僧侶でございます。義務として忠実にお伝え申すこの言葉が、そのように曲解されますならば、もはや一言も付け加えたくはございません。
公爵　その心意気は分かっている。あんたはな、俺が生涯で知っている唯一の正直な坊主だ。
ヴァローリ　正直、不正直は、着ている衣には拠(よ)りません。人間の中には、これでも悪人よりは善人の方が沢山おります。
公爵　つまり、説明は抜きか。
モーリス卿　おそれながら、殿下、事は簡単明瞭でございます。

公爵　と言うと？
モーリス卿　宮廷の風紀の乱れが、法王様のお気に障っております。
公爵　なんだと？
モーリス卿　いかにも、宮廷の風紀の乱れ。殿下のご所為については、殿下ご自身がお裁きになればよい。メディチ家のロレンゾ殿こそ、法王様のお裁きの目を掠めた不届き者として、追及しておられるのでございます。
公爵　法王様のお裁き？　俺の知る限りロレンゾはな、法王様を傷つけたことはない、あのクレメンス七世(30)、死んだ俺の従兄は別だ、今頃は地獄の釜のなかだが。
モーリス卿　クレメンス七世様は、ご領地から、あの放蕩者をお見逃しになった。酔った勢いに乗じて、コンスタンチヌス凱旋門の石像の首を打ち落としたあの男(31)です。パウロ三世猊下でしたら、フィレンツェ式のこんな乱行の見本、断固お許しにはならなかった。
公爵　なんだと！　アレクサンドル・ファルネーゼ(32)の奴、いやに法王様ぶりやがって。放蕩三昧が気にいらんのなら、奴のこさえた私生児のピエール・ファルネーゼはどうしてくれる。ファーノの若い司教を、たっぷり可愛がって死なせてしまったではないか！　石像の首を切った？　ロレンゾの話というと必ずこれだ。いいじゃないか、石像の首を片っ端から落としていく。この俺も、芸術の庇護にかけては人後におちないぞ、俺のところには、イタリア随一の芸術家が何人もいる。しかし、なんで法王があんな石像を大事にするのか、こいつが分からん。大体、生き身の人間があんな恰好をしていたら、明日にでも、破門なさるに違いない。

モーリス卿　ロレンゾは、無神論者です。なにも尊敬しない。殿下の御治世、人々の尊敬するところでないならば、堅固なものとはなりかねます。人民どもは、ロレンゾのことをロレンザッチョと呼んでいる。彼が殿下のお楽しみの手引をしていることは、世間周知の事実、それだけで充分。

公爵　ええ、黙れ！　貴様、ロレンゾ・ド・メディチがこのアレクサンドルの従弟(いとこ)だということを、忘れたのか。（チーボ枢機卿登場）やあ、枢機卿、聞いてくれ。この連中、法王が、ロレンゾのふしだらに腹を立てていると、俺の政治にもよくないと言い張る。

枢機卿　フランチェスコ・モルツァ殿が、ローマのアカデミーにおきまして、コンスタンチヌス凱旋門の破損者に対し、ラテン語で弾劾演説(33)をなさいましたな。

公爵　いい加減にしろ！　俺を本気で怒らすつもりか？　ロレンゾのやつが、危険人物？　あの腰抜けの、おかま坊やが？　精気の抜けた太鼓持ちの幽霊がか？　あ、刃物は影でも怖いと、昼も夜も、剣を差さずにうろうろと、夢の中で生きている。いや、哲学者のつもりだ、三文文士、ろくなソネ(34)一つ作れやしない。冗談じゃないぞ、俺が幽霊を怖がるか？　いい加減にしろ！　ラテン語の演説だかなんだか知らないが、そんなものが怖くて、国王がつとまるか！　俺は愛している、ロレンゾを！　天地がひっくりかえっても、あいつはここに置いておく。

枢機卿　あの男を恐れると致しましたら、宮廷のためでもフィレンツェのためでもない、殿下のお身を案じればこそ。

公爵　悪い冗談だぞ、枢機卿。ならば、本当のことを教えようか。（声をひそめて）いいか、あの汚らわしい連中が、そうさ、あの石頭の共和派の一味だ、奴らが、俺のまわりで企(たくら)んでいることはすべて、ロレンゾのおかげで俺の耳に入る。鰻のように、ぬらぬらと、どこへでももぐり込み、全部この俺に知らせてくれる。呪わしいストロッツィ家の連中と、裏で通じる手立てもあいつが見つけた。確かに俺のお慰みの手引はする。それで傷つくやつはいる、だが、この俺には傷がつかない。ほら！（ロレンゾが、低い回廊の奥に現れる）見てみろ、あの細い体を、遊び疲れて、精気も抜けて、ふらふら彷徨い出でました。目は暗い蔭に打ち沈み、白いお手々は、病人みたいに華奢でか細く、お扇子を持つのがやっと。暗い顔には、微笑みの浮かぶことはあっても、笑う力はとてもない。あれが危険人物か？ええ、冗談も休み休みにしろ。おい、ロレンゾ、こっちへ来い。モーリス卿が喧嘩を売りたいとよ。

ロレンゾ　（テラスの階段を昇りながら）これはこれは、皆様お揃いで。

公爵　ロレンゾ、よく聞け。もう一時間もお前のことを話していた。今度の騒ぎを知っているか？　お前はラテン語で弾劾演説をされてしまったぞ。モーリス卿によれば、お前は危険人物だそうだ。枢機卿もそう言う。真正直なヴァローリにいたっては、お前の名前は口にするのも汚らわしい。

ロレンゾ　危険と仰るが、どなたに？　浮かれ女にとって、それとも天の聖人様に？

枢機卿　宮廷の犬でも、狂犬病に罹る、犬は犬だ。

ロレンゾ　お坊様の口からは、罵詈雑言もラテン語で願いたい。

モーリス卿　トスカナ言葉でも言える、それなら返答も出来るはずだ。

ロレンゾ　これはこれは、モーリス卿、お姿が見えませんでした。ちょうど逆光で、
失礼しました。それにしても、いいご血色、お召し物もぴっかぴか。

モーリス卿　あんたの才知と同じさ。祖父(じい)さん[35]の古着で作らせた。

ロレンゾ　ねえ、場末で、獲物が余ったら、一人くらい分けてあげたら？　モーリス
卿に。女なしで暮らすのは、毒ですよ、特に、こういう猪首で毛深い殿方には。

モーリス卿　他人を愚弄出来ると思う奴は、自分を守れなくてはならん。わしなら、
剣を取る。

ロレンゾ　わたしのことを、武士だと言う人がいたら、それは間違い。ただ、学問に
恋をする哀れな男。

モーリス卿　あんたの才知は、鋭いが、くにゃくにゃしている。下等な剣だ。こっち
も自分の剣を使う！

剣を抜く。

ヴァローリ　殿下の御前で剣を抜くとは！

公爵　（笑って）かまわん、かまわん。どうだ、レンゾ、俺が立会い人になってやる――誰か、剣を！

ロレンゾ　何を仰る。

公爵　どうした、今の元気はどこへ消えた。震えているな？　何だと？　メディチ家の名が廃（すた）る！　俺は私生児だ、だが、れっきとした親のあるお前よりも、立派に守って見せる、メディチ家の名を！　剣をよこせ、剣を！　メディチ家の男なら、挑戦された以上、黙ってはいられないはずだ。小姓たち、みんなここへ来て、見ろ。宮廷も、フィレンツェの町中も、この光景を見るのだ！

ロレンゾ　陛下は、お戯れを。

公爵　お戯れを？　違う！　なんという恥だ！　剣をもて、剣を！

小姓から剣を取り、ロレンゾに突きつける。

ヴァローリ　これでは、度が過ぎます、殿下。殿下の御前で抜刀の儀は、殿中におきまして許すべからざる重罪。

公爵　やかましい、俺の意志だ！
ヴァローリ　殿下におかせられましても、ほんの一時のお慰み、モーリス卿とて特にお考えがあったわけでは。
公爵　冗談だと言うのがまだ分からんのか。真面目な話だ？　見てみろ、レンゾの様子を、ええ？　どうだ。わなわな膝も震えて、もともと青い顔だから、あれ以上青くはなれん。が、なんという様だ、ほれ、ほれ、そこで倒れる。

ロレンゾはよろめき、欄干にすがり、そのまま崩れ落ちる。(36)

公爵　（大笑いをして）言った通りだ。俺は誰よりも知っているのだ。こいつはな、剣を見ただけで、もう気分が悪くなる。さあさあ、ロレンゾお姐ちゃま、(37)お袋のところへ、お帰り、お帰り。

小姓たち、ロレンゾを抱き起こす。

モーリス卿　何という卑劣な！　淫売野郎！
公爵　いい加減にしろ、言葉を慎め。命令だ。いいか、モーリス卿、そんな言葉は、俺の前では許さん。
ヴァローリ　気の毒な。

モーリス卿とヴァローリ、退場。

枢機卿　（公爵と残り）——殿下は、あれをお信じになる？
公爵　信じない法があるか？
枢機卿　ふむ、やり過ぎですな。
公爵　だからこそ、信じるんじゃないか。メディチ家の男が、公衆の面前で、冗談にもせよ、名誉を穢（けが）すとお思いか？　それに、あれはな、初めてではない。まともに剣が見られんのだよ、あいつは。
枢機卿　やり過ぎだ、やり過ぎですな。(38)

二人、退場する。

第五場

モントリヴェトのサン・ミニアート教会[39]の前。

群衆が教会から出てくる。

町人の女　（連れの女に）今夜は、フィレンツェにお帰りになる？

連れの女　いつも一時間しかいませんわ。来るのも一度、金曜日だけ。市で買物をするほどのお金もないし。ただ信心から。後生が大切ですもの。それが肝心なこと。

女官　（連れの女官に）お説教の素晴らしかったこと。宅の娘の懺悔を聞いてくださるお坊様ですの。（店に近づき）白地に金ね。夜はいいけれど、昼間は、引き立つかしらね。

生地屋と金銀細工商、数名の騎兵士官とともに、自分たちの店の前にいる。

細工商　要塞か！　民衆が黙ってるわけがねえだろう。何しろ突然、このバベルの塔(40)みたいなやつが、町の上におっ立っちまった。訳のわからねえ外人どもが寄ってたかってしゃべくっていると思ったら、あっという間だ。フィレンツェの町では、いいか、ドイツ人なんぞにゃ芽は出させねえ、ドイツ人を接ぎ木するにゃ、よっぽど丈夫な紐がいる。

生地屋　（女官たちに）もし、奥方様、手前どもの店でちょっとお休みになられましては。

士官　（細工商に）まったくあんたも、フィレンツェ気質だ、モンデラ爺さん。独裁政治は許せない、そう考えると、店の奥で、高価な宝石に細工する手も、怒りで震えるわけだ。

細工商　その通りで。わたしが大芸術家でしたら、お偉方のことも好きになったかも知れない。大きな仕事は、お偉方がいなけりゃ、やれませんからな。(41)大芸術家に祖国はない。まあ、わたしは、御聖体の器か、剣の柄の飾りを彫るだけの職人だが。

もう一人の士官　芸術家と言やあ、どうだい、あのケチな酒場で、野次馬を前に仰山な独り芝居、見えないか？　テーブルの上のグラスを、鳴り物宜しく叩いている、見間違いでなけりゃ、ありゃあ大法螺吹きのチェリーニ野郎だ。(42)

最初の士官　行ってみようじゃないか、葡萄酒一杯ひっかけたからには、あいつの法螺も一興だ。なにやら面白そうな話が始まっている。

二人は退場する。——二人の町人は、腰をおろす。

町人一　フィレンツェで騒動があったそうだが。

町人二　大したことはない。若い連中が、旧市場のところで殺されただけだ。

町人一　家族が気の毒だ。

町人二　こうした不幸は避けられない。若い連中だって、他に仕様がないだろうが、今の政府のようなものが相手では。大きなラッパを吹き鳴らし、皇帝陛下はボローニャにまします、とふれて廻る。野次馬どもが繰り返す、「皇帝陛下はボローニャに」、さも重大事件のように目配せするが、現実に起きていることは何か、知る由もない。その翌日には、更に実に有り難いことには、「法王様がボローニャに、しかも皇帝陛下とご同席。」挙句の果てはどうなるか。町を挙げてのお祝祭ムード。それ以上は知ろうともしない。ところである朝、皇帝陛下のお祝い酒の酔いも覚めぬに目を開けて、見ると、どうだい、不吉極まりない御面体が、パッツィの館の大窓に見える。こは何者と聞いてみると、返る答えは、これぞ彼らの国王様也。法王様と皇帝が、お産み遊ばしたのよ、いかがわしい私生児を一人。その私生児殿が、我らの子供らの生殺与奪の権を握ってござる。手前(てめえ)の母親の名前さえ、口にするのも憚(はばか)られるような私生児がだよ。

細工商　(近づいて来て)愛国主義は結構だが、あのノッポには、あんた、気をつけたほうがいいよ。

ドイツ人士官が通りかかる。

ドイツ士官　どきたまえ、ご婦人方がお座りになる。

女官二人、生地屋の店に入り、座る。

女官一　これはヴェネツィアの？
生地屋　まことにお目が高い。では、幾オーヌ(43)か、お買い上げに？
女官一　そうしておくれ。あれは、ジュリアン・サルヴィアーチではないか？
ドイツ士官　教会の入口を行ったり来たり。女にはまめな人だ。
女官二　自惚(うぬぼ)れているのよ。絹の靴下をみせて。
ドイツ士官　お御足(みあし)に合うような小さなものが、ございますかどうか。
女官一　いい加減になさい、馬鹿なことばかり。あなたがジュリアンを見つけたのですからね、あの人に話があるって言ってきて頂戴(ちょうだい)。
ドイツ士官　お連れして参りましょう。

退場。

女官一　馬鹿みたいにお人好し。どうするつもり、あの士官？

女官二　そのうちに分かるわよ、あれ以上の男はいないって。

二人は遠ざかる。

カプアノ修道院長(44)、登場。

修道院長　レモン水を一杯、頂けるかな。

彼は腰かける。

町人の一人　カプアノ修道院長だ。あの人こそ、愛国者だ。

二人の町人、再び腰を下ろす。

修道院長　教会のお帰りかな？　今日のお説教は如何(いかが)だった？

町人一　とても結構でございました。

町人二　（細工商に）同じ貴族でも、ストロッツィ家の人々は、民衆に愛されている、傲慢じゃないからな。見ていても気持ちのいいものではございませんか、ご立派なお殿様が、隣にいる者と気安く話をしてくださる、実に気さくなお方だ。こういうことは、考える以上に重要なんです。

修道院長　率直に申すなら、説教は立派すぎた。わたしも時々説教をするが、ステンドグラスを震わせて得意になったことはない。だが、真面目な男の頬を伝う涙は、いつ見ても尊いものだと思っています。

サルヴィアーチ登場。

サルヴィアーチ　つい今しがた、わたしに用だと仰るご婦人方がこちらに、と言うから来たが。裾の長いお召し物は、あんただけだな、修道院長。それとも、俺の勘違いか？

生地屋　いいえ、お騙されになったわけではございません。ちょっとあちらへいらっしゃっただけ、すぐ戻っておいででございます。それ、これが、お買い上げになった反物十オーヌと、靴下が四足。

サルヴィアーチ　（腰を下ろして）ほほう、別嬪が通る。――どこかで見た顔だが……。なんてこった、おれのベッドのなかだった。(45)

修道院長　（町人に）公爵にあてた手紙に、あなたの署名があったように思うが。

町人一　隠したりはしません。追放された者たちの嘆願状です。

修道院長　あなたの家族にも、いますか？

町人一　二人おります。父と伯父です。家に男手はわたくしだけになりました。

町人二　（細工商に）サルヴィアーチって奴、なんて口のききかただ。

細工商　驚くことはない。財産はあらかた使いはたして、メディチ家のお蔭で食っている。女房と言やあ、至るところで身持ちの悪さをさらけ出している女だ。だから亭主のほうも、すべての女に女房と同じ噂を立てさせようと言う。

サルヴィアーチ　ルイーズ・ストロッツィだろうが。あそこの高台を通っていくのは。

生地屋　その通りで。上流階級のご婦人方で存じあげておりません方は、まあございませんので。わたくしの見間違いでございませんでしたら、お妹御様に手を貸しておられる。(46)

サルヴィアーチ　あのルイーズに昨夜(ゆうべ)会った。ナジの宴会で。まったく、綺麗な足をしている。今度会ったら、寝ることになっている。

修道院長　(振り返って)どういう意味です？

サルヴィアーチ　意味もへったくれもない、あちらがそう仰ったんだから。馬の鐙(あぶみ)をおさえてやった、別に下心があったわけじゃない。物の弾みってのは恐ろしい。あの足に触ってしまった。後はご覧の通り。

修道院長　ジュリアン、忘れてはいまいな、あれはわたしの妹だということ。

サルヴィアーチ　忘れてよいものか。女はすべて、男と寝るようにできている。あんたの妹だって、俺と寝て一向にかまわん。

修道院長　(立ち上がり)亭主、いくらだ？

一枚の貨幣をテーブルの上に投げて、退場。

サルヴィアーチ　愛(う)い奴、愛い奴。どうだ、あの坊主め、妹の話となると、逆上して、釣り銭を忘れて行った。フィレンツェの美徳は悉(ことごと)く、ストロッツィ家に集まっていると言わんばかりだ。ほれ、振り向いた。いくら睨(にら)みつけても、怖くはないぞ。

第六場(47)

アルノ河の岸辺。

マリー・ソデリーニ、カトリーヌ。

カトリーヌ　日が沈んでいく。真紅の帯が、木立を貫いて。葦の茂みでは蛙たちが、水晶の鈴を鳴らしている。不思議だわね、すべてが町のあの遠い物音と調和している。

マリー　もう帰る時刻ですね。ヴェールをなさい、首の周りに。

カトリーヌ　もう少し。お寒くないのでしたら。見てご覧遊ばせ、空があんなに綺麗なのですもの。見えるすべてが、広大で、静寂のなかに。神様は、到る処にいらっしゃる！　でも、そんなにうなだれて、今朝からすっかり塞いでおいでになる。

マリー　塞いでいるなんてものではない、打ちのめされているのです。お聞きではなかったか、ロレンゾの噂。フィレンツェ中の笑いものにされている。

カトリーヌ　まあ、お母様[48]！　臆病だからといって、罪にはなりません。勇気がそれだけで美徳にならないのと同じですわ。弱いというのが、何故いけませんの？　胸の高まりにすぐさま答える、それは名誉なことだとしても、悲しい名誉。それにどうしてあの子が、わたくしたち女が等しく持っている権利を、持っていてはいけませんの？　何も懼れない女は、可愛げがないと申すではありませんか。

マリー　あなたは、怖がる男を愛せますか。ほらご覧、カトリーヌ、赤くなった。ロレンゾはあなたの甥だからね、でも、あの子が、身内ではないと想像してごらん。誰が、馬に乗る時、あの子の手を借ります？　あの子に握手を求める男が、いますか？

カトリーヌ　それを思うと、気が滅入ります、でも、わたくしが可哀そうだと思うのは、そのことではありません。あの子の心は、恐らくメディチ家の人間の心ではない。でも、情けないのは、それ以上に、まともな人間の心ではないこと。

マリー　カトリーヌ、もうその話はよしましょう。——息子の話もできないとは、母にしてみれば、如何(いか)にも辛(つら)い。

カトリーヌ　ああ、このフィレンツェの町！　これが、あの子を破滅させたのです。以前は、あの子の目のなかにも、時として、高貴な志がきらめいていた。少年の頃は、陽の昇る茜(あかね)色の輝きがあった。いえ、今でも時々、はっと稲妻のようにきらめくものが……。ついこう言ってしまいます、まだすべてが死んだわけではないと。

マリー　もう、取り返しがつかない。あんなに素直(すなお)で、そっと一人でいるのが好きだった。あの子が、ぶ厚い本を抱えて、学校から帰って来る姿を見ては、わたしのロレンゾはとても侍にはなれないと思ったものです。でも、真理を愛する神聖な情熱は、その唇に、その黒い瞳に輝いていた。あの子は何でも気にかけた。

「あの人は貧乏だ、あの人は破産してしまった、どうしたらいい？」それに、プルタルコスの英雄たちを崇拝していました[49]。ああ、カトリーヌ、カトリーヌ、幾度あの子の頰に接吻して、「祖国の父」と仰がれた御先祖のことを思ったか知れない。

カトリーヌ　絶望しては駄目ですわ。

マリー　あの子の話はしたくない、そう言いながら、口にするのはあの子のことばかり。わかるでしょう、母親には、永遠の沈黙のなかでしか黙ってはいられないことがあるのだと。我が子が、下劣な放蕩者で、ソデリーニ家の血が、わたしの血管から伝わった情けない血のなかで、どれほど蒼ざめたものになったとしても、わたしは絶望してはいません。希望を抱いていた、それには当然の理由があったのだから。ああ、カトリーヌ、美しかったあの子の面差しさえも、心の穢れが毒気のように立ち昇って、今は見る影もない。花に譬えられる若さも消えて、頰は硫黄のような色、口から洩れるのは、ただ下品な皮肉、侮蔑の言葉ばかり。

カトリーヌ　今でも綺麗ですわ、不思議な物思いに沈んでいる時などは。

マリー　生まれからいえば、王位につくべき身ではないか。いつの日か、博士の知恵と類いまれな青春とを、王の位につけることも出来たはず。わたしが慈しんでやまない夢[50]に黄金の冠を飾ることも。夢を見たのがいけなかったのか？　ああ、カティーナ、心静かに眠るためには、決して見てはいけない夢がある。妖精たちの宮殿で、天使の歌声に囲まれて、そのまま息子に抱かれて眠ってしまい、ふと目を覚ますと、辺りは血みどろのあばら家、酒池肉林の残骸、いや、人間の死骸まである。その上、おぞましい化け物が後ろから抱きついてきて、わたしのことを、母上と呼ぶ、ああ、もう生きた心地もしない。

カトリーヌ　黒い影が、おしだまって、街道を遠ざかって行く。さあ、帰りましょう。追放されたあの人たち、恐ろしい。

マリー　気の毒な人たち。可哀そうでならない。ああ、何を見ても、心に刺が突きさ さる。眼を開くこともできないのか？　浅ましいこと、カティーナ、これもまたロレンゾの仕業だもの。あの気の毒な町人たちは、皆ロレンゾを信用していた。祖国を追放される一家の長で、ロレンゾが裏切らなかった者は一人もいない。署名をした手紙までも、公爵に読まれてしまっているのだから。あの子はこうして、ご先祖の輝かしい記憶までも、おぞましいことに使っている。共和派の人々は、その恩人に縁のあるあの子だから、親しく心を打ち明けているのに。あの子の家は、そういう人たちにも開かれていて、ストロッツィ家の人々まで出入りしている。気の毒なフィリップ！　このところ、白髪のふえたあなたの最期も、よくはないはず。ああ、恥というものを忘れた娘や、帰る家もない男に会うたび、「お前が災いを産んだ母だ」と、叫ぶ声に責められる。いつになったら、この下に休むことが出来るのか！

地面を叩く(51)。

カトリーヌ　可哀そうなお母様、わたくしまでも涙が。

二人は遠ざかる。――日は沈んだ。――野面に、一群の流刑囚が現れて、集まる。

流刑囚一(52)　あなたは、どこへ。

流刑囚二　ピサです。あなたは？

流刑囚一　ローマへ。

流刑囚三　わたしはヴェネツィアだ。こっちの二人は、フェラーレへ。これから、どうなる？　離れ離れに引き裂かれては。

流刑囚四　お別れだ。運が向いたら、その時は。

立ち去る。

流刑囚二　ではな。我々は、聖母様の十字架まで、一緒に行ける。

もう一人の流刑囚と去る——マフィオ、現れる。

流刑囚一　マフィオじゃないか。どうしてここへ？

マフィオ　皆さんのお仲間です。公爵に妹をかどわかされてね。剣を抜いたんだが、鋼鉄のような手足の獣が首に飛び掛かってきて、剣を打ち落とされてしまった。お返しは、町を出ろという命令と、財布に半分の金貨。

流刑囚二　で、妹は今？

マフィオ　さっき、劇場から出てくるところを見せられた。皇后様でも着ないような衣装を着ていた。可哀そうな妹、神よ許したまえ。婆あが一人ついていたが、行きがけの駄賃に、前歯を三本へし折ってやった。こっちの腕っ節も見やがれと、これで少しは腹の虫がおさまった。

流刑囚三　どいつもこいつも、酒と女の糞にまみれて、くたばればいい！　そうすれば、俺たちも笑って死んでやる。

流刑囚四　フィリップ・ストロッツィ様が、ヴェネツィアに手紙をくださる。いつかは、我々の命令で動く軍隊が出来るのだ、夢ではない！

流刑囚三　フィリップ様には、長生きをしていただきたい。その髪の毛一本でもお達者なうちは、イタリアの自由は死なない。

流刑囚たちの一部が離れて行く。全員が抱擁する。

一人の声　運が向いたら。

もう一人の声　運が向いたら。

二人の流刑囚は、フィレンツェの町を見下ろす丘に立つ。

流刑囚一　さらば、フィレンツェ。イタリアのペストよ。さらば、不毛なる母、己が子を育てる乳もない母よ！

流刑囚二　さらば、フィレンツェ、浅ましい私生児よ。古（いにしえ）の都フィレンツェのおぞましい亡霊！　さらば、名づけようなき泥沼よ！

全員　さらば、フィレンツェ！　女たちの乳房は呪われよ！　呪われるがよい、お前のすすり泣く声も！　呪われよ、お前の教会の祈りも、お前の麦でできたパンも、お前の通りの空気までも！　呪いあれ、腐りはてた、お前の血の、最後の一滴にいたるまで！

第二幕

第一場

ストロッツィの邸。

フィリップ(1)(書斎にいる)。

フィリップ　この界隈(かいわい)だけで、十人も追放された！　ガレアッツォもあの歳(とし)で！　それにあのマフィオの奴も。妹は公爵に操を奪われ、一晩で娼婦になりさがった！　可哀そうに！　いつになったら、下層階級の教育が充分にしっかりして、若い娘たちが、自分の親の泣いている時に、げらげら笑ったりするのを止(や)めさせられるのか。ならば、堕落するのが自然の法か？　美徳とは、ミサへ出掛ける時にだけ着る単なる晴れ着か？　後の日は、格子窓のそばに座って、編み物をしながら、若者たちが通りかかるのを見ているだけ。哀れな人間たちよ！　お前の担っている名は、何なのだ？　一族の名か？　それともお前の洗礼名か？　そして我ら歳老いた夢想家は、書物とともに黄ばんだ四千年、五千年の古より、人間の顔に、如何なる原罪の染みを、浄めたことか、我らの書物で？　お前には容易かろうな、書斎の沈黙のなかにあって、この白い紙の上にすらすらと、髪の毛のように細く浄らかな線を引いていくのは。この小さなコンパスと幾ばくかのインクがあれば、宮殿や都市を築いていくのも、訳はない。だが、机のなかに幾千の素晴らしい計画をもつ建築家でも、背も曲がり、ただ思い詰めているだけでは、いざという時、自分の設計した建物の敷石一枚持ち上げることも出来ない。人類の幸福が夢でしかないとは、やはり酷い。悪は、消し難い、永遠に、ついに変えることが出来ぬとは……違う！　万人のために考える哲学者が、何故、自分の周りばかりを見る？　これがいかんのだ。目の前を、虫けら一匹通っても、日の光は遮られる。もっと大胆にやらねばならん。共和制を！　まさにこの言葉が必要なのだ。それが言葉にすぎないとしても、それだけですでに何物かだ。(2)何故なら、この言葉が空をよぎれば、人民たちは立ち上がる……やあ、元気か、レオン。

カプアノ修道院長、登場。

修道院長 モントリヴェトの祭りに、行って参りました。

フィリップ どうだった? ああ、ピエールか、よいところへ来た。まあ、座れ。話がある。

ピエール・ストロッツィ登場。

修道院長 大変な賑わいで、わたくしも結構楽しみました。まあ、一つだけ不愉快なことが。我慢をするのが、大変でしたが。

ピエール 一体、何があった。

修道院長 ある店に、レモン水を飲みに入ったのだが……いや、くだらん、つまらんことです……思い出すなんて、どうかしている。
ピエール　何をくよくよしている。気にかかることでもあるのか。
修道院長　何でもない。面白くもない話を聞かされた、それだけだ。大袈裟に考えるには及ばん。
ピエール　話？　誰のことだ。お前のことか？
修道院長　勿論、わたしのことではない。わたしのことだったら、今頃、黙ってはいない。
ピエール　なら、誰のことだ。はっきりしろ、はっきり。
修道院長　わたしが悪かった。こんな話は忘れてしまえばいい、まっとうな人間とサルヴィアーチのような奴と、対等に扱うほうが間違っている。
ピエール　サルヴィアーチ？　あの糞ったれが何を言った？
修道院長　下司野郎だ、確かに。奴の言ったことなど、どうでもいい！　恥知らず、宮廷の召使、なんでも噂では女房は、世にもふしだらな女だという。さあ、これでいいだろう、わたしは思い出したくもない！
ピエール　どうでもよくはないぞ、レオン！　話せ！　俺はむずむずしている、奴の耳をぶった切ってやりたい！　誰の悪口を言ったのだ？　我々のことか？　父上か？　ああ、とにかくあいつは好かん、あのサルヴィアーチの奴。全部知りたい、いいから、話せ！

修道院長　どうしても聞きたい、それなら言う。あいつは、わたしの前で、さる店の中で、まことに無礼な物言いをしたのだ、妹について。

ピエール　なんだと？　なんと言った？　ええ、はっきり話せ！

修道院長　なんとも下劣な言い方だった。

ピエール　坊主だからって、遠慮することはないだろう。俺の苛々が分からんのか、そんな風に遠まわしに！　はっきり言え、はっきり！　言葉は言葉だ！　神も悪魔も知ったことか！

フィリップ　ピエール、ピエール！　弟に向かって、言葉が過ぎる！

修道院長　ルイーズと寝る、こう言ったのです。ルイーズも約束したと。

ピエール　ルイーズが、奴と寝……あの野郎、よくもぬかしたな、俺の妹を！　今、何時だ？

フィリップ　どこへ行く？　そんなに逆上して。どうするつもりだ、その剣を？　お前のは、腰に差しているじゃないか。

ピエール　いや、別に。食事にしましょう。食事の用意は出来ている。

一同退場。

第二場

教会の正面入口。

ロレンゾとヴァローリ登場。

ヴァローリ　公爵様は、何故おミサに御出(おで)にならぬのですか。真(まこと)に、ローマ教会の儀式の素晴らしさ、キリスト教徒にとって、何という喜びでしょう！　それを見て、心を動かされぬ者がおりましょうか。芸術家が、そこに心の楽園を見出(みいだ)さぬことはあり得ますまい。兵士も、司祭も、町人も、等しく己の求めるものを見る心地が致しましょう。あのオルガンの妙なる響き、きらめきわたるビロードや綴れ織りの豪華な壁掛け、名匠の手になるあれらの絵画、香炉に揺られて立ち昇る心地好い香の薫り、銀のような声のコーラス、こうしたすべては、すべての快楽を敵視する戒律厳しい修道僧には、けしからぬこととも思われましょう。がしかし、わたくしに言わせれば、かかる手立てをもって人々に愛される宗教ほど、素晴らしいものはありません。[3] 僧侶にしても、妬み深い神に仕える道理がありましょうや。宗教は肉を食らう禿げ鷹ではない。すべての夢と、すべての愛の上を、優しく巡る慈悲深い鳩なのですから。

ロレンゾ　なるほど。仰ることは、完全に正しい、と同時に、完全に間違っている。世の万物と同じに。

テバルデオ　（ヴァローリに近づいて）ああ！　猊下、猊下のような尊いお方のお口から、このように、寛容と神聖なる熱狂のお言葉を伺いますことは、なんという喜びでございましょう。ただ一介の市民にすぎませぬが、神聖なる炎に燃える身、なにとぞお赦しくださいませ、只今、そっと伺いましたお言葉に、感謝の念を捧げますことを。高貴なお方のお口から、常々心に思っておりますことを、こうして伺うことが叶いますのは、無上の幸せでございます。

ヴァローリ　そなたは、フレッチャではないか？

テバルデオ　わたくしの作品は取るに足らぬものでございます。芸術作品を、作るというよりは愛しております。少年時代をずっと教会で過ごして参りました。教会以外の場所では、ラファエロ先生やブオナロッティ大先生(4)のお作を拝見することが出来ませんので。幾日も幾日も、先生方のお作の前で、夢見心地で過ごします。オルガンの調べが、名人巨匠のお考えを詳らかにしてくれ、わたくしなどもそのお心に浸ることができるのです。そのお作の中で、あのように神々しく跪く人々を見つめ、耳に聞こえる合唱隊の聖歌も、その半ば開いたお口から立ち昇るのかと、耳を澄ましてしまうのです。立ち昇る香の煙が、あの方たちとわたくしの間を、薄靄のように流れて行きます。そこにこそ、わたくしは、芸術家の栄光を見る思いが致すのでございます。その香の、心に染み入る甘美な煙も、神へと立ち昇りませぬ時には、虚しく不毛な煙にすぎないのですが。

ヴァローリ　まさしくそれが、真の芸術家の心というものだ。邸に来なさい。来る時は、何か持っておいで、マントの下に隠して。仕事を頼みたいから。

テバルデオ　余りと言えば恐れ多い。わたくしは、絵画という神聖な教えに従う一介の下僕にすぎませんのに。

ロレンゾ　なんで、今すぐお役に立とうとはしない？　何かそこに、額縁のような物を持っているではないか。

テバルデオ　はい、しかし、お二人様のようなお目利きには、とてもお目にかけられるような物では。壮麗な夢の、余りと言えば貧しいスケッチにすぎません。

ロレンゾ　お前の夢の、肖像画[5]というわけか。わたしの夢も幾つか、モデルに貸してやろうか。

テバルデオ　夢を現実のものとするのが、画家の生き甲斐です。最も偉大な芸術家は、自分の夢を、何一つ変えることなく、力強く表現します。巨匠の想像力とは、樹液に溢れる大樹[6]であり、蕾はそのまま花となり、花は果実に。これらの果実は、太陽の恵みを受けて、やがて熟した果実はおのずから枝を離れて、地に落ちますが、その穢れない身を包む、清らかな粉一粒も失うことはないのです。それに較べ、情けないことに、凡庸な芸術家の夢は、育てるのがむずかしい木。苦い涙を注ぎましょうとも、なかなか実をつけてはくれません。

自作の絵を見せる。

ヴァローリ　お世辞抜きで、なかなかの出来ばえだ——傑作とは言いがたいが——自慢しない人をおだてても仕方あるまい。第一、若い。まだ髭も生えていないじゃないか？

ロレンゾ　これは、風景か、肖像画か？　どう見るのかね？　縦か、横か？

テバルデオ　わたくしのことを馬鹿にしておいでです。これは、カンポ・サント(7)の光景です。

ロレンゾ　ここから、不滅の国まで、どのくらいかかる？

ヴァローリ　この子をからかうのはよくない。何か言われる度(たび)に、この大きな目が泣きそうになる。

テバルデオ　不滅なものとは、信仰です。神が翼を賜った人々は、微笑(ほほえ)みのうちにこそこに至り着くのです。

ヴァローリ　ラファエロの弟子のような口をきく。
テバルデオ　わたくしの師匠でした。色々教えを受けました。
ロレンゾ　俺の邸へ来い。美女マッツァフィッラ(8)を素っ裸で描かせてやろう。
テバルデオ　自分の筆は取るに足らぬと思っていますが、芸術は蔑ろにできません。娼婦の肖像を描くわけにはまいりません。
ロレンゾ　娼婦も、お前の神の作りたもうたものだ。絵に描いたって罰は当たるまい。フィレンツェを見渡す絵を描いてくれないか。
テバルデオ　かしこまりました。
ロレンゾ　どう描くね。
テバルデオ　町の東、アルノ河の左岸から見ます。そこからの見晴らしが一番良いので(9)。
ロレンゾ　フィレンツェを描くとなれば、広場も描く、邸も描く、通りも描く、そうだな?
テバルデオ　勿論です。
ロレンゾ　ならば、どうして娼婦を描かぬ、淫乱の巷は描くのだろうが。

テバルデオ　わたくしの母を、そのような名で呼べとは、まだ習っておりません。
ロレンゾ　母とは、なんのことだ。
テバルデオ　フィレンツェのことです。
ロレンゾ　ならばお前は私生児だ。母親は淫売だからな。(10)
テバルデオ　血を吹く傷が一つでもあると、世にも健康な体も、腐ってしまうことがあります。しかし、わたくしの母の尊い血の滴(しずく)からは、香りの高い草が芽をふき、それがすべての病を癒やしてくれます。芸術というこの高貴な花には、時として、土地を肥やし、豊かにする肥料が必要なのです。
ロレンゾ　どういう意味だ。
テバルデオ　平和で幸せな国が、清らかな光に輝くこともあります、しかし弱い光です。天使の竪琴(たてごと)には、幾筋もの弦があります。西風は、一番細い弦を鳴らして、その諧調から爽(さわ)やかで甘美な調和を引きだすことが出来ます。しかし銀の弦は、北風が吹かない限りびくともしません。これこそが、最も美しく、最も高貴な弦なのです。しかしそのためには、頑丈な手の触れることが望ましい。熱狂とは、苦しみの兄弟なのですから。

ロレンゾ　つまり、不幸な民衆が、偉大な芸術家を生み出すというわけか。その、お前の錬金術の蒸留器、俺も使ってみたいものだ。すべての国の民衆の涙が、真珠の玉となって滴るだろう。いや、大いに気にいった。まっとうな家の家族が嘆く、国という国の国民が悲惨のうちに滅んでいく、そうすりゃいよいよ芸術家先生のこの脳味噌は興奮する。ご立派な詩人だ！　だが、どうやって、お前の信仰と折り合いをつける？

テバルデオ　真面目な人々の不幸を笑う気はありません。ただ、詩は苦しみの中でも最も甘美な苦しみであり、他の苦しみを愛するものだと言いたいのです。不幸な民衆には同情します。しかし、不幸な民衆が偉大な芸術家を生み出すことは、間違いないと信じております。戦場からは豊かな作物がとれ、腐敗した大地は、天上の麦を育てるのです(11)。

ロレンゾ　お前の胴着は擦り切れている。俺の家のお仕着せを着ないか。

テバルデオ　わたくしは、どなたのものでもありません。精神が自由でありたければ、肉体も自由でなければなりません。

ロレンゾ　下男に命じて、お前をぶん殴ってやりたい。

テバルデオ　何故でございます。

ロレンゾ　いやなに、ちょっと、そんな気になっただけさ。足が悪いようだが、生まれつきか、それとも、怪我（けが）か？

テバルデオ　別に、足は悪くはありません。どういう意味です。

ロレンゾ　足が悪いか、さもなきゃ狂っている。

テバルデオ　何故です。おからかいになっている。

ロレンゾ　足が不自由でないというなら、それこそ、狂ってでもいなけりゃ、どうしてこんな町にいられるのだ？　自由なんぞということを思いついただけで、通りがかりのメディチ家の下男に、たちまち殴り殺される。文句も言えない。

テバルデオ　母なるフィレンツェを愛しています。ですから、母のもとにいるのです。勿論、百も承知の上です、白昼、大通りで、為政者（いせいしゃ）の気まぐれから、市民が暗殺されることは。ですから、こうして、短剣を身に着けているのです。

ロレンゾ　公爵が切りつけてきたら、公爵を刺すか？　なにしろ、遊び半分で人を殺すのがお得意でね。

テバルデオ　襲われましたら、殺します、公爵でも。

ロレンゾ　それを、この俺に言うわけか。(12)

テバルデオ　何故、僕が人の恨みを買うのです？　誰にも悪いことはしていないじゃないですか。毎日を仕事場(アトリエ)で送っている僕が。日曜日には、アヌンツィアータかサンタ・マリア寺院(13)へ行きます。坊様たちは、僕がいい声をしているからと、白いガウンに赤い帽子をくださって、合唱隊の中にいれてくださり、時にはソロも歌います。人前に出るのはそれだけです。夕方は、恋人のところへ行って、晴れた夜には、バルコニーに二人でいつまでも。誰も僕のことは知りませんし、僕も誰も知りません。生きていようが、死んでしまおうが、誰にも関係はないでしょう？

ロレンゾ　共和派かい？　王様は好きか？

テバルデオ　僕は芸術家です。母なるフィレンツェ(14)と恋人を愛しています。

ロレンゾ　明日、邸へ来い。大切な絵を描いてもらう、わたしの結婚式のために。(15)

皆、退場。

第三場

チーボ侯爵夫人の邸。

枢機卿（独り）。

枢機卿　あんたの命令に従うよ、ファルネーゼ[16]。あんたの法王庁特使殿が、愚直さそのもの、自分の職務の狭い輪に閉じこもっておいでのあいだに、わたしのほうは、確かな手で掻（か）き回してやる、彼が歩こうとはしないぬるぬるした地面を。あんたがわたしに期待しているのは、まさにそれだ、分かっていたよ、だから、こちらも何も言わずに、あんたの命令通りに働いている。わたしが何者であるか、あんたは見抜いていたわけだ、アレクサンドルに対して何らかの力をもつような如何なる資格もわたしに与えずに、わたしを彼の傍（かたわ）らに派遣した時に。公爵は、もう一人の男を用心するの余り、それと知らずにわたしの思うままになっている。彼が、幻の権力に膨らんだ影法師に躍起になっているそのあいだに、わたしは、目に見えぬ輪となって、身動きならぬよう、彼を縛りつけてやる、ローマ法王と皇帝が両端を握るこの鎖に。わたしの目に狂いがなければ、使う斧は、まさしくこの家にある。アレクサンドルは、わたしの義理の妹に惚(ほ)れている。惚れられたのは満更(まんざら)でもない、これは確かだ。その結末は、疑わしい。が、この恋を、妹がどう利用しようとしているのか、こっちのほうは、疑いようがない。のぼせ上がった女の力がどこまでいくか、なにしろ相手は、獣のような、鎧(よろい)がそのまま化けたような男だからな。まことにご立派な言い分、そのためにまことに嬉しい罪を犯す、なんという誘惑。違いますかな、リチャルダ殿。獅子のような男の心を、あなたのか弱い心にしっかり抱き締めてやる、そう、あなたの、サン・セバスチャンのように血まみれの、矢に貫かれた心臓に。涙に曇る目を上げて、祖国の不運を訴える、とそのあいだにも、愛(いと)しい可愛い暴君は、あなたのほどいた髪の毛に、無骨な指を差し込んでいる。[17] 岩から神聖な火花が迸(ほとばし)る、そのためなら、夫婦の名誉だの、それに類した戯言(たわごと)を、犠牲にするのも、まあ悪くはない。フィレンツェにとっては、大変な儲け物、ご亭主どもは、失う物はない。それにしても、わたしを懺悔聴聞僧に選んだのはまずかった。祈禱書を手に、こちらへ来る。今日こそは、すべてが明らかになる——そなたの秘密を司祭の耳に洩らせばよい。宮廷に仕える身としては、それを利用もしよう。が、僧侶としては、良心にかけて、口外はせぬ。

侯爵夫人登場。

枢機卿　（座りながら）わたくしのほうは、よろしいが。

侯爵夫人、傍らの祈禱台にひざまずく。

侯爵夫人　祝福を賜りとう存じます、罪を犯しましたゆえに。
枢機卿　「告白の祈り」は済まされたか？　では、どうぞ。
侯爵夫人　悪うございました。感情にかられ、法王様に、腹を立て、不信心かつご無礼な疑いを抱きましたことは。

枢機卿　それから。
侯爵夫人　昨日、さる会合で、ファーノの司教様のことで(18)、カトリック教会は放蕩淫乱の館(やかた)であると申しました。
枢機卿　それから。
侯爵夫人　夫に誓いました操に悖(もと)るようなお話を、聞いてしまいました。
枢機卿　誰が、話をしたのですか。
侯爵夫人　同じようなことを書いてきた手紙を、読んでしまったのです。
枢機卿　誰が、そのような手紙を寄越したのです。
侯爵夫人　わたくしは、自分の致しましたことを責めているので、人様のなさったことは関係ございません。
枢機卿　わたしから、完全な贖罪(しょくざい)を受けようと望むならば、答えなければならない。そもそも、返事をなさったのか、その手紙に。
侯爵夫人　口頭で、きっぱり申しましたが、手紙では致しませんでした。
枢機卿　なんとお答えになった。
侯爵夫人　手紙の主に、お望み通り、会ってさしあげました。

枢機卿　お会いになった、その模様は。
侯爵夫人　わたくしは、操に悖るような話を聞きましたことを、既に悔いております。
枢機卿　どのように、お答えになった。
侯爵夫人　名誉を重んじる女にふさわしく。
枢機卿　言う通りに、何時(いつ)かはなる、などと、仄(ほの)めかされはしなかったか。
侯爵夫人　滅相もない。
枢機卿　今後、そのような話は、絶対に聞くまいという決心を、その相手のお方に申されましたか。
侯爵夫人　はい。
枢機卿　そのお方は、あなたも、憎からず思っておられる。
侯爵夫人　この心は、そんなことを、思ったこともないと存じますが。
枢機卿　ご主人には、知らせましたか。
侯爵夫人　いいえ。身持ちのよい女は、こんな埒(らち)もない話で、家庭の平和を乱すような真似は致しません。
枢機卿　何も隠してはおられないでしょうな？　あなたとそのお方のあいだで起きた

ことで、あなたが打ち明けるのを躊躇(ためら)っておられるようなことは。

侯爵夫人 ございませんわ。

枢機卿 想いの籠(こも)る眼差(まなざ)しとか、はずみに接吻をしてしまうとか。

侯爵夫人 いいえ。

枢機卿 ほんとうに、確かですかな。

侯爵夫人 兄上様、わたくしは、神の御前(みまえ)で嘘をつく、そんな習慣はもっておりませんが。

枢機卿 先程、相手の名前をたずねましたが、お答えにならなかった。それを知らぬ限り、罪の赦(ゆる)しを与えることはできませんな。

侯爵夫人 何故でございます。手紙を読みましたのは罪であるとしても、署名を読むのは罪ではありますまい。名前など、どうでもよいのでは。

枢機卿 あなたのお考えになる以上に、重要なのだ。

侯爵夫人 マラスピーナ様(19)、どこまで聞けばお気がすむのです。罪の赦しをいただかなくとも、結構でございます。どこかの坊様に来ていただいて、告解をし、贖罪をしていただきますから。

彼女は立ち上がる。

枢機卿　これはまた、乱暴な！　相手と言うのは、公爵様。このわたしが知らないとお思いか。

侯爵夫人　公爵様ですって！——ご存じなのでしたら、何故無理やり言わせようとなさいます。

枢機卿　あなたこそ、何故意地になっておっしゃらぬ、それこそ、おかしい。

侯爵夫人　それを言わせて、どうなさるおつもり？　そんなにお聞きになりたいのは、主人に告げ口なさるため？　そうですわね、そうに違いない。身内の者を懺悔聴聞僧に選んだのは、間違いでした。天も照覧あれ、あなたの前にひざまずいている時は、義理の妹だということを、忘れておりましたのに、あなたがそれを思い出させてくださった。恐れるがよい、チーボ殿、たとい枢機卿の身であっても、来世の救いを恐れるがよい。

枢機卿　まあ、ここへお戻りなさい。お考えになるほど、悪いことでもない。

侯爵夫人　どういうことです。

枢機卿　懺悔聴聞僧は、すべてを知っておかねばならない。すべてについて、指導をする立場にある。が、義理の兄でも、何も言ってはならぬ場合もある、条件によっては。

侯爵夫人　条件？　どんな？

枢機卿　いや、これは失礼、言葉が悪かった。言いたかったのは、公爵殿の権力は絶大だ、彼に背けば、最も裕福な名家といえども、傷がつく。しかし同時に、重要な秘密も、経験豊かな者の手にあれば、溢れる富の源になると。

侯爵夫人　溢れる富の？——経験豊かな者の手？——口がきけませんわ、呆れて。何を企んでおいでなのか、その曖昧な物言いの蔭で？　あなたがた聖職者は、時々不思議な言葉の組み合わせをする。素人には分かりかねます。

枢機卿　とにかく、そこにお座りなさい、リチャルダ。まだ贖罪をしてさしあげてはいない。

侯爵夫人　何でもお話になったら。わたくしが望んだかどうか、証拠はありませんもの。

枢機卿　（立ち上がって）気をつけることだ、奥方。正面からわたしに立ち向かおうというなら、よほど堅固で隙(すき)のない鎧が要る。脅迫したくはないが、これだけは申しておこう。別の告解僧をお雇いになるがよい。[20]

退場。

侯爵夫人　（一人残り）どういうこと？　拳(こぶし)を握りしめ、怒りの形相も物凄く。経験豊かな者の手だの、事と次第によっては、うまく導くだの！　いったい、どういうことなの？　わたしの秘密を握って、それを夫に告げる、それなら分かる。でも、それが目的ではないとしたら？　このわたしをどうしようというのか。公爵の女に？　すべてを知り、すべてを導く、そう言った。――ありえないわ！――もっと得体の知れない陰険な秘密が隠されている。チーボはそんな真似はしない。よく知っているもの。ロレンザッチョなら、しかねない[21]、でも、あの人は。だからきっと、口には出さないが、もっと大掛かりな、もっと底深い考えが、下にはある。ああ、人間は十年もおし黙っていた挙句、突然、別人になることもある。恐ろしい！　このわたしは、わたしは、どうしたらいい？　アレクサンドルを愛している？　とんでもない、愛してなんかいないわ、告解の時に言った通り、嘘ではないもの。何故、ローランはマッサなどに行ってしまったの？　何故、公爵はあんなにせき立てるのか？　何故、もう二度とお会い致しませんなどと、お返事をしてしまったのか。何故？——ああ、何故、こうしていても、磁石のように、どうにもならない引き付けられる魅力があるのか。（窓を開く。）美しい、フィレンツェ、でも、どうしようもなく悲しいフィレンツェ！　夜ともなればアレクサンドルが、マントに身をやつして忍び込んだ邸が幾つあることか。人間の心を持たぬ女たらし、それはよく知っている。——でも何故、恋の話に、フィレンツェ、お前が入り込むの？　わたしが、恋をしているのは誰？　フィレンツェの都？　それとも、あの人に(22)？

アニョーロ　（入って来て）——奥方様、公爵殿下が、中庭へ。

侯爵夫人　おかしなこと。マラスピーナのおかげで、こんなに震えている。

第四場

ソデリーニ家の邸。

マリー・ソデリーニ、カトリーヌ、ロレンゾ、皆座っている。

カトリーヌ　（本を手に）どのお話にいたしましょうか。

マリー　カティーナ、からかうのはいけないよ、可哀そうな母親を。ラテン語の本など、わたしに分かりますか[23]？

カトリーヌ　ラテン語ではありませんわ。訳してあります。ローマの歴史ですの。

ロレンゾ　ローマ史はお得意だ。その昔、小タルクイヌス[24]という青年貴族がいてね。

カトリーヌ　あれは、血の流れるお話ですわ。

ロレンゾ　とんでもない。おとぎ話だよ。ブルータスは狂っていて、偏執狂だった。それだけの話さ。タルクイヌスは、名君でね、小さな女の子たちがよく寝ているかどうか、上履きを召して視察なさった。

カトリーヌ　貞女ルクレチアのことも悪く仰るつもり？
ロレンゾ　あの女は、罪の快楽を味わい、それから死の栄光を手に入れた。天高くかける雲雀（ひばり）のように、勢いよく罠に掛かって、それから、如何にも恰好よく、脇腹に短剣を突き刺した。(25)
マリー　女を軽蔑するのは御自由だが、何故、母と叔母のいる前で、殊更（ことさら）に女を貶（おとし）めなければ気がすまぬのか。
ロレンゾ　あなたとカトリーヌは尊敬しています。それ以外は、吐き気がする。
マリー　昨夜、わたしが、どんな夢を見たとお思いだ？
ロレンゾ　夢って、どんな？
マリー　あれは、夢ではなかった、(26)眠ってはいなかったもの。わたしは、ひとりで、この大広間にいた。ランプは向こうの、あの窓の傍（そば）のテーブルの上にあった。幸せだった昔のことを、お前が、ロレンジーノ、まだ子供だった頃のことを思い出していた。あそこの、真っ暗な闇を見つめながら、考えていた。あの子は、明け方にならなければ、帰って来ない、昔は、一晩中勉強をしていたあの子なのに。涙が溢れてきて、頭を振ると、頰を伝って流れて行く。ふと気がつくと、ゆっくり廊下を歩く足音がする。振り向くと、黒い服を着た男が、本を抱えて近づいて来る——お前だったんだよ、レンゾ。「随分、早いね！」つい、こう叫んでしまった。その幽霊は、返事もしないで、ランプの傍らに座って、本を開いた。昔のままのロレンジーノじゃないか！

ロレンゾ　本当に、見たのですね？

マリー　今こうして見ているように。

ロレンゾ　いつ、その幽霊は消えました？

マリー　お前が、朝帰って来て、入口の鐘を鳴らした時に。

ロレンゾ　僕の幽霊が！　で、僕が帰って来たら、消えた？

マリー　悲しそうに立ち上がって、朝靄のように消えてしまった。

ロレンゾ　カトリーヌ、カトリーヌ、読んでくれ、ブルータスの話を(27)！

カトリーヌ　どうなさったの、そんなふうに、体中、震えて！

ロレンゾ　母上、今夜も昨夜（ゆうべ）と同じ場所に座っていてください。もしまた僕の幽霊が現れたら、言ってやってください。そのうちに、きっと、驚くようなことが起きるからなと。

戸口を叩く音。

カトリーヌ　ビンド伯父様と、バプティスタ・ヴェントゥーリ様よ。

ビンドとヴェントゥーリ登場。

ビンド　（マリーに小声で）とにかく、もう一度やってみる。
マリー　私どもは失礼をして。必ず説得してください。

カトリーヌと退場。

ビンド　ロレンゾ、お前のことで、あの恥ずべき噂、何故否定しない。
ロレンゾ　噂って、どんな？
ビンド　剣を見て気絶したではないか。

ロレンゾ　伯父上はそれを真に受けて。

ビンド　ローマで剣術の修行をしたことは、わしもこの目で見て知っておる。しかし、この町でお前がやっていることを見ていると、犬より下劣な奴になりさがったとしても、不思議はない。

ロレンゾ　噂は本当です、気絶しましたよ。やあ、ヴェントゥーリさん。景気はどうだな？　儲かってるか？

ヴェントゥーリ　殿下、わたくしは絹織物の工場を持ってはおりますが、商人扱いは、お言葉がすぎます。

ロレンゾ　違いない。ただ、学生時代に、絹を売るという罪のない習慣を身にお着け(28)だと言いたかったばかり。

ビンド　ヴェントゥーリ殿にも打ち明けたのだ、今、フィレンツェの名門の多くの家が考えている計画を。彼は、自由を愛する立派な同志だ、お前もそのつもりで接してもらいたい。今はもう、冗談に紛らす時ではない。お前の話では、公爵に絶対の信頼を得ているのは、お前の仕掛けた罠だという。真実か、それとも出鱈目（でたらめ）か？　味方なのか、敵なのか？　そこが知りたい。フィレンツェの名家は、皆考えている、メディチ家の独裁は、不当かつ許し難いと。[29] 何の権利があって、あの傲慢な一族だけが、我らの特権の廃墟の上にぬくぬくと栄えていくのを見逃しておくのか？　条約はまったく守られん。ドイツの権力は、日に日に絶対的なものとなっていく。今こそ愛国者を結集する時だ。この呼び掛けに、お前が応えるのか、どうなのだ。

ロレンゾ　ヴェントゥーリ殿はどうお考えかな？　聞きたい、聞きたい。伯父上が一息ついておいでのうちに、愛国者なら、このチャンスを逃しちゃならない。

ヴェントゥーリ　わたくしも、まったく同意見でありまして、一言も付け加えることはございません。

ロレンゾ　一言も？　響きのいい言葉の一つもないと？　君は真の雄弁という奴を知らないのだ。弁舌爽やかな文章を、きらりと光る一つの言葉の周りに回す、だがこの肝心要の言葉というのは、長すぎてもいけず、短すぎてもいけない、独楽のように丸いのに限る。まず左手を、こうぐっと後ろに引いて、波立つマントは、荘重のうちにも典雅な趣き。そこへ、弁舌爽やかな文章を、さっと放てば、紐は唸りを上げて伸びていく、小さな独楽は、ここちよい微かな響きを立てて……

はっ！　見事、手の平に乗りましたならば御喝采[30]。

ビンド　無礼だぞ！　返事をしろ、さもなくば、出て行け！

ロレンゾ　あなた方の味方です。伯父上にはお分かりにならないのか、この髪の毛を見れば、心の底では共和派だということが。髭(ひげ)も剃ってしまいました[31]、ご覧ください。疑いは晴らしていただきたい。祖国を愛する気持ちは、肌着の下の下で息をしている。

入口に案内を乞う物音。中庭は、小姓や馬でいっぱいになる。

小姓　（登場して）公爵殿下のお入り！

アレクサンドル登場。

ロレンゾ　これは殿下、なんたる栄誉！　殿下御(おん)みずから、やつがれを訪(おとな)い給(たま)うとは！

公爵 何だ、この連中は。お前に話がある。

ロレンゾ 伯父のビンド・アルトヴィティを紹介させて頂きます。長らくナポリに滞在致しておりまして、かく参内が遅れましたること、いやはやまことに申し訳なく存じております。もうお一人は、名にしおうバプティスタ・ヴェントゥーリにて、なるほど絹織物の製造は致しておりますが、それは売るためではまったくございません。(32) かかるむさけきあばら家に、突然の殿下の御入来、驚かれるでないぞ、なあ伯父上、それとあんたも、気品溢れるヴェントゥーリ殿。何なりとお願い申すがよい。お聞き入れのない時は、やつがれの嘆願など、麗しき殿下のお取り上げになるところではないと、世間におひろめになるがよい。

公爵 ビンドとやら、何が望みだ？

ビンド 殿下、まことにもってこの甥めが……。

ロレンゾ 目下、ローマの大使が空席ですな。かねてより、伯父はこの名誉を賜りましたなら、と申しておりまして。メディチ家に対し奉り、献身・畏敬の念におきまして、伯父の右に出ます者は、フィレンツェ広しといえどもおりますまい。

公爵 真かな、レンジーノ？ よし、決めた。ビンドとやら、明日、邸へ来い。

ビンド　殿下、恐れいってございます。何とお礼を……。
ロレンゾ　ヴェントゥーリ殿は、なるほど生地は売りませんが、その工場に特権が賜りたいと。
公爵　どんな？
ロレンゾ　門に殿下の御紋章を掲げますこと、それと殿下の特許状を。お慕い申す者どもを愛しいと思し召すならば、これも何卒お聞き届けを。
公爵　分かった。それだけか？　よし、では下がってもらおう。
ヴェントゥーリ　殿下！……恐懼感激……何ともはや……。
公爵　（衛兵たちに）二人を通してやれ。
ビンド　（退場しながら、ヴェントゥーリに）憎々しい小細工だ。
ヴェントゥーリ　（退場しながら）あんたはどうする？
ビンド　（同じく）どうしようもあるまい。任命されちまった。
ヴェントゥーリ　（同じく）えらいことになった。

両名退場。

公爵　チーボの妻君をものにしたぞ。
ロレンゾ　いけませんな。
公爵　何故だ？
ロレンゾ　他人に迷惑がかかります。
公爵　かかるものか。俺のほうは、もう飽きている。なあ、坊や、[33]あの窓の所で花を活けている、あの可愛らしい娘は、誰だ？　通りがかりに、よく見掛けるが。
ロレンゾ　どこです？
公爵　向かい側だ、邸の中の。
ロレンゾ　ああ、あれは、何でもない。
公爵　何でもない？　あの美しい腕が、何でもないと？　ヴィーナスの再来だ、ああ、たまらん！
ロレンゾ　隣の女です。
公爵　隣の女、結構だ、話してみたい。いやあ、なんだ、ありゃあ、カトリーヌ・ジノーリじゃないか。

ロレンゾ　違いますよ。
公爵　いや、間違いない。あれは、坊やの叔母様だ。俺としたことが、あの顔を忘れるとは！　夕食に連れて来い。
ロレンゾ　非常に難しいでしょうな。なにしろ、美徳の塊ですから。
公爵　何だ、何だ、今更美徳もへったくれもないだろうが、ええ？
ロレンゾ　たってと仰るなら、言ってみますが。しかし、前もってお断りしておきます、あの女は学問を鼻にかけ、ラテン語を話します。
公爵　かまわん、かまわん、まさかラテン語で、よがり声は上げまい。こっちへ来てみろ、この廊下のほうがよく見える。
ロレンゾ　ねえ、この次にしましょうよ――何しろ、今は暇がないの――ストロッツィの所へ行かなくてはならないし。
公爵　あの、頭のいかれた老いぼれの所か？
ロレンゾ　その老いぼれの、虫けらの家へ。あの爺ね、どうしても治らないらしい、追放と決まった奴には、誰彼かまわず金をくれてやる、あの食う物もない御連中、必ず奴の邸に寄る、靴を履き替え杖を握って出かける前には、決まって。ところで目下の計画は、あの、末は絞首台の爺さんのところへ行って、夕食を共にして、心底変わらぬ友情を誓ってくること。今夜あたり、いいお話をお耳に入れることも出来ようかと。ちょっと細工を致しまして、悪党どもの三、四人、明日の朝は早々に叩き起こしてやります。[34]

公爵　坊やがついていてくれて、嬉しいぞ。正直言って、まったく分からん、どうやって奴らの所に出入りできるのか、謎だな。

ロレンゾ　まあね。間抜けな男の鼻の先で、恥ずかしげもなく嘘をつく、これほど簡単な話はない。お分かりにならないのは、そんな真似をなさったことがない証拠。ところで、話は違いますが、どなたかに、肖像画をやりたいと仰っていた。絵描きを一人、ご紹介したい、パトロンになっているので。

公爵　分かった、分かった、だが、叔母様のことを忘れるな。会いに来たのは、あの女のためなんだから。惚れたら、坊やの叔母様ときた。

ロレンゾ　で、チーボの奥方のほうは？

公爵　つべこべ言わずと、俺のことを、叔母様に話しておけ、いいな。[35]

二人、退場。

第五場

ストロッツィ家の邸の一室。

フィリップ・ストロッツィ、修道院長レオン。

ルイーズは刺繡をしている。

ロレンゾは長椅子の上に寝ている。

フィリップ　何事もなければよいが！　昔から、なんとおびただしい、消し難く執念深い憎しみが、こうして始まったのだ！　ふとした言葉！　放蕩無頼の厚ぼったい唇に昇った、取るに足らぬ、料理の湯気！　それでたちまち、家と家との争いが起き、短刀の鞘(さや)が抜かれる。罵詈雑言(ばりぞうごん)に殺人だ。殺す奴、殺される奴。そのうちに憎悪がしっかと根を張ってしまう。ご先祖の棺桶を揺り籠にして、わが子を育てる。その挙句は、幾世代もの人間が、刀を手にして、地の底から現れて来る。

修道院長　わたしが、恐らく、間違っていたのです、モントリヴェトに出かけたり、あの不愉快な言い草を覚えていたりして。それにしても、あのサルヴィアーチ家の奴らに好き勝手をさせておいて、黙っているのは！

フィリップ　ああ、レオン、レオン、ならば聞くがな、ルイーズにとり、我らにとって、どう事態が変わったというのか、仮にお前が、わたしの子供たちに、何も言わなかったとしてもだ。操正しいストロッツィ家の娘が、サルヴィアーチ如き者の言葉を、気にかける？　大理石の館に住んでいる者が、卑しい者たちの壁に書く、淫らな怪しからぬ言葉などを、知っている必要がどこにある？　ジュリアン如き男の言い草などに、何の意味がある？　そのために、あれの嫁入り先がなくなるわけでもあるまい。自分の子供たちに、蔭口きかれるような身になるか？　そのような取るに足らぬ話は、この父が、夜の接吻をしてやる時に、いちいち思い出したりはせぬ。だが、出会い頭に無礼を働かれ、剣を抜く羽目に陥ったならば！　それこそは一大事だ。ピエールは、お前の話に逆上して、飛び出して行った。どうしてもやっつける覚悟だ。パッツィの邸へ向かった。どうなるか、ああ、神よ！　奴がサルヴィアーチに出会ったならば、必ずや血が流れる。一族の血が、わしの血が、フィレンツェの石畳の上に流れる！　ああ！　父親の身にもなってくれ！

修道院長　ただ妹についての噂話を、誰かから聞いたというのであれば、それがどのような噂であれ、わたしは見向きもしますまい、それだけのことです。しかし、あの話は、わたしへの当てつけだった。あいつの無礼は、誰の話だか分かるまいとばかり、ぬけぬけと、――勿論、百も承知の上でです。

フィリップ　勿論百も承知の上だ、汚らわしい奴らめ！　百も承知なのだ、奴らは、どこに切りつければよいか。年経た大樹(36)の幹は、切りつけるには固すぎる。だが、幹の中には敏感な筋があって、一番か弱い新芽に傷をつければ、その敏感な筋は震え戦く（おののく）と。可愛いルイーズ、ああ、理性などというものは、いったい何か？　考えただけで、この手は震える。正義の神よ！　理性とは、ただ老いぼれるだけか？

修道院長　ピエールは、すぐ逆上して。

フィリップ　無理もない、真っ赤になっていた！　妹が侮辱されたと聞いて、わなわな震えていた。正気を失ったのは、わたしのほうだ、お前の話を止めなかったのだから。ピエールは部屋中を歩き回った、不安と怒り、完全に逆上していた。歩き回った、今わしがしているようにな。黙って、わしはピエールを見つめていた。一点の汚れもない額に清らかな血が漲るのは、何という美しい光景か！　おお、祖国よ、まさしく彼こそは男、しかもわが長男！　ああ、レオン、どうにもならぬ、わしとても、ストロッツィの一族なのだ！

修道院長　お考えになるほどの危険はありますまい。彼が、今夜、サルヴィアーチに出会うのは、偶然中の偶然でしょう。明日、もう一度、落ち着いて考えましょう。

フィリップ　間違いはない。ピエールはサルヴィアーチを殺す。さもなくば、奴に殺されるのだ。（窓を開ける。）今頃、彼は、どこにいるのか。夜の闇に、町は深く閉ざされている。あの暗い道が、わしには恐ろしい。血が、どこかで流されている、確かに。

修道院長　父上、なにとぞ、お静まりください。

フィリップ　ピエールが出て行った、あの様子では、あれに会う時は、これは確かだ、復讐を遂げたか、殺されたかだ。まなじりを決して、剣を外し、握りしめた。唇を噛み締め、腕の筋肉は張り詰めていた、弓のように。そうだとも、そうなのだ、今や彼は、死ぬか、復讐を遂げるか、どちらかだ。疑いはない。

修道院長　落ち着いてください、その窓は閉めて。

フィリップ　ならばフィレンツェよ、お前の石畳に教えてやれ、わしの高貴な血の色[37]を。お前の息子の四十人は、その血を血管にもっている。そして、わしは、この広大な一族の長たるわしは、幾度(いくたび)となく、息子らの運命を案じては、白髪頭をこの高い窓から乗り出しては、眺めやった、父たる者の抱く不安にかられ。幾度(いくたび)となく、今この時に恐らくは、非情にもお前が吸いつくすこの血潮は、お前の広場の陽にさらされて、乾いていく。だが、今夜こそは、笑うなよ、わが子を案じるストロッツィの老いた心を。無駄には費やすな、その一族を、いつかは必ずやって来るのだ、その数を数え、共に窓に乗り出して、ストロッツィの剣の響きに、お前の心の高鳴る日が。

ルイーズ　お父様、お父様、そのような恐ろしいことを！

修道院長　（ルイーズに小声で）あの街燈の下を歩いているのは、トマじゃないか？小柄な姿、彼に違いない。行ってしまった。

フィリップ　哀れな町よ、このようにして、父親たちは息子の帰るのを待っている！

哀れな祖国よ！　哀れ、祖国！　この時刻には、マントを纏い、剣を抱えて、あの暗闇の中に消えて行く者たちが、他にもまだまだいるのだ――そして彼らを待つ者たちも、何の不安も抱かない――彼らは知っている、今夜寒さに死ななければ、明日には貧困ゆえに死んでいると。我らはといえば、この壮麗な宮殿にいて、我らの剣を抜くために、恥知らずと罵られるのを待っているのだ！　酔いどれの言葉に逆上して、息子や友は、あの暗い夜道を散って行く。だが、国家の不幸を救わんがために、剣の埃を払ったことは遂にない。フィリップ・ストロッツィは廉直の士だと思われている、悪を妨げずして、善をなしているからだ。だがしかし、こうなった以上は、わしも父親だ、息子を返し、娘に浴びせられた侮辱を、法の裁きによって断罪することのできる者がこの世に存在するならば、何なりと与えよう！　だが、わしに降りかかった禍いを、防ごうとする者がいるだろうか、わしのほうでも、他人に降りかかった禍いを、防いではいなかったのだ、それをなし得る力をもちながらだ！　わしは書物に没頭し、古代の賛美すべきことどもを、祖国のために夢見てきた。周囲の壁はことごとく復讐を叫ぶというのに、耳を塞いで瞑想にふけっていたのだ――独裁政治がこの横面を張り、「行動だ！」

と言わせるのを、おめおめと待っていた——挙句は、復讐の念も、この白髪頭。

ピエールとトマ、及びフランソワ・パッツィ登場。

ピエール　やったぞ！　サルヴィアーチは死んだ。

妹を抱き締める。

ルイーズ　ああ、恐ろしい！　血まみれ！

ピエール　アルチェーレ通りの角で待ち伏せした。フランソワが、奴の馬を止め、トマが脚にきりつけた。俺は……。

ルイーズ　やめて、やめて！　恐ろしい。そんなに目を剝いて——その手、おぞましい——そんなに震えて、死神のように真っ青！

ロレンゾ　（起き上がって）綺麗だな、ピエール、偉大な復讐そのものだ。

ピエール　誰だ？　ロレンザッチョ！　貴様がここに？　（父に近づき）いったい、いつになったら、こいつを門前払いになさるのか、モーリス卿との決闘の話は言うまでもない、お分かりにはならんのか?

フィリップ　分かっている、何もかも。ロレンゾがここにいるのは、それなりの理由があるからだ、わしにも。その話は、別の時に、別の場所で。

ピエール　(口の中で、押し殺したように)この下司野郎がここにいる理由だと? 今に見ていろ、こっちだってそれなりの理由を見つけて、窓から叩き出してやるからな。何でもいいが、とにかくこんな汚らわしい野郎に、家の中でふんぞりかえっていられると、むかむかしてならない。

フィリップ　いい加減にしないか! 見境のない! 今夜のことが、我々に、とんだ結果にならなければよいが。とにかく、お前は姿をくらませ。

ピエール　姿をくらます? 何故です、何故、わたしが姿をくらます必要があるんです?

ロレンゾ　(トマに)つまり君が肩に切りつけた?……その先を少し話してくれ。

窓際に連れて行って、ひそひそ話す。

ピエール　嫌ですな、父上、わたしは姿をくらましたりはしない。公衆の面前で、広場の真ん中で我々を侮辱したのだ。だから、通りの真ん中でぶち殺してやった。明日（あす）は、町中に言いふらしてやる。いったい、いつから、恥を雪（すす）いだために姿をくらますことになったのです。冗談じゃない、血まみれの剣を引っさげて、町中を練り歩いてやる。

フィリップ　こちらへ来なさい。話すことがある。お前は、怪我はなかったのだな？どこにも怪我は？

二人、退場。

第六場

公爵の館。

公爵は半裸。
テバルデオが肖像を描いている。
ジオーモはギターを弾く(38)。

ジオーモ　(歌う)
俺が死んだら、お酌の人よ、
この心臓を、あの子のもとへ！
ミサも坊主もお説教も、
悪魔にくれてやるがいい！
涙はただの湧き清水、
酒樽ぶち抜き、お棺の上で
皆(みんな)が歌を歌うなら、
墓の下から答えてやろう。

公爵　お前に何か聞くことがあったんだが。そうだ、ジオーモ、さっきお前が棍棒(こんぼう)でいたぶっていた少年は、何をしたんだ、よっぽどいい気分でやっていたぞ。

ジオーモ　まことに、何でしたか。餓鬼のほうもご同様で。

公爵　なぜだ？　くたばったのか？

ジオーモ　隣の家の餓鬼ですが、さっき前を通りましたら、葬式をやってるようで。

公爵　ジオーモが殴るとなりゃ、徒疎(あだおろそ)かではすまんからな。

ジオーモ　ご冗談を。殿下が一発で相手をぶちのめすのを、何度も拝見しておりますよ。

公爵　そうかな。酔っぱらっていたんだろう、きっと。酒が入ると、ちょっとつついただけでも命取りだ。（テバルデオに）何だ、どうした。手が震えているのか？　なんだ、その目付きは。

テバルデオ　いえ、何でもございません、殿下。

ロレンゾ登場

ロレンゾ　はかどっていますかかな？　いかがです、わたくしの可愛がっている絵描きは。(長椅子の上に置かれた公爵の鎖帷子を手にとる。) 見事な鎖帷子じゃない？ でも、暑いでしょう。

公爵 暑かったら、そんなものは着やしない。な、鋼鉄の糸で出来ている。(39) どんな鋭い切っ先でも切れやしない、しかも、絹のように軽い。ヨーロッパ中探しても、これほどの細工は見つかるまい。滅多なことじゃ、脱ぎはしない。いや、絶対に脱がん。

ロレンゾ 軽い、軽い、だが頑丈なわけだ。短剣で突いても、こたえませんか？

公爵 言うまでもない。

ロレンゾ そう言えば、思いだした。殿下はいつも胴着の下にこれをお召しになっている。この間も、狩りの途中で、殿下とご一緒に馬に乗った、後ろから殿下にしがみついていたでしょう。あの時、この手ではっきり分かりましたよ、下にこの鎖帷子の感触が。(40) 御用心、結構ですね、習慣の問題だ。

公爵 他人を恐れているからではない。お前の言うとおり、習慣だ――まったく単なる侍の習慣だ。

ロレンゾ (公爵の脱ぎ捨てた衣装を手にとって) 豪華なお召し物だ。この手袋の素晴らしい香り！　しかし、何故上半身、裸におなりになった？　鎖帷子をお召しのほうが、肖像画としてもずっと引き立つ。お脱ぎになったのはまずかった。

公爵　絵描きの注文だ。それに、胸は出しているほうがいい。昔の肖像を見ろ、みんな出している。

ロレンゾ　ギターをどこへやったかな。(41)　ジオーモに合わせて弾こうと思っていたのに。

退場。

テバルデオ　殿下、本日はこれまでに。

ジオーモ　（窓の所で）何をしているんだ、ロレンゾは。庭の真ん中の井戸の所で、じっと考え込んでいる。あんな所で、ギターが見つかるわけがない。

公爵　服をよこせ。鎖帷子はどこへやった。

ジオーモ　見つかりませんな。どこにもない。どこへ飛んで行ったのか。

公爵　つい今しがた、レンジーノが持っていたではないか。そこらに放って行ったんだ、いい加減な奴なんだから。

ジオーモ　信じられん、俺の手にもありはしないし。

公爵　何を寝惚(ねぼ)けたことを言っている。冗談じゃないぞ。

ジオーモ　ご覧になればお分かりでしょう。部屋は大して広くはないし。

公爵　レンゾがさっきいじくっていた、そのソファの上で。（ロレンゾ戻ってくる）鎖帷子、どうしたのだ。見えないぞ。

ロレンゾ　元のところへ置きましたが。いや──、長椅子の上かな？──じゃない、ベッドだ──どこだっけかな──ギターのほうは見つかりましたよ。（ギターを弾きながら、歌う。）

いや、尼寺の御前様(ごぜん)……

ジオーモ　庭の井戸の底とでも言いたいんだろうが。今しがた、随分ご熱心に井戸の中を覗いておいでだったからね。(42)

ロレンゾ　井戸の底に唾をして、環を作ってみるのが僕の最大の楽しみさ。(43)飲んで寝るのを別にすれば、他にやることはないからな。（ギターを弾きながら、歌う。）

いや、愛らしい尼御前……

公爵　考えられん、あの鎖帷子が消えた？　これまで二度とは脱いだことがないぞ、寝る時を別にすれば。

ロレンゾ　いいじゃありませんか。法王様の御嫡男(44)に、下男の真似をさせようとなさる？　御家来衆が見つけてくれます。

公爵　悪魔に食われてしまえ！　なくしたのはお前だぞ。

ロレンゾ　わたくしがフィレンツェ公でしたら、鎖帷子なんぞとは別のものを気にしますがね。そうそう、叔母上(45)に話しておきましたよ、殿下のことは。細工は流々、仕上げをご覧じろ。ちょっとお耳を、拝借致したい。

ジオーモ　（公爵に小声で）とにかく、妙です。鎖帷子は盗まれました。

公爵　見つけ出させてやる。

ロレンゾの傍らに座る。

ジオーモ　（傍白）突然、皆から離れて、井戸に唾をしに行く――怪しい。なんとしてでも、鎖帷子は見つけてやる、前から頭にこびりついて離れないことが一つあるが、放っておくと錆（さび）がつく、そいつをはっきりさせるためだ。まあな、たかがロレンザッチョだ。長椅子の下でも探すとするか。

第七場

宮殿の前。

サルヴィアーチが血みどろで、よろめきつつ登場。

二人の兵士が支えている。(46)

サルヴィアーチ　（大声で）メディチ家のアレクサンドル殿！　窓をあけろ、あんたの家臣がどんな目にあわされたか、見るがいい！
公爵　（窓から）だれだ、溝泥のなかにいるのは？　何者だ、宮殿の壁にしがみついて、そんな風にわめきちらしているのは。
サルヴィアーチ　ストロッツィの奴らの闇討ちにあった。この門の下で、俺は死ぬ。
公爵　どのストロッツィだ、どうしたという。
サルヴィアーチ　奴らの妹が、公爵、あんたに惚れてると言ってやった。あんたを好きだなんて、言われただけで妹の恥だと抜かす。三人がかりで闇討ちにしやがった。ピエールとトマだということは分かったが、三人目は分からん。
公爵　中へ運んでもらえ。ええい、下手人どもは、即刻牢にぶちこみ、明日の朝、絞首刑だ！

サルヴィアーチ、邸の中に入る。

第三幕

第一場

ロレンゾの寝室。

ロレンゾとスコロンコンコロ、剣の稽古をしている。

スコロンコンコロ　もう、このくらいになさったら。
ロレンゾ　（熱に浮かされたように）いいや、もっとわめけ！　さあ、どうだ、これでもか、これでもか！　死ね！　くたばれ！
スコロンコンコロ　人殺し！　助けてくれ！　喉を切られた！

ロレンゾ　死ね！　死ね！　死ね！──もっと足を鳴らすんだ！

スコロンコンコロ　助けてくれ！　誰か！　味方は、どこだ！　助けて！　殺される！　地獄のロレンゾめが！

ロレンゾ　死ね！　恥知らず、死ね！　この豚野郎が、貴様の血を絞ってやるぞ！　絞ってやる、血を！　心臓だ！　心臓だ！　切り裂いてやる！──どうだ、叫べ、わめけ！　殺せ！　腹を裂け！　ずたずたに切り裂いて、切りきざんでしまえ！　食らうのだ、食らうのだ、奴の臓腑を！　どうだ、ずぶずぶと、俺の肘(ひじ)のところまで入ったぞ(1)！　喉の奥を探せ！　思いっきり、引きずり回せ！　歯を立てろ、歯を！　食らいつくのだ！

力尽きて、床に倒れる。

スコロンコンコロ　（自分の額の汗を拭いながら）旦那も、とんだ芸当を発明なさったもんだ。まるで猛獣だ。雷(かみなり)という雷が、一度に落っこちて来たみてえな。旦那の声ときた日にゃ、豹とライオンが何百匹と閉じ込められた洞窟だよ、まったく。

ロレンゾ　おお、血のきらめく日よ、おお、僕の婚礼の日！[2]　おお、太陽よ、太陽！　もう長いこと、お前は鉛のように乾いている。喉は渇いて死にそうなお前、おお、太陽よ！　あの男の血で、お前を酔わせてやるぞ、待っていろ！　おお、復讐よ！　復讐の爪は、長く伸びて、獲物を待つ！　ウゴリーノ[3]の歯だ！　頭蓋骨をよこせ、頭蓋骨を！

スコロンコンコロ　どうかしたんですかい？　熱に浮かされたように？

ロレンゾ　卑怯者、卑怯者──女衒(ぜげん)めが──痩せこけた少年、父親たち、娘たち──別離につぐ別離、いつになったら終わるのか──アルノ河の岸辺、あるのはただ別離の光景！──子供たちまで町の壁に書く、そいつの名を！──ご老体よ、笑うがいい、あんたの白い頭巾(ずきん)の下で──見えないのか、俺の爪が伸びているのが？──ああ！　頭蓋骨を、頭蓋骨をよこせ！

気絶する。

スコロンコンコロ　旦那には、敵がいるね。（顔に水をかけてやり）さあ、旦那、そう騒いだって仕方がない。人間、志が高いか、高くないか、どっちかだ。あっしは忘れませんよ、旦那のお取り計らいがなけりゃ、あっしなんぞは、とうの昔に生きちゃいない。旦那に敵がおありなら、はっきり言ったらどうです。闇から闇へ、何の造作もありゃしない。

ロレンゾ　なんでもない。言っただろう、ただ隣り近所をこわがらせて、面白がっているだけだ。

スコロンコンコロ　この部屋で大騒ぎをやり始めてから、もう随分になる。近所の連中だって、もうすっかり慣れっこだ。そこの廊下で三十人、叩き殺して死体を引きずりまわしても、いつもの騒ぎだくらいにしか思わない。怖がらせようというんなら、これじゃ駄目だ。そりゃ、最初は怖がった、しかし、今じゃ、腹を立てるのが落ちだ、わざわざ椅子から立ちあがり、窓を開けに行く奴なんぞはいません。

ロレンゾ　そうかな。

スコロンコンコロ　旦那には狙う敵がいる。見ていねえとお思いなのか、こう地団駄踏んで、生まれた月日を呪っていた。あっしにも耳はある。狂ったみたいに叫んでいるなかに、ほんの一言だが、はっきり聞き取れた——「復讐を！」。いいですか、旦那、嘘はつかねえ、近頃めっきりお痩せになった——以前のように、冗談を仰(おっしゃ)ることもなくなった——信じてください、凝り固まった憎しみほど、消化に悪いものはない。日向(ひなた)に人間が二人いりゃ、どっちかの影が片方の邪魔になる、こりゃ、当たり前だ。あんたの病(やまい)を治す医者は、この鞘(さや)の中にいる。その病、治させてもらいます。

剣を抜く。

ロレンゾ　その医者は、お前の病も治してくれたか？

スコロンコンコロ　何度かね。いつぞや、パドーヴァで娘っこが、こんなことを言いました……。

ロレンゾ　見せてくれ、その剣。凄い！　切れるだろうな、この刃。

スコロンコンコロ　百聞は一見にしかずだ。

ロレンゾ　俺の病を言い当てたな——そう、俺には狙う敵がいる。だが、その男のためには、他の男に使った剣は使いたくない。その男を殺す剣は、この世で、たった一度、血の洗礼を受けるのだ。その男の名をしっかりと、自分の体に刻みつけて。(4)

スコロンコンコロ 男の名は?

ロレンゾ どうでもいい。わたしのためには何でもするな?

スコロンコンコロ あんたのためなら、キリスト様をもう一度、磔(はりつけ)にしてもいい。

ロレンゾ これは秘密だが――この部屋で、やっつける。そのためだよ、連中が驚かないようにと、毎日騒いで慣らしているのは。いいか、間違えては困るぞ。一太刀で倒せたなら、手出しはするな。だが、俺は蚤(のみ)ほどにも大きくない。相手は大猪だ。手向かいしたら、その手を押さえてくれればいい。それ以上は、無用だ、いいな? あの男は、僕のものだ。(5) いずれ、しかるべき時と場所で、連絡をする。

スコロンコンコロ 承知した。

第二場

ストロッツィの邸。

フィリップとピエール登場。

ピエール　ええ畜生め、この右腕を切ってしまいたい。あの悪党をばらし損なった！　手元は狂わなかった、それなのに、仕損じるとは！　皆大喜びのはずだった、そうだろうが、この町からサルヴィアーチの野郎が一匹いなくなった！　まったく滑稽だ、蜘蛛の真似をしやがった——曲がった脚を折り曲げて、ずるずると崩れ落ちる、止めを刺されるのがこわさに、死んだふりをしていたのだ。

フィリップ　いいではないか、生きていても。お前の復讐は、一層完璧になる。傷の謂れは世間周知、当人も忘れることは一生できまい。

ピエール　そりゃそうだ、如何にも父上らしいお考えだ、分かっている。そう、あなたは立派な愛国者だが、それ以上にご立派な父親だ。わたしのことは、かまわないでいただきたい。

フィリップ　まだ何か仕出かすつもりか？　無謀な考えはやめて、少しはじっとしていられないのか、まったく。

ピエール　じっとなんかしていられませんな、こんな汚らわしい空気を吸っていては！　空はまるで牢屋の厚い天井だ。この頭にのしかかってくる。街を歩けば、くだをまく酔いどれの戯言（たわごと）やしゃっくりばかり。失礼します。用事がありますから。

フィリップ　どこへ行く？

ピエール　聞いてどうなさる。パッツィ(6)の邸へ行ってきます。

フィリップ　いや待て、わしも行く。

ピエール　今はおよしなさい、あなたの出歩く時じゃない。

フィリップ　隠さずに、はっきり言ったらどうだ。

ピエール　秘密ですぞ。同志の者は五十人、ルッチェライの家の者や他にもまだいる。皆、あの私生児の豚野郎とは、ともに天を戴（いただ）かぬ者ばかりだ。

フィリップ　それで？

ピエール　それで？　小指の先ほどの小石でも、それで雪崩を起こすことはある。

フィリップ　何もはっきりしたことはないのだな？　計画も、何もない？　子供だ、子供だよ、まったく。生死の問題を遊び半分で考えている。世界を動かしてきたような大問題を！　そのためには、何千何万という人々の髪が白くなり、死刑執行人の足元に塵芥のようにその首が転がった、それほど重大な思想だというのにだ。神の摂理も沈黙し、恐怖のうちに見つめるばかり、人間たちにお任せになって、みずから手はお触れにならない、それほど大事な企てなのだ。それを、お前たちは、剣術の稽古の合間に、スペインの葡萄酒でも引っ掛けながら、馬の品定めか舞踏会の話でもするように論じている。本当に分かっておるのか、共和国とは何か、仕事場で働く職人とは、畑を耕す農夫、広場に集まる市民、一国の生命とは何か。人類の幸福というもの！　おお、正義の神よ！　子供だ、子供だ、まったく、自分たちで何ができると思っているのか！

ピエール　どんな病気も、うまくメスを使えば治る。

フィリップ　治る、治るか！　メスというが、ちょっとメスを使うにも、医者の手が要る。病人の腕から、一滴の血を採るにしても、人生ほどに長い経験が、この世界と同じくらい巨大な知識が必要なのだ。分からんのか、この理屈が？　昨夜は、わしだって屈辱の思いだった、お前が抜き身の剣をマントの下に隠して出て行った時だ。お前がルイーズの兄ならば、わしはあれの父親ではないか。確かに、正義の復讐ではあった。だが、そのために、このわしがどれほど苦しんだか、お前には、分かっていない。父親ならば分かる、子供には分からん。お前が父親となった時に、もう一度話そう。

ピエール　愛することが出来る父上だ、憎むこともお出来にならなくてはならない！

フィリップ　神に対し、何ということをしてくれたのだ、あのパッツィの連中は！　骰子遊びでもするように、友達を集めて陰謀に誘う。招かれたほうは、うかうかと中庭に足を踏み込むと、たちまち先祖の血に足を取られて倒れるのだ。いったい、何に飢えているのだ、奴らの剣は？　何をしようと言うのだ、お前たちは、ええ？

ピエール　父上自身、何故、前とは反対のことを言われるのか。今我々が言っていることは、何百回となく、父上のお口から聞かされてきたことではありませんか。

何をお考えか、分からぬとでもお思いか、召使どもが朝起きてみると、父上のお部屋には、徹夜の明りが灯(とも)っている。夜も眠らずにいる人は、黙って死ぬことはないはずだ。

フィリップ　とにかく、何をしようというのか、答えなさい。

ピエール　メディチ家の奴等はペストだ。毒蛇に嚙まれた人間に、医者はいらない。嚙まれた傷口を焼くだけだ。

フィリップ　今の政府を覆して、代わりに何を持って来ようと言う？

ピエール　今より悪くなるはずはない。

フィリップ　必ず、しっかり目算を立ててやれ。

ピエール　ヒドラの頭の数くらい、すぐに分かる。

フィリップ　どうしても、行動を起こすのだな？　決心したのだな？

ピエール　フィレンツェの町を殺した犯人は、必ずこの手で倒してやる。

フィリップ　決心は変わらないな？　どうしても、やるのだな？

ピエール　おさらばです、一人で行かせてください。

フィリップ　いったいいつから、こうなったのだ、老いたる鷲は動こうともせぬ、鷲の雛(ひな)は、こぞって餌にむらがるというのに。ああ、若いお前たち、美しいぞ！わしが失ってしまった力を、お前たちは持っている。わしの若かったころにそっくりだ。無駄に今日まで生きてきたわけではないぞ。わしも一緒に連れて行け、息子よ、もう分かった、行動するのだな。もはや、くどくは言わぬ、一言、二言だ。この白髪まじりの頭にも、まだ役に立つものがあるかも知れん——二言でよい、それで決着がつく。くどくは言わぬ、お前の迷惑にもならんぞ。わしを置いては行くな。マントを取って来るから、待て。

ピエール　おいでください、気高い父上。お召し物の裾(すそ)に、皆が口づけいたしましょう。我らの上に君臨する偉大なる父として、さあ、来てご覧になるがよい、あなたの生涯の夢が、太陽を目指して進軍するのを。自由は今や熟しきった。フィレンツェの庭を慈しみ耕してきた父上よ、今こそフィレンツェの大地を突き破って、自由という芽が、あなたの愛するその姿を、ついに現す時(7)なのです。

二人、退場。

第三場

街路。

ドイツ人士官一人及び兵士数名。

彼らに囲まれて、トマ・ストロッツィ。

士官　邸にいないとなれば、パッツィの邸だ。

トマ　勝手にしろ、遠慮はいらない。だが、どんな目にあうか、覚悟しておけ！

士官　無駄だ。公爵の命令がある。相手が誰であろうと、知ったことか。

トマ　この馬鹿野郎！　メディチ家の言いなりになって、ストロッツィを捕らえる奴がどこにいる！

周囲に人々が群がる。

町人　何故この方を逮捕なさる？　我々はよく知っている。フィリップ様のご子息だ。
別の町人　放してあげろ、我々が保証する。
第一の町人　そうとも、ストロッツィ家のことは、我々が証人だ。それが聞こえないなら、貴様の耳なんぞ、削いじまえ。
士官　ええ、下がれ下がれ。公爵のお裁き、邪魔立てする奴は串刺しだ、いいか！

ピエールとフィリップ、通りかかる。

ピエール　何だ、何だ、この騒ぎは！　トマ、どうしたのだ、いったい？
第一の町人　フィリップ様、ご子息を牢屋へ引っ立てて行くと申します。どうぞ、お止めになってください。
フィリップ　牢屋だと？　それは誰の命令だ。
ピエール　牢屋だ？　貴様、相手が誰か、分かっているのか？
士官　こいつを逮捕しろ！

兵士ら、ピエールを逮捕する。

ピエール　ええ、下司(げす)野郎め、放せ、放さんと、豚同様にぶっ裂いてやるぞ、腹を！

フィリップ　どなたの命令か？

士官　（公爵の逮捕令状を見せて）ほれ、逮捕状だ。ストロッツィ家のピエールとトマを逮捕せよとのご命令だ。

兵士たちは群衆を押し退(の)ける。群衆は兵士に石を投げつける。

ピエール　俺たちが何をした。何の罪だ。諸君、手を貸せ、こん畜生を叩きのめせ！

剣を抜く。別の兵士の一群が来る。

士官　こっちだ！　手を貸してくれ。（ピエールは剣を奪われる。）全隊、進め！　近寄って来たら槍で突け！ お節介の見せしめだ！

ピエール 八人会議(8)の命令なしに、俺を逮捕は出来ないはずだ。どこにある、八人会議の命令は！ アレクサンドルの命令など、屁でもない。どこだ、八人会議の命令は！

士官一 その八人会議へ連れて行くのだ、貴様たちを。

ピエール それなら、文句はない。が、何だ、俺の犯した罪は？

町人の一人 フィリップ様、ご子息を、おめおめと、八人会議の裁判所へ？

ピエール 俺の罪は何かと聞いているのだ、答えたらどうだ！

士官 そんなものは、知らん。

兵士たちは、ピエールとトマを引っ立てて退場。

ピエール (引っ立てられながら) 父上、ご心配には及ばない。八人会議は、晩飯までには帰してくれます。あの私生児の豚野郎、裁判するだけ奴の損だ！

フィリップ (一人、ベンチに腰を下ろして) わしには多くの子供がいる。だが、それも長いことではあるまい、事態がかくも速く進展してはな。我々は、どうなるのだ、御天の澄み渡るに等しく正しい復讐が、犯罪として罰せられるとは！　何たることか！　この町に等しく古い、由緒ある名家の息子が、二人も牢に繋がれる、街道筋の追い剝ぎかなんぞのように！　卑劣極まる侮辱を罰し、サルヴィアーチの身内に切りつけた、ただ切りつけただけで、軍隊が出動する！　剣よ、この鞘から迸れ！　司法の決定を実行する神聖なる機関が、邪悪の女衒、酔いどれの、鎧になり下がるならば、斧と短剣が、暗殺者の武器であることをやめて、正しい人間を守らねばならぬ！　おお、キリストよ、正義が女衒になりさがるとは！　ストロッツィ家の名誉が、公衆の面前で侮辱されたというのに、裁判所は下司野郎の讒言をよしとする！　サルヴィアーチの一人が、投げつけたのだ、フィレンツェ切っての名門に向かい、酒と血にまみれた奴の手袋を、しかもそれを裁こうとなれば、身を守るために、死刑執行人の首切り斧を振りかざして恥じぬ奴だ！　おお、日の光よ！　つい今しがた、わしは反抗の思想を非難した、ところがどうだ、平和を説くわしの口に、喰えと言ってさし出されたパンはこれだ！　腕も奮い立て、寄る年波と学問に曲がってしまったこの体も、背骨を伸ばして、行動のために立て[9]！

ロレンゾ登場。

ロレンゾ　そんな道端に座って、施し物でもしろと言うのかね？

フィリップ　人間たちの正義に、施しを求めている。正義に飢えた乞食なのだ、わしは。わしの名誉はずたずたになった。

ロレンゾ　どんな天変地異が起こる、大自然の姿がどう変わるのです、フィリップ老人の高貴にして落ち着かれたそのお顔に、怒りの仮面が載ったなら？　父上[10]、そのお嘆きは何？　どなたのためにお流しか、地上にあって最も高貴なその宝石、豪胆にして潔白な一人の男の血の涙を？

フィリップ　メディチ家の桎梏（しっこく）から、我々を解放しなければならぬ、ロレンゾよ。お前もメディチ家には違いないが、それは名ばかりのこと。お前の心は見抜いていた、見下げ果てたその芝居も、何も言わずに調子を合わせ、必ず見ていてやった。だからこそ、下司な道化の仮面の下から、人間の姿を見せろ！　いささかなりとも真っ当なところがあるならば、今こそ真の心に返れ。ピエールとトマが逮捕されたのだ。

ロレンゾ　知ってますよ、そのくらい。

フィリップ　それが返事か？　その顔で、剣も持たずに！

ロレンゾ　はっきりおっしゃい、どうしたいのか。そうしたら、こっちの返事も致しましょう。

フィリップ　行動だ！　どのようにしたらよいか、それは分からん。この死神の要塞を根こそぎにし、河のなかに投げ込むためには、どんな手段を、どんな梃子を用いればよい？　何をすればよい、何を決断すれば？　味方は誰か？　分からん、まだ分からん、しかし、とにかく行動だ、行動、ただ行動あるのみ！　おお、ロレンゾよ、時は来た。(11) お前も、犬め、人でなしめと罵られてきたではないか。何と言われようとも、このわしは、お前に門戸を開き、手を、心を開いてきた。だから話せ、わしの眼鏡が狂っていたのか、わしは知りたい。いつか言っていたではないか。名も同じロレンゾという男がいて、彼はここにいるロレンゾの後ろに姿を隠していると。(12) その、もう一人のロレンゾは、祖国を愛してはいないのか？

友人のために、身命をなげうつ覚悟はないのか？　お前はそうすると言ったのだ、わしは信じた。さあ、話せ、話すのだ、時は来た。

ロレンゾ　わたしがお望みのような人間でなかったなら、頭の上に太陽が落ちてきてもかまわない。

フィリップ　絶望した老人をからかうのはよくないぞ。真（まこと）ならば、行動に移れ！　お前は約束をしてくれた、神の存在にもかかわるような約束だ。その約束があればこそ、わしはお前と付き合っている。お前のやっている芝居は、泥まみれの、体も腐る疫病、放蕩息子の狂乱もあれには負ける――それでも、わしは付き合っている。お前の通る後からは、石でさえも叫びを上げ、血の池が噴き出していようとも、友という神聖な名でお前を呼び、目も耳も塞いでお前を信じ、愛してきた。お前の悪い噂の影が、わしの名誉を汚しても、子供たちが、わしの手に、おぞましいお前の手に触れた跡を見ては、わしの心を疑ってもだ。本心を明かせ、わしも本気なのだ。行動するのだ、お前は若い、わしは老いた。

ロレンゾ　ピエールとトマが逮捕された。それだけですか？

フィリップ　何と言うことを！　そうだ、まさにそれだけだ――ほとんど取るに足らぬ馬鹿げた話だ、かけがえのない二人の息子が、盗賊の座る椅子に座らされる——この白髪の数ほどに、幾度となく接吻してやった二人の首が、明日になれば、城門に晒される——そうだ、それだけだ、それ以上の話ではない。

ロレンゾ　そんな口はきかないで。悲しい、僕を食いつくすこの悲しみ、それに比べたら、真の闇でも眩しい光だ。

フィリップの傍らに腰を下ろす。

フィリップ　わしがおめおめと、わが子を殺す、そんなことはあり得ない、分かるだろう、お前にも！　この腕と脚をもぎ取られても、蛇と同じだ、フィリップの手足は再び結びつき、復讐のために立ち上がるだろう。分かっている、そんなことは、すべて！　八人会議は、大理石で出来たような男たちの支配する法廷だ！　亡霊どもの森だ、そこに時として疑いの不吉な風が吹き抜ける、一瞬だけ、奴らは動揺するが、最後は決まって、再審の余地もない言葉で断罪する。一言だ、一言、おお、良心の呵責もなしに！　あの連中だとて、飯も食う、眠る、妻も娘もいるのだ！　ああ、望みとあらば殺すがよい、首掻き切るもよい、だが、わしの子供らには、手は触れさせぬ、わしの子供らには、断じて！
ロレンゾ　ピエールは男です。堂々と語り、無罪放免となりますよ。
フィリップ　おお、ピエールよ、わしの最初の息子よ！
ロレンゾ　家へお帰りなさい、そして静かに情勢を見守ること――それよりよいのは、フィレンツェから立ち退かれることだ。後はすべて引き受けます、フィレンツェから立ち退かれるとなれば。
フィリップ　わしが、追放された者になれと！　死ぬ時は、どこかの旅籠屋のベッドの上だと！　おお、神よ！　こうしたすべて、サルヴィアーチの一言のためとは！
ロレンゾ　いいですか、サルヴィアーチはあなたの娘を攫おうとした、だがそれは自分のためだけじゃない。アレクサンドルが、あの男のベッドに片足突っ込んでいる。他人が女を買う時でも、「初夜の権利」は振るおうという、そんな男だ。
フィリップ　それでも、我々が行動を起こさぬと！　おお、ロレンゾよ、ロレンゾ！　お前は、信念の男だ、だから、言ってくれ、わしにはもはや、力がない、わしの心は、今度のことで、金縛りになっている。もはや力も尽きた、分かるだろう、あまりにも長く、地上世界のことを考え過ぎた、自分の考えの周りを、ただ廻るばかり、葡萄搾りの馬のように(13)——いざ戦いとなった時には、なんの役にも立ちはしない。お前の考えを、はっきりと聞かせてくれ、必ずその通りにするから。

ロレンゾ　先ずは、お宅にお帰りなさい。

フィリップ　それは大丈夫だ、パッツィの邸へ行くところだった。そこには五十人の若者が待っている、皆決心は固い。断固行動すると誓っている。わしは彼らに堂々と語ってやる、ストロッツィの家に相応しく、父親として。皆、わしの言葉を聞く。今夜、一族の者四十人を食事に招いて、今度のことを説明する。今に分かる、今に。まだ何もなされてはいない。用心しろよ、メディチ家の奴ら！　では、行く、パッツィの邸へ。そもそも、行くところだったのだ、ピエールと、彼が逮捕された時だ。

ロレンゾ　悪魔といっても色々ある。今誘惑しているのは、一番危ない奴かも知れない。

フィリップ　どういう意味だ？

ロレンゾ　いいですか。大天使ガブリエル(14)よりも、美しい悪魔だ。この「お告げの天使」が近づくと、竪琴の弦のように一斉に鳴り響く。自由、祖国、人類の幸福、こういう言葉が至る所で。火と燃えるその翼の、銀の色した鱗の音だ。その眼の涙は大地を潤し、手には殉教者の棕櫚の葉をかざしている。彼の言葉はあたりの空気を浄め、天を行く翼はあまりにも速く、行く手は誰にも分からない。いいですか。僕も生涯に一度だけ、彼が天を横切るのを見たことがある。僕は本を読むのに夢中だった――彼の手が僕に触れた、まるで軽やかな羽根だ、僕の髪の毛は戦慄を覚えた。彼の言葉を、僕が聞いたかどうか、今は言わない。

フィリップ　お前が分からん、何故だか知らんが、分かってしまうのが恐ろしいような気がする。

ロレンゾ　息子を救う、それしか考えていないのですか。――考えてご覧なさい、胸に手を当てて。――もっと壮大な、恐るべき考えが、耳をつんざく轍のように、あなたを、あの若い連中の中に、引きずり込んでいるのではありませんか。

フィリップ　そうとも、我が一族に対してなされた不正は、自由の狼煙だ。わしのために、万民のために、わしは行く！

ロレンゾ　いいんですね、フィリップ、あんたは人類の幸福を考えていた。

フィリップ　どういう意味だ、それは。お前は外面ばかりではなく内心まで、毒を含んだ蒸気なのか？　お前は、貴重な酒を入れた瓶だと言ったことがある。これが、その酒か？

ロレンゾ　そう、あんたには貴重なはずだ、僕がアレクサンドルを殺すのだから(15)。

フィリップ　お前が？

ロレンゾ　僕が、そう、明日(あす)か、明後日(あさって)。お邸にお帰りなさい、お子さん方が釈放されるよう努力なさい――それが無理なら、軽い刑を受けさせておく――確信がありります、お二人にはたいした危険はない、そう、繰り返して言いますがね、数日のうちに、フィレンツェには、メディチ家のアレクサンドルはいなくなる。真夜中に太陽がないのと同じさ。

フィリップ　それが本当ならば、何故《自由》のことを考えて悪い？　本当にお前がやっつけるなら、《自由》が到来するわけではないか。

ロレンゾ　フィリップ、フィリップ、いいんですね。あんたの白い頭には、六十年の美徳が積もっている。骰子(さいころ)遊びの賭金には、高すぎる。

フィリップ　その暗い言葉の裏に意味があるなら、聞かせてもらおう。なにか分からんが、苛々(いらいら)してくる。

ロレンゾ　ご覧の通り、フィリップ、僕は真面目だった。美徳を、人間の偉大さを、信じていた、殉教者が神を信じるように。僕が哀れなイタリアのために流した涙は、ニオベ(16)が娘に流した涙に劣らない。

フィリップ　それで、どうしたという。

ロレンゾ　僕の青春は、黄金のように純潔だった。二十年の沈黙、その間に、雷(いかずち)はこの胸に蓄積されていった。稲妻の、本物の火花となって迸れ！　というのも、突然、ある晩のこと、僕はローマのコロッセオの遺跡に座っていた。どうしてだか分からない、突然、立ち上がって、夜露に濡れたこの腕を、天に向かって突き出していた(17)。誓ったのだ、我が祖国の暴君の一人は、かならずこの手にかかって死ぬと。その頃、僕は物静かな学生だった、関心のあるのは学問と芸術だけ。今でも、どうしてあんな奇妙な誓いを立てたのか、自分でも分からない。きっと、恋をする時の気持ちって、あんなものかな。

フィリップ　お前のことは、いつも信頼してきた。が、今の話は夢のようだ。

ロレンゾ　僕だってそうです。あの頃は幸せだった。心もこの両の手も、穏やかだった。家柄からすれば王位にもつける身の上。人間の抱くあらゆる希望が花開くのを、ただじっとして見ていればよかった、日が昇り日が沈む、それと同じに。人々は僕に対して、善意も悪意も持たなかったが、僕自身は善良だった。ただ、取り返しのつかない不幸には、僕は偉大であろうとした。そう、正直に認めなければならない、神の摂理が、暴君を殺す決心に僕を導いたとしても、それが誰であれ、傲慢もまたそこに手を貸していたということ。これ以上、言うことはない。この世のすべての皇帝が、ブルータスになれと(18)唆していた。

フィリップ　徳を求める傲慢は、高貴な傲慢だよ。何故それを避ける?

ロレンゾ　気でも狂わなければ、僕に取りついた考えなんて、あなたに分かりはしない。僕の中に、今こうして話しているロレンゾを産み出した、あの熱に浮かされた興奮なんて、この脳味噌と臓腑を、メスで取り出して見たって分かるまい。台座の上から彫像が動き出し、広場の群衆の中を歩いて行く(19)――「ブルータスたるべし」という考えに取りつかれて生きるようになったその日から、僕に似ているものを探せば、そんなところか。

フィリップ　聞くほどに、驚くばかりだ。

ロレンゾ　とにかく最初は、法王クレメンス七世を暗殺しようとした。これは失敗。事が成就する前に、ローマから追放されてしまった。アレクサンドルを相手に最初からやり直し。僕は、一人でやりたかった、誰の手も借りずに。人類のために働いていたわけだが、そんな人類愛に取りつかれた夢のなかで、僕の傲慢は孤独だった。だから、僕の敵と奇っ怪な一騎討ちをするには、計略が必要だった。群衆を蜂起させるのも嫌だ。キケロのように、体は効かないが弁舌だけはさわやか、なんて褒められるのは真っ平だし。その男に近づいて、一対一で暴君の生き身の体と取っ組みあい[20]、そいつを殺し、血まみれの剣を壇上に捧げ、アレクサンドルのまだ熱い血潮を、雄弁術の大家どもに嗅がせてやり、奴らのふやけた脳味噌に活を入れてやりたかった。

フィリップ　何という執念か！　何という！

ロレンゾ　自分で選んだとはいえ、相手がアレクサンドルでは、この仕事は楽じゃない。すでにフィレンツェは、今と同じに、酒と血に溺れていた。皇帝と法王のお蔭で、公爵に仕立てあげられていた肉屋の小僧。その僕の従兄に取り入るためには、名門の人々の涙に運ばれ、なにしろ近づかなければならない。彼が心を許す仲に、お友達になるためには、そのふやけた唇に接吻して、脂ぎった放蕩のお余りをうまそうに啜らねばならなかった。こちらは百合の花(21)のように清らかだが、しかしこの務めを前にたじろがなかった。お蔭で僕がどうなったか、その話はやめよう。僕の苦しみは、分かってくれなきゃ。包帯を取ってはいけない傷もある。お蔭で僕は、恥知らず、恥ずかしいことなら何でもやる、極悪人、卑劣漢——まあ、いいさ、問題はそれじゃない。

フィリップ　うつむいて、泣いているな?

ロレンゾ　恥ずかしくなんかない。石膏の仮面は、恥ずかしいからといって赤くはならない。やったことは、やったことです。ただ、そのうちに分かります、僕が自分の計画に成功したということは。アレクサンドルは、やがてある場所に来るが、そこから生きては出て来れない。僕の苦労もようやく終わりに近づいた。いいですか、フィリップ、獰猛な野牛を牛飼いが草の上に倒す時、野牛をがんじがらめにする綱も網も、僕が奴の体に仕掛けた罠には及びもつかない。我が親愛なる私生児殿! その心臓、これまでは軍隊が一年かかっても近寄れなかったその心臓が、今、一糸も纏わず、裸のままで、僕の手の下にある。ただ、そこに短剣を落とせばいい、ひとりでぐさっと入ってくれる。完璧だ。これで、お分かりでしょう、僕の身に何が起ころうとしているか、何をお知らせしたかったか。

フィリップ その通りなら、我らのブルータスだ、お前は。

ロレンゾ 確かにブルータスだと思っていた、確かにね。覚えていますよ、木の皮で包んだ黄金の棒[22]のことはね。今では、知ってしまった、人間というもの[23]を、手は出さない方がいい、ご忠告します。

フィリップ 何故だ？

ロレンゾ ああ、あなたは、独りで生きて来すぎたのだ、フィリップ。輝く灯台のように、人間たちの大海（おおうみ）の岸辺に、じっと不動のままで立ち、ご自身の光の影を、波の上に見つめていた。あなたの孤独の底から、天空の壮麗な天蓋（てんがい）のもと、見事な大海よと観じておられた。その波の数を数えることも、深さを測る探査機を投げ入れることもなさらずに。神の作り給うたものに、全幅の信頼を置いていた。だが僕は、その間（ま）にも、自分自身の体を沈めた——人間というこの荒海の真っ只中に身を沈めて——ガラスの潜水具を被（かぶ）り、その深淵を隈なく探って——あなたが水面を見て感動している間に、僕のほうは、この目で見たのですよ、水底に難破船の残骸を、水死人の白い骨を、恐ろしい怪獣(24)までも見たのですよ。

フィリップ　そんな不吉な話ばかり、この胸が張り裂ける。

ロレンゾ　何故こんな話をするのか、今のあなたが、かつての僕のままだし、僕のやったことを実行しようとしていた時の僕自身にそっくりだから。人間を軽蔑しているのではありませんよ。書物の、歴史家の間違いは、人間たちをあるがままの姿とは違うものとして見せていることだ。人生とは、一つの都市のようなもの——五十年、いや六十年、散歩道や宮殿だけを見て暮らすことも出来る——ただその場合は、博打場(ばくちば)に足を踏み入れたり、帰り路で、いかがわしい界隈(かいわい)の店先に立ち止まったりしてはならない。僕の考えはこうです、フィリップ。——ご子息を助ける、それだけが目的ならば、おとなしくしているほうがいい。これが最良の手段、譴責(けんせき)処分くらいで返してもらうには。——人間たちのために何かしようというのなら、ご忠告申し上げる、その両腕を切っておしまいなさい。正義の腕なんて、持っていたのは自分だけだったと、気がつくのに暇はかからない。

フィリップ　お前の演じている役が、そうした考えを抱かせるのだ。わしの思い違いでなければ、崇高な目的のために、おぞましい道を選んだ、そしてすべてがお前の見たものに似ていると。

ロレンゾ　僕は夢から覚めた、ただそれだけのこと。夢など見ては危ない、そう言っているだけです。人生というものを知ってしまった、汚らわしい料理だ、信じてください、そこに手など出さないほうがいい、まだ何か尊敬すべきものがあるとお考えならば。

フィリップ　止(や)めてくれ！　わしの縋(すが)る老いの杖を、一本の葦かなんぞのようにへし折るのは。お前が夢だと称するものを、わしはまだ信じておる。人間の美徳も、恥を知る心も、自由もだ。

ロレンゾ　ところがここに僕がいる、ロレンザッチョのお通りだと？　子供が泥をぶつけるか？　娘たちのベッドは、まだ僕の汗でじっとり濡れている、ところが、父親たちは、僕が通るのを見ても、切りつけもしない、叩きのめそうともしない。一万軒とある家々では、七代(しちだい)あとまで、僕が忍び込んだ夜のことを、語り継ぐかも知れないのだ、そのうちの一軒でさえ、下男にこの僕を、腐った薪(まき)のように真っ二つに割れと言って、送り出すような家はないのだ。あんたの吸う空気は、フィリップよ、僕も吸っている。このけばけばしい絹のマントは、公園の細かい砂の上を、物憂げに揺れていく。僕の飲むチョコレートに、一滴の毒も入りはしない――それどころか、そうなんだ、フィリップ、貧しい母親たちは、僕が門口に立ち止まると、恥を隠して娘のヴェールをめくって見せる。娘の美しい顔を僕に見せるその作り笑いは、ユダの接吻よりも遥かに卑しい――僕のほうは、こう、娘の顎をつまんでみたり、だがポケットの中では、汚らわしい金貨を四、五枚摑んで、怒りに拳をふるわせている。

フィリップ　誘惑しておきながら、弱い者を軽蔑するのは許せん。疑うのなら、何故誘惑などしようとするのか。

ロレンゾ　僕はサタンですか？　ああ、天の光よ！　今でもよく覚えている。初めて誘惑した娘、あの子と涙を流したかも知れない、その子が、けらけら笑い出さなかったならば。僕が現代のブルータスの役を演じ始めた時、この悪徳のお仲間の真新しい服を着て得意になっている様は、まるで十歳の子供が、おとぎ話の巨人の鎧を着て、はしゃいでいるのにそっくりだった。信じていましたよ、腐敗堕落は、聖なる傷跡のようなもので、怪物だけが額に付けているものだと。声高に僕は言った、二十年の美徳なんて、息の詰まる仮面にすぎない――ああ、フィリップ、こうして人生という奴の中に入ってみると、僕の近づく所どこでも、皆同じことをしているじゃないですか。僕の目の前では、すべての仮面が剥がれて落ちる。「人類」という名の女神が、裾をからげて、自分に相応しい信者だとばかり、そのおぞましい裸の姿を見せてくれた。人間たちのあるがままの姿を見て、問わざるを得なかった、「いったい俺は、誰のために働いているのか？」フィレンツェの町の通りを、自分の亡霊を連れて歩きまわり、[25] 勇気づけてくれる顔はいないものかと必死に探す。「いよいよ事を決行した時、こいつはそれを役に立ててくれるのか？」――共和派の連中には、書斎で会った。店にも入って、耳を傾け、窺った。民衆の言葉も聞き、暴虐な独裁政治がどんな結果をもたらすものか、この目でしっかり確かめてみた。愛国者たちの宴会で、[26] 雄弁術に輪をかけて気勢をあげる酒を飲み、女と寝る合間を縫っては、世にも高貴な美徳の涙を飲んであげる。とにかく、人類がその顔に、なにか真剣なものを見せてくれるのを期待して。見つめていたのだ……、恋する男が、婚礼の日を待ち侘びて、[27] 許嫁の娘の顔を食い入るように見つめている、それと同じに！……

フィリップ　お前が悪をしか見なかったなら、同情もする、だが、お前の言葉は信じられん。悪は存在する、だが、善なくしては存在しない。影が存在するには、光がなくてはならぬのと、同じ理屈だ。

ロレンゾ　あんたが僕の中に、人間を軽蔑する男しか見ようとしないなら、それは侮辱だ。よく分かっています、善良な奴もいる、だがしかし、彼らが何の役に立ちます？　何をするというのです、彼らが？　どんなふうに行動する？　良心が活きていても、腕が死んでいたのでは、何の役に立ちます？　観る側によっては、すべてが良く見える。犬は、忠実な友です。犬が最良の召使だと言うことさえできる、が、同時に、死骸の上を転げまわって、ご主人さまをなめるその舌は、一里先の死骸の臭いをまき散らす。僕が確かめておきたいのは、自分が破滅した人間だということ、人間たちは、僕のやることを活かすことも、理解することさえ出来ないだろうということです。

フィリップ　可哀そうな奴、お前の言葉は胸を抉る！　だがお前が正しい人間であるなら、祖国を解放した暁には、正しい人間に戻るはずだ。わしの老いた心臓を喜ばせてくれるはずだ、ロレンゾよ、お前がまっとうな人間であると考えることは。その時こそ、今、お前を醜悪にしているこの仮装などはかなぐり捨てて、純粋な金属に戻るはずだ、ハルモディオスやアリストゲイトン(28)の青銅の像さながらに、清らかな姿に。

ロレンゾ　フィリップ、フィリップ、僕は正直だった。真実を隠すヴェールを、一度上げてしまった手は、もはやそれをおろすことは出来ない。死に至るまでその手は動かず、このおぞましいヴェールを摑んだまま、それをいよいよ高く、人間の頭の上に挙げていく、永遠の眠りの天使が、遂に彼の眼を閉ざす時まで。

フィリップ　病というものは、必ず治る。悪徳もまた、病の一つだ。

ロレンゾ　手遅れです――自分の仕事に慣れすぎた。悪徳は、初めは単なる衣装だったが、今では肌に貼りついてしまった。今では、僕は本物の無頼漢で、仲間をからかっている時でも、陽気にしている僕自身が、《死神》のように大真面目だ。ブルータスは、タルクイヌスを殺すために、狂った真似を演じましたが、本当に狂わなかったのが、不思議でならない。僕のやることをうまく使う、フィリップ、あなたに言いたいのはそれだけだ――おやめなさい、祖国のために働くのは。

フィリップ　お前の言葉を信じるならば、天は永久に暗くなり、老年のわしは永久に、手探りで歩かねばならぬことになる。お前は危険な道を選んだ、そうかも知れぬ。

だが、わしが、別の道を通って同じ目的に達してもよいはずだ。わしは、民衆に訴えかけ、公然と事を起こす。

ロレンゾ　危ない、危ない、フィリップ、あなたにそう言うのは、それだけの理由があるからだ。お好きな道をお取りなさい、しかし、いずれにしても、人間どもとかかわりあいになるのですよ。

フィリップ　わしは信じている、共和派の連中は真剣だ。

ロレンゾ　賭けてもいい[29]。僕がアレクサンドルを殺す。暗殺が成功して、共和派の連中が正しい行動をとったなら、かつて地上に花咲いた最も素晴らしい共和国を打ち立てるのは造作もない。彼らが、民衆を味方につけていれば、文句はない。――賭けてもいい。彼らも、民衆も、何もしない。お願いは一つ。僕にやらせておきなさい。そうしたければ、喋(しゃべ)ってもいい、だが、言葉には注意なさい、行動は尚更だ。黙って僕にやらせておきなさい――あんたはまだ手を汚(よご)していないし、僕のほうは、失うものは何もない。

フィリップ　やってみなさい、そうすれば分かる。

ロレンゾ　分かりました――だが、これだけは、覚えておいてほしい。いいですか、あそこの小さな家、なかには、テーブルを囲んで、家族が集まっている。あれも人間ですよね。体も、そして体の中には魂も持っている。ところで、僕が、突然、中へ入ってみたいという衝動にかられる、そう、今こうしているように、一人きりで、そして彼らの真ん中にいる長男を、いきなりナイフで刺し殺す、僕に向かってナイフを振りかざす奴なんて、一人もいない。

フィリップ　聞いているだけで、おぞましい。手が、そのように汚れていても、心が真っ当でいられるのか。

ロレンゾ　さあ、邸へ帰って、二人の息子の釈放の手立てを考えましょう。

フィリップ　だが、何故公爵を殺すのか、そんなふうに考えるお前が、何故？

ロレンゾ　何故？　それを聞くのですか、僕に？

フィリップ　祖国のために役に立たぬ暗殺というなら、何故それをする(30)？

ロレンゾ　面と向かってそれを聞くのですか、この僕に？　見てください、僕を！
僕は美しかった、穏やかで、行いも正しかった！

フィリップ　恐ろしい、恐ろしい底無しの深淵だ！

ロレンゾ　何故僕が、アレクサンドルを殺すのか、それが聞きたい？　僕に、毒を呷(あお)

いで死ぬか、アルノ河に身を投げて死んでしまえと？　僕が幽霊だと？　この骸骨を叩いても……（胸を叩く）どんな音も出はしないと？　僕が、僕自身の影にすぎないとしても、この糸までも切ってしまえと、今この時に、僕の心臓を、この心臓を、かつての心臓に結び付けている最後の糸の一筋までも、切ってしまえと！　この殺人が、僕に残った最後の勇気だとお思いなのか？　二年このかた、この断崖絶壁で、爪を立ててしがみつく最後の草がこの殺人だと？　恥を忘れたからといって、傲慢までも捨ててしまった？　僕の人生の謎を、沈黙のうちに葬りされと？　そう、確かだな、もし僕が、昔のように行いの正しい人間に戻れるのなら、習い覚えた悪徳が跡形もなく消え去るのなら、牛飼いのようなあの男を赦してやれたかも知れない——ところが、僕は、酒も好き、博打も女も好きときている、分かりますか？　今この時に、尊敬してくださるものがあるとすれば、この暗殺でしょう、恐らくそれは、まさに暗殺なんてお出来にならないからだ。もう、嫌というほど長い間、共和派の連中の罵詈雑言は聞かされてきた。もう嫌というほど、この耳はガンガン鳴っている、人間たちの罵詈雑言が、毒を注いできたのだ、僕の食べるこのパンに！　もう嫌だ、名付けようもない卑劣漢どもに野次られるのは、僕を殺す代わりに、罵詈雑言のありったけ！　もう沢山だ、面と向かって吹っかけてくる、人間どものおしゃべりは！　奴らも少しは知ったがいい、僕が何者なのか、奴らはいったい何者なのか！　まったく神に感謝だ、明日には恐らく、アレクサンドルを殺す。二日もすれば、すべては終わる。両の目玉をひっつけて、僕の周りをぐるぐる回る、アメリカ渡来の怪物の見世物でも見るように、思いっきり大声あげて、言いたい放題叫ぶがいい。人間たちが僕のことを、理解するかしないか、行動に出るか出ないで終わるか、そんなことはどうでもいい、言うべきことはすべて言ってやる。奴らに槍を磨かすことは出来ないとしても、ペン先ぐらいは削らせてやる。そうとも人類はその頬に、喰らえばいいのだ、この血みどろの剣の平手打ちを。僕のことを、ブルータスと呼ぼうが、エロストラトス(31)と呼ぼうが、ご勝手だが、名前を忘れられるのは気に入らない。僕の全人生が、此の短剣の切っ先に懸かっている。僕の剣の突き刺さる音を聞いて、天の摂理が顔を背けるか背けないか、そんなことは知らない、とにかく丁か半か、人間の本性を、アレクサンドルの墓の上で賭けてやる——あと二日すれば、人間どもは、僕の意志という法廷に、否応なしに引き出されるのだ(32)。

フィリップ　お前の言葉を聞いて、驚くばかりだ、辛くもあるし、嬉しくもある。が、とにかくピエールとトマは牢屋にいる、この件については、他人に任せてはおけん。わしが怒りの歯ぎしりをしても、どうにもならぬ。腸がちぎれるような思いだ。お前の言うことは正しいのだろう、だがわしとしては、行動しなければならん。一族郎党を集める。
ロレンゾ　いいでしょう、しかし、ご用心を。秘密は守ってください、お友達が相手でも、頼みますよ。

二人、退場。

第四場

ソデリーニの邸。

カトリーヌが手紙を読みながら登場(33)。

カトリーヌ　「ロレンゾより、申し上げたるこの願い。されど、我が恋に相応しき言葉、語り得る者あるとも覚えず。言葉には言いつくせぬことども、この書状にてお察しありたく、想う心の血を以てしたためましたることにてあれば。

——アレクサンドル・デ・メディチ」

表書きに私の名がなければ、使いの者の間違いだと思ったに違いない。我と我が目が信じられない。(マリー登場)ああ、お母様、お読みになって、この手紙。どういうことか、教えてください。

マリー　何ということ！　あの男がお前に目をつけた！　何処で会ったのかい？　何処かで、口をきいた？

カトリーヌ　会ったことなどありません。先程、教会の出口で、使いの者が。

マリー　ロレンゾが、お前にあの男のことを、話さなければと言っていた！　ああ、カトリーヌ、こんな息子をもつとは！　情けない。現在母の妹を、公爵の妾にする！　いや、妾ですらもない。あの女たち。何と呼べばよいのか。——ええ、何ということをしてくれた！　さあ、おいで、この手紙を見せて、神の御前（みまえ）で、なんとあの子が答えるか、見届けてやろう。

カトリーヌ　公爵様が愛しておられるのは……ご免なさい、こんなお話……愛しておられるのは、チーボの奥様[34]かと……皆申しておりますし……。

マリー　その通りさ。愛しておいでしたよ、あれが愛なら。

カトリーヌ　もう、愛してはおられない？　そんな心を捧げるとは、なんという恥知らずな！　参りましょう、ロレンゾの所へ。

マリー　手を貸しておくれ。どうしたのか、このところ、夜になると熱が出る――いや、もう三月（みつき）になる、治らない。辛いことが多すぎるのだもの、カトリーヌ。何でこのような手紙、見せてくれた。我慢も何もありはしない。この歳（とし）だし、時には若かった頃のようになることもある。でも、目に触れるものが何もかも、わたしを墓穴へと引きずり込んでいく。さあ、手を貸しておくれ、もう少しの辛抱だよ。

二人、退場。

第五場

侯爵夫人の邸。

侯爵夫人、着飾って、鏡の前に。

侯爵夫人　こうなると考えてみると、まるで突然の報せのような。人生とは、なんという切り立った崖か！　まあ！　もう九時、それなのに、公爵を、こう着飾って待っている！　気にしないで、なるようにしかならない、私の力を試してみる。

枢機卿、登場。

枢機卿　なんとまあ、艶やかな！　香り立つお花まで。

侯爵夫人　只今は、お相手を致しかねます、枢機卿様――友達を待っております、女性の――失礼させて頂きます。
枢機卿　お邪魔は致しませんよ、お邪魔は。あちらの小部屋が、扉が少し開いている、ちょっとした天国ですな。あちらで、お待ち致しましょうか？
侯爵夫人　わたくし、急いでおりますの、お許しくださいませ――いけませんわ――あの小部屋は――どこでもご自由に。
枢機卿　お邪魔にならぬように、折を見はからって参りましょう。

枢機卿、退場。

侯爵夫人　何故、いつも、あのように、坊様の顔が。どのような輪を描こうと言う、わたくしのまわりに、あの禿げ頭の鷲は？　振りかえると、いつでもそこには、あの人がいる。死ぬ時が迫っているのかしら？　（小姓が入って来て、耳打ちする）分かりました、行きます。ああ、こんな召使のような仕事、可哀そうな高慢な心に、とても出来るようなことではないのだけれど。

退場する。

第六場

侯爵夫人の私室[35]。

侯爵夫人、公爵。

侯爵夫人　わたくしはそう考えます。――あなたにもそうなって頂きたい。

公爵　言葉、言葉、それだけだ[36]。

侯爵夫人　殿方にとっては、取るに足らぬことなのですわね！　日々の安らぎも、神聖な貞淑の誉(ほま)れも、子供たちさえも、犠牲にする――この世でたった一人の人のために生きる――自分のすべてを与えてしまう、そうですわ、大袈裟だと言われようとも、自分のすべてを！　でも、そんなのは駄目。女の言い分など聞いて、何になります？　着るものと色恋の話、それ以外のことを喋る女なんて、いませんものね！

公爵　起きたままで夢を見ている。

侯爵夫人　夢など見ない――その抱く不可能な夢は、すべて現実となりますもの、悪夢でさえも、大理石の姿となる。アレクサンドル！　アレクサンドル！　「望めば出来る」、この言葉！――神様ですら、それ以上のことはお出来にならない！――この言葉を前にして、人民たちは、恐れ戦き、祈りのために手をあわせる。血の気の失せた人間たちの群は、息をこらして耳傾ける。

公爵　この話はやめだ、疲れる。

侯爵夫人　王となる、それがどういうことか、お分かりですの？　ご自分の腕の先に、十万本の手を持つこと！　人間たちの涙を乾かす、太陽となること！　幸いともなれば、禍ともなる！　ああ、考えただけでも、身内が震えます！　あの法王庁の老いぼれも、きっと震えるに違いない、あなたが、そう、幼いとはいえ猛々しい鷲[37]、あなたが翼を拡げれば！　皇帝は遠くにいるのですよ！　守備隊は、身を挺しても戦いましょう！　それに、軍隊を皆殺しにしても、一国の国民は、皆殺しにはしないものです。あなたが、国民全体を味方につけ、自由な民衆という体（からだ）を支配するその頭（かしら）となる時[38]は、そう、「ヴェネツィアの総督が、アドリア海を妻とする、それと同じに、わたしは、麗しいフィレンツェの指に、我が黄金の指輪を嵌（は）めてやる、こうしてフィレンツェの子らはことごとく、わたしの子だ……」こうあなたが言える日には。ああ、国民がこぞってその恩人を抱き締める、それがどういうことか、お分かりですか？　父親が息子に、あれがそのお方だよと、見せる光景が分かりますか？

公爵　俺の興味は税金だけだ。税金さえ払えば、あとはかまわん。

侯爵夫人　いつかは、暗殺されるのですよ！——舗道の石が一斉に立ちあがって、あなたを粉砕するかも知れない[39]！　ああ、恐るべき「後世」よ！　あなたは、この亡霊を、枕元にご覧になったことはありませんの？　ご自分に問いかけたことはないのですか、現在生きている人間たちのお腹（なか）にいる子供たちが、あなたのことを、どう思うか？　でもあなたは生きている、このあなたは——まだ時間はあるのですよ！　一言、仰れば、それでいい。お忘れになったの、「祖国の偉大なる父[40]」を。偉大な王であることは、王であるお人にとって、難しくはない。フィレンツェの独立を宣言するのです、帝国との条約の即時実施を要求なさる、剣を抜き、その剣を見せてやる！——彼らは、剣の輝きに目も眩んで、剣を鞘に納めろと言うに違いない。お考えになって、あなたは、まだお若いのですよ。もうお終いというわけではない。——民衆の心には、君主に対する広い寛大な心がある、そして民衆の感謝の気持ちは、忘却の広大な河となって、過去の過ちは流してくれる。あなたの周りが良くない、騙されておいでです——今なら、まだ間にあいます——一言、仰ればすむ——生きている限り、神様のお手にある書物のページは閉ざされません。

公爵　分かったよ、もう分かった。

侯爵夫人　ああ、そうなってしまったら！　日雇いの、みじめな植木屋が、いやいやながらお水をやりに来る、アレクサンドルのお墓の周りの、しなびたマルグリットの花に、そんな時に——貧しい者たちが、晴れ晴れとした気持ちで空気を吸い、あなたの権力の暗い箒星を見ないですむ——皆が、あなたのことを語る時には、頭を揺する――あなたのお墓の周りには、あの人たちの祖先の墓が並んでいる、――心静かに、最後の眠りにつけるとお考えなの？――おミサにもいらっしゃらないあなた、税金のことしか興味がないと仰る、でも、神様のお耳には何も聞こえないと？　恐ろしい死者の国へは、この世のことは伝わらないと？　人民たちの涙が、風に吹かれてどこへ行くのか、ご存じですの？

公爵　綺麗な脚だ。(41)

侯爵夫人　いいこと。あなたは、分別がない、分かっています、でも、心底悪人ではない。そう、神かけて、悪人なんかにはなれない、あなたは、絶対に。さあ、少しは努力をなさい――考えて、一瞬でもいい、一瞬でもいいから、わたくしの言っていることを、お考えになって！　取るに足らぬことですか？　それほど、わたくしは馬鹿な女？

公爵　しっかり承ったが、それほど俺は悪いことをしているか？　周りを見回したって、似たようなものだ。法王と比べたら、俺のほうが数等ましだ。お前のお喋りを聞いていると、ストロッツィの奴らを思い出す――奴らが大嫌いだというのは、知っているだろうが。皇帝に反旗を翻せ？――皇帝陛下は、我が義理の父上(42)だぞ、分かっているだろうが。フィレンツェの民衆が俺を嫌っていると？――俺のことは、みんな愛している、こいつは確かだ。それにだ、仮にあんたの言い分が正しいとして、いったい、誰を怖がればいい？

侯爵夫人　民衆を恐れてはいない――でも、皇帝のことは恐れている。何百、何千という市民を殺し、恥を与えた。でも何をしても安全だ、肌身離さぬ鎖帷子[43]がある限りは。

公爵　黙れ！　よせ、その話は。

侯爵夫人　ああ、わたくし、興奮して、心にもないことを言ってしまった。あなた、あなたは勇ましいお方、それを知らぬ者がおりましょうか。勇ましく、お美しい。悪いことといっても、それは、あなたがお若いから、このおつむは考えない――違いますか？　この燃えるような血管を激しく駆けめぐる血のせいですわ、この太陽が伸し掛かって、二人の息を詰まらせる――お願い、わたくしが取り返しのつかない、破滅の身となりませんように。わたくしの名誉も、あなたへのわたくしの可哀そうなこの愛も、自堕落の汚名を着ませんように。わたくしは、一人の女にすぎない。でも、美しいだけが、女のすべてでありますなら、他に幾らもおりましょう――でも、本当に、本当にここには、何もお感じになってはいないのですか？

公爵の胸を叩く。

公爵　そう興奮するな。まあ、ここにお座り。

侯爵夫人　ええ、そうよ、はっきり申します。わたくしには野心があった。いえ、自分のためでない――そうよ、あなたのため、あなたよ、それと愛するフィレンツェのために！――ああ、神も照覧あれ、わたくしのこの苦しみ！

公爵　苦しい？　どうした？

侯爵夫人　いいえ、苦しくはありませんわ。ほら、ほら、あなたはうんざりしている。今か今かと時を数えて(44)、ほら、顔を背ける――まだ、行っては駄目！――これがあなたとの最後になるかも知れない。いいこと。フィレンツェは、あなたのことを新たなペストだと呼んでいる。どんな貧しい家の壁にも、あなたの肖像が貼ってある、でも必ず心臓の所がナイフで切り裂いてある。馬鹿な女だと言われても、明日はあなたに捨てられても、構わない。これだけは、知っておいて。
公爵　冗談にも俺を怒らせるとどうなるか、分かっているのか？
侯爵夫人　どうなっても、よろしゅうございます、わたくしなどは！
公爵　今度にしよう――明日（あした）の朝か――また会えばいいだろう、その時、聞く。気を悪くするな、帰るけれどもな。狩に行く。
侯爵夫人　わたくしなどは、どうなっても！
公爵　何故だ？　何だな、その陰気な顔は、ええ？　何でまた、政治のことなんぞに首を突っ込む？　さあさあ、女らしく、正真正銘の女らしさ、それがあんたには一番似合う。信心も程々にすることだ、そのうちに馴れる。服を着るのを手伝ってくれ。ひどい恰好だ。
侯爵夫人　御機嫌よろしゅう。

公爵は接吻する。――枢機卿登場。

枢機卿　これは――申し訳ない、陛下。妹だけかと存じましたので。とんだ粗相を。

悪いのは、わたくしめ。なにとぞ、お赦しくださいますよう、伏してお願い申し上げます。

公爵　どういう意味だ？　何だ、何だ、マラスピーナ、坊主の臭いがぷんぷんだぞ。出て行け、出て行け。何の用だ。

二人、揃って退場。

侯爵夫人　（一人残り、夫の肖像を抱いて）ローラン、今あなたはどこに？　ようやくお昼が過ぎた時分。テラスを、あの大きなマロニエの樹の並ぶテラスを、きっと歩いておいでだわ。辺りには、肥（ふと）った雌牛たちが、静かに草を食（は）んでいる。農夫たちは、木陰でお昼を食べている。日の光は熱く、芝生は白いマントをゆらゆらとかかげ、ご丹精の木々の茂みは、年老いたご主人様の白いお頭（つむ）に、厳（おごそ）かな歌を捧げ、長い回廊に響く音は、あなたの歩みを恭（うやうや）しく繰り返す。ああ、わたくしのローラン！　あなたの名誉という宝を汚してしまった、あなたのご立派な生涯の最後の時を、愚弄と疑いの的にしてしまった。もはやあなたの鎧の上に、抱き

しめてはいただけませんわ、あなたにふさわしい心を。狩からお戻りのあなたに、
お食事を差し上げるこの手も、震えておりますわ、きっと。

第七場

ストロッツィ家。

ストロッツィ家の四十人が、晩餐に集まっている。

フィリップ　諸君、食卓に着こう。
客たち　二つ、席が空いている、何故だ？
フィリップ　ピエールとトマが逮捕されたのだ。
客たち　どうして。
フィリップ　サルヴィアーチがモントリヴェトの市で、ここにいるルイーズを侮辱し

た、公衆の面前でだ、しかも兄レオンのいる前で。ピエールとトマはサルヴィアーチを切った。メディチ家のアレクサンドルは、仲間を殺された意趣返しに、二人の者を逮捕させた。

客たち　メディチ家に死を！

フィリップ　一族の者たちを集めたのは、わしの苦痛を語り、助太刀を頼むためだ。まずは食事だ。それから、剣を手に、二人の釈放を求めて討って出る、諸君にその勇気があるなら。

客たち　よし！　断固、やろう。

フィリップ　もう終わらせねばならん、分かるだろう。わが子らが殺され、娘たちが犯されている。今こそ、あの私生児どもに、フィレンツェの町は、教えてやるのだ、生殺与奪の権とは何かを。八人会議に、息子らを殺す権利はない。わしとて生きながらえておられようか、おめおめと！

客たち　心配は要らぬ、フィリップ、俺たちに任せてくれ！

フィリップ　わしは、一族の長だ。かかる侮辱を蒙(こうむ)って、おめおめ黙っていられようか？　ストロッツィ家とてメディチ家に劣りはせぬ、ルッチェライの家も、アルドブランディーニの家も、他のすべての家も然りだ。何故、奴らが我らの子供らを殺すのに、我らのほうは何も出来ぬと？　要塞の地下の火薬庫の樽に火を放つ、そうすれば、ドイツの守備隊は総崩れだ。あのメディチ家に何が残るか？　頼りはあの要塞だけだ、それを除けば、奴らは何物でもない。わしらは、男ではないか。フィレンツェの名門が、おめおめと斧で打ち倒されていく？　大地から、大地と同じく歳を経た大樹の根を引き抜くと？　我々がまず標的にされた。一歩も引いてはならぬ。我らの鬨の声が鷹匠の笛だ、フィレンツェの町の上に、巣を追われたすべての鷲を呼び返す。すぐそこまで来ているのだ、町の鐘楼に目をこらし、町の周りを巡っている。そこに我らは、ペストの黒い旗を立ててやる。この死の合図を見て、鷲という鷲は一斉に舞い降りるだろう。これこそ、天の怒りの旗だ。今夜は、まず息子たちを解放しよう。明日こそ、全員うち揃い、剣をかざして邸という邸の門を叩く。フィレンツェの八十の邸から、我らと同じ軍勢が出陣するのだ、自由の女神が門を叩けば！

客たち　自由に勝利を！

フィリップ　神も照覧あれ。剣を抜くのは、暴力に抵抗するためだ。六十年の歳月を、

　善良で平和な市民として暮らしてきた、何人に対しても悪を働いたことはなく、我が財産の半分は、貧しい者を救うために使ったのだと。

客たち　そうとも！

フィリップ　正義の復讐が、わしを反逆へと導いた。今わしが反乱を起こすのは、わしを子の父たらしめた神の思し召しだ。野心、私欲、傲慢のいずれもわしを導きはしない。我が要求は、公明にして正大、神聖侵すべからざるものだ。さあ、杯に酒を注ぎ、立ち給え。我らの復讐は、生け贄のパン。恐れることなく、神の御前で分かち合おう。メディチ家の滅亡を祈念して、杯を掲げる！

客たち　（立ち上がり、飲む）メディチ家に、死を！

ルイーズ　（杯を置いて）ああ、苦しい！

フィリップ　おお、ルイーズ、どうした。どうしたのだ。神よ、真っ青な顔をして。どうしたのか、言ってご覧。お父さんだよ。大変だ、早く医者を、医者を呼べ、早く！　時間がない。

ルイーズ　苦しい、苦しいわ。

死ぬ。

フィリップ　死んでしまう、わしの娘が、死んでしまう！　医者を早く！　娘は毒を盛られた！

ルイーズの傍らに跪く。

客一　コルセットの紐を切って。ぬるいお湯を飲ませるといい、毒薬なら、ぬるいお湯だ。

召使たち、駆け寄る。

客二　手の内側を叩くといい、窓を開けて、手の内側だ。
客三　ただの眩暈じゃないか？　急いで飲んだからだ。
客四　可哀そうに。穏やかな顔だ。こんな突然の死、想像もできない。

フィリップ　ルイーズ、死んでしまったのか、本当に、可愛いルイーズよ、答えておくれ。

客一　お医者様だ。

医者登場。

客二　早く、急いで。本当に、毒薬でしょうか？

フィリップ　気を失っただけですな？

医者　おいたわしい、ご愁傷様です。

部屋は重苦しく静まりかえる。フィリップは依然としてルイーズの傍らに膝をつき、両の手を握って放さない。

客五　メディチ家の毒薬だ。フィリップ殿をこのままにしてはおけない。動こうともしない、恐ろしい。

客三　いや、思い違いではない。テーブルの周りに、サルヴィアーチの女房の下男だった男がいたぞ。
客五　間違いない、そいつだ。追いかけて行って、とっ摑まえろ。

退場。

客一　フィリップ殿は返事をしない。雷(いかずち)に打たれたような。
客二　恐ろしい！　前代未聞の暗殺だ！
客三　この天罰は必ず下る。さあ、討って出て、アレクサンドルの首をはねるのだ！
客六　そうだ、討って出るのだ。アレクサンドルに死を！　あいつの差し金だ、違いない。なんて間抜けなのだ、俺たちは！　奴が我々を憎むのは、昨日や今日に始まったことではない。行動を起こすのが遅すぎた！
客七　サルヴィアーチ本人が、あの可哀そうなルイーズに、恨みを抱く動機はない。すべて、公爵のためだったのだからな。さあ、出撃だ、最後の一人になるまで戦うぞ！

フィリップ　（立ち上がり）娘を葬ってくださるだろうな？　（自分のマントをかけてやる）邸の庭の、無花果（いちじく）の木の下に。さらばだ、諸君、さらばだ。元気でな。

客一　フィリップ殿、どちらへ？

フィリップ　もう沢山だ、分かるだろう。背負えるだけは背負ったのだ。二人の息子は牢に繋がれ、挙句の果てに、娘は死んだ。もう、沢山だ。わしは出て行く。

客一　出て行かれる？　復讐もせずに？

フィリップ　そうだ。娘を仮に埋めてやってください、墓に埋葬するのは、わしの役だ。わしなりのやり方でな、よく知っている修道僧のもとで、明日（あす）、迎えに来るだろう。これ以上、娘の顔を見ていても、どうにもなるまい。死んでしまったのだ。無駄なことだ。さあ、君たちも、お帰り。ご機嫌よう[45]。

客一　行かせてはいけない。頭がおかしくなったのだ。

客二　無残な話だ！　わたしまで、この部屋にいると、気が遠くなるような。

退場。

フィリップ　手荒な真似をするな。娘の亡骸(なきがら)を置いた部屋に、このわしを閉じ込めるつもりか？——行かせてくれ。

客一　復讐です。我々にやらせてください。あなたのルイーズが、我らのルクレチアとなりますように！　毒の残りは、アレクサンドルに飲ませてやる！

客二　現代のルクレチアだ！　その死体にかけて誓ってみせる、自由のために我らは死ぬと！　お邸にお帰りなさい、フィリップ殿、考えてください、祖国のことを！　さっきの言葉はどうしたのです！

フィリップ　自由、復讐、そうとも、素晴らしい言葉だ。わしの二人の息子は牢にいる、その上、娘が死んだ。ここにわしがいては、すべてが、わしの周りで死んでしまう。とにかく、わしがいなくなること、諸君も静かにしてい給え。邸の門が閉じ、窓が再び開かなければ、ストロッツィ家のことは、誰も考えまい。それが開いたままだと、君たちの誰彼が、次々と倒されて行くのを見なくてはならぬ。わしはもう年老いた、もう店仕舞いの時なのだ。さらばだ、君たち、静かにしていてもらいたい。わしがいなくなれば、君たちに、危害は加えまい。この足でヴェネツィアへ行く。

客一　外は、ひどい嵐です。今夜はここにお泊まりください。

フィリップ　娘は埋葬しないでおくれ。知り合いの、歳とった坊様たちに、明日、来てもらい、遺体を運んでもらおう。正義の神よ！　正義の神よ！　わたしが、何をしたというのですか。

走って去る。

第四幕(1)

第一場

公爵の邸。

公爵とロレンゾ、登場。

公爵　そこに居合わせたかった。逆上した奴らの顔、一人や二人ではあるまい。それにしても、あのルイーズを毒殺とは、誰の知恵だ？
ロレンゾ　見当もつきません。あなたがなさったのでないとすれば。
公爵　フィリップの奴、怒り狂っているだろう。ヴェネツィアへ発(た)ったと聞いたが。

これで、あのうるさい爺も、厄介払いができた。親愛なる御一門も、しばらくはおとなしくしていてもらいたい。今にも革命という勢いだったじゃないか、あの界隈は。お蔭でドイツ兵が、二人も殺されたぞ。

ロレンゾ　けしからんのは、お人好しのサルヴィアーチが、片脚なくしてしまったことです。鎖帷子は、見つかりましたか？

公爵　見つかるものか。糞忌ま忌ましい、言語道断だ！

ロレンゾ　ジオーモに御用心を。盗んだのはあいつです。代わりに、何をお召しです？

公爵　何も着ていない。あの帷子以外、着る気にはならん。他のは重くて駄目だ。

ロレンゾ　けしからん話ですな。

公爵　叔母様のほうはどうなった、音沙汰なしではないか。

ロレンゾ　忘れておりました。それはもう、殿下に夢中で。貴方様という愛の星が、あの子の心に現れましてから、目に落ち着きがなくなってしまった。何卒、お心に掛けられますよう。いつ、お越しに？　いえ、いつになりましたら、蕾のままの操の花、殿下にむしっていただけますのか。

公爵　本気か、それは？
ロレンゾ　本気も本気、死神と同じくらいに大真面目。本来でしたら、実の叔母には、
　殿下と寝てもらいたくはないけれど。
公爵　どこで会える？
ロレンゾ　わたくしの部屋で、殿下。ベッドには白いカーテン、枕元の花瓶には、白い木犀[2]でも活けておきます。それから、あなたの手帳には書いておく、「叔母は十二時きっかり、肌着にて参上」と。お食事の後でお忘れになるといけませんから。
公爵　大丈夫だ。それにしても、カトリーヌは希代の逸品だぞ。お前の腕には感心するが、本当に来るのだな？　どうやって口説いた？
ロレンゾ　後でお話しします。
公爵　買った馬を見に行く。今夜、いいな？　食事の後で迎えに来てくれ。一緒に行こう、お前の家に。チーボのかみさんには、うんざりだ。昨日なんぞは、狩の間中、取っつかれて、どうにもならなかったぞ。今夜、頼むぞよ、坊や。

退場。

ロレンゾ　（一人残る。）これでよしと。今夜、家へ連れて行く。明日になれば、共和派の連中も、なすべきことが分かるはずだ。フィレンツェ公爵が死ぬのだから。スコロンコンコロに言っておかなくては。太陽よ、急いで隠れろ。明日の朝、今夜の事件を早く知りたいと言うのなら。

退場。

第二場

街路。

ピエール・ストロッツィとトマ・ストロッツィ、

牢獄から出て来る。

ピエール　俺には確信があった、八人組はおれを無罪放免にすると、お前もだ。さあ、来い。邸の戸を叩いてみよう、父上に接吻するのだ。おかしいぞ、鎧戸（よろいど）が閉まっている。

門番　（門を開けて）ああ、若旦那様、お二人とも、事件はご存じでしょうな？

ピエール　事件とはなんだ？　まるで墓穴から出て来た幽霊だぞ、この邸には人気（ひとけ）も無い。

門番　では、ご存じないのでございますか、何も？

二人の修道僧が来る。

トマ　知るわけがないだろうが。俺たちは牢獄にいた。言え、何が起きたのか？

門番　ああ、若旦那様方、申すも恐ろしいことで。

修道僧たち　（近づいて来て）こちらが、ストロッツィさまのお邸で？

門番　さようですが、御用の向きは？
修道僧たち　我らは、ルイーズ殿のご遺骸を、頂きに参りました。フィリップ殿の書状がこれに、ご遺骸をお引き渡し頂くようにと。
ピエール　なんだと？　誰のご遺骸だと？
修道僧たち　あちらにいらっしゃったほうがよい、フィリップ殿に生き写しだ。ここでお話しして、あなたのお為（ため）になるようなことは、一つもありません。
トマ　なんだと？　彼女が死んだ？　死んだと？　おお、神よ！

彼は離れて腰をおろす。

ピエール　わたしは、お考えになるより、よほどしっかりしている。誰が妹を殺したのか？　彼女の歳（とし）で、なにか特別なことでもなければ、一晩で死ぬはずがない。誰が殺したのか、彼女を。それが知りたい、さもなくば、お前の命をもらう。
門番　情けない！　誰に分かりましょう。誰にも分かりはしないのですから。
ピエール　父上はどこだ？　トマ、ついて来い、泣いている時ではない、俺の心臓も、腸の中で、石にならんばかりに締めつけられている、永劫に石に。

修道僧たち あなた様が、フィリップ殿のご子息なら、わたくしどもとご一緒にお越しください。あの方に、お会わせしましょう。昨夜から、我らが僧院にお越しですから。

ピエール それで、誰が妹を殺したのか、分からないと？ 聞いてください、お坊様、あなた方が神の似姿であるなら、わたしの誓約をお聞きください。地にあり得る拷問道具のすべてに賭けて、地獄の責め苦のすべてに賭けて、……いや、今は何も言いますまい。急ごう、父上にお目にかかる。おお、神よ、神よ！ わたしの抱く疑いが、真実でありますように、そうすれば、この足で踏みつけて、砂粒のように踏みにじってやる。さあ、参りましょう、わたしの力が抜けぬうちに。余計なことは言わないでください。復讐なのだ、これは、いいですか、天の怒りも及ばぬような、復讐なのだから。

彼ら退場。

第三場

街路。

ロレンゾ、スコロンコンコロ。

ロレンゾ 家へ帰って、十二時には必ず着いていろ。出て来いというまで、俺の書斎に隠れていろ、いいな。

スコロンコンコロ 承知しました。

退場。

ロレンゾ （一人）俺が母上のお胎（なか）にいた時、どんな恐ろしい猛獣の夢を、母上はご覧になったのか。昔は花が、牧場（まきば）が、ペトラルカ(3)のソネが好きだった。それを考えると、少年の僕が亡霊のように姿を現し、震えているのが見える。[4] ああ、神様、何故です、「今夜こそ」、こう言っただけで、この燃え上がる喜びが、骨の髄まで突き刺さる、真っ赤に焼けた剣のように。どんな野獣の腹から生まれてきたのだ、俺は？ どんな毛深い獣が抱き合って産んだのだ、俺を？ あの男は僕に、何をした？ この、心臓の上に手を置いて、冷静に考えてみる——明日（あす）、「奴を殺した」、こう僕が言えば、誰だって聞く、「何故、殺したのだ？」奇妙だ。他（ほか）の連中にはひどいことをしている、だが僕には、優しくしてくれた、彼なりのやり方には違いないが。カファッジオーロ[5]の田舎に引っ込んでいたら、彼のほうから僕を連れには来なかった。僕が、彼を求めてフィレンツェへ来たのだから。何故だ？ 父上の亡霊が、僕を導いて来られたのか、このオレストを新しいエジストのもとへ[6]？ 僕の屈辱となるようなことを、したことがあるか、彼は？ 奇妙な話だ、しかしこれをやるために、僕はすべてを捨てた。この殺人を思いついただけで、人生のすべての夢が粉々に崩れ去ったのだ。この殺人の考えが、不吉な烏（からす）のように僕の前に舞い降りて、僕を誘（いざな）ってからというもの、僕という人間は、もはや一つの廃墟にすぎない。どういうことなのか？ さっき、広場で、二人の男が、彗星の話をしていた。この、痩せた胸の下で鳴っているのは、人間の心臓の鼓動か？　ああ、今頃になって、どうして執拗にそんなことを考える？――俺は神の手先なのか？　俺の頭の上には、雲が群がりはじめていると？　あの部屋へ入って、剣を抜こうとした瞬間、大天使の炎の剣が抜かれて、俺は一瞬のうちに灰となり、獲物の上に崩れ落ちるのではないか？

退場。

第四場

チーボ侯爵邸。

枢機卿と侯爵夫人、入って来る。

侯爵夫人　お好きなように、マラスピーナ様。
枢機卿　お好きなように、な。まあ、よくお考えになることだ、わたしを、あなたの思い通りになさろうとする前に。あなたが、他の女と同じだ？　いったい、頸に は金の鎖、手には委任状でも振りかざしていないと、あなたにはお分かりにならない、相手が何者なのかが。お待ちになる？　召使がわたしに門を開き、声を限りに叫ぶのを、わたしの権力がどれほどのものであるのかを知るために？　覚えておきなさい、これだけは、肩書や称号が人間を作るのではない――わたしは、法王の使節でもカール皇帝の将軍でもない――わたしは、それ以上の者だ。
侯爵夫人　ええ、存じておりましてよ。皇帝はその影法師を、悪魔にお売り渡しになった。この、皇帝の影法師が、ご大層に緋の衣を纏い、チーボの名のもとに歩き回る。
枢機卿　あなたはアレクサンドルの愛人だ、そのことをお忘れなく。秘密はこの手に握っている。
侯爵夫人　お好きなようになさい。懺悔聴聞僧が、聖職者としての良心をどうなさるつもりか、拝見致しますから。

枢機卿　それは考え違いだ。あなたの告白によって知ったのではない。この目で見たのですからな、あなたが公爵と抱き合っているところを。仮に、懺悔の場で告白なさっていたとしても、わたしが話しても罪にはならない、懺悔の場以外の所で、見てしまったのだから。

侯爵夫人　それで、何だと仰いますの？

枢機卿　何故公爵は、あんな風に投げ遣りな足取りで帰って行かれたのか、まるで授業が終わってやれやれといった学生だ。あなたの愛国主義にはうんざりなのだよ、何しろこの愛国主義という気の抜けた酒は、あなたの家の料理には必ず出て来る。どのような書物をお読みになったのか、そもそもあなたの御教育係は、よほど愚かな婆さんであったに違いない、大体、国王のお妾というものは、愛国主義など説くかわりに、別の話をするものだ、それもご存じないとは。

侯爵夫人　国王のお妾がどんな話をするものか、教えてくれた人はおりませんもの。そんな修業は致しませんでしたわ、ええ、ハレムの女のようにお米を食べて肥る修業も。

枢機卿　恋人を三日やそこら引き止めておくのに、大した学問はいらない。

侯爵夫人　お坊様がそういう学問を、女にお教えくださっていたら、よろしゅうございましたろうに。何故、お教えくださいませんでしたの？

枢機卿　わたしの忠告を聞きますか？　マントを着て、公爵の寝室に忍び込む。またしても大演説かという顔をされたら、演説ばかりするつもりはないと証明してあげるのだ。夢遊病にかかったようなふりをして、公爵を夢中にさせ、この共和派の胸に眠らせてしまえば、結構ではないか。今更、生娘でもありますまい。恋の炎をかき立てる女神の酒は品切れか？　なにか陽気な小唄ぐらい、頭のどこかに残ってはいないと？　当節流行りの淫らな詩なら、読んだこともおありだろうが。

侯爵夫人　いやらしいことを！　耳にしたことがございますわ、新市場の辺りで震えているおぞましい老女たちが、口の中で呟いているのを。僧侶であるかどうかはともかく、それでもあなたは男ですか？　天に神はましまさぬとお思いなのか、枢機卿の緋の衣さえ、恥に一際赤らむようなそのお言葉は。

枢機卿　堕落した女の耳ほど、美徳を重んじるものはない。わたしの話が分からない顔をするのはご勝手だが、忘れて頂いては困る、わたしの弟があなたの夫だということは。

侯爵夫人　そのようにわたくしを苦しめて、何があなたの得になりますの、わたくしにははっきりとは分かりません。恐ろしい人――わたくしをどうしようというのです？

枢機卿　女が知ってはならない秘密もある。が、その秘密の一部を知った上で、よい実りをもたらすことは可能だ。

侯爵夫人　あなたの陰惨なお考え、奇怪なその、どの糸を摑めと仰るのです？　あなたの望みが、脅迫と同じに恐ろしいものだとしても、とにかく、はっきり仰ったら。せめて見せてください、わたくしの上に吊られた剣が、結ばれている髪の毛を。

枢機卿　あなたは信用できないから、遠回しの言い方しかできない。ただこれだけは言っておく。あなたが、別の女になっていたなら、今頃は王妃になっていたと。わたしのことを皇帝の影法師だのなんだのと言い出す以上は、この影がフィレンツェの太陽を遮っているくらいのことはお分かりのはずだ。女がにっこり笑えば、男は何をしでかすものか、ご存じないのか？　女のベッドで根を生やす幸運の木

が、どこまで伸びるか。アレクサンドルは法王の子なのだ、これだけは知ってお
け。そして法王がボローニャにおられた時……これは、余計なことまで話すとこ
ろだった。

侯爵夫人　ご用心が肝要ね、今度はあなたが告白する番だとしたなら。わたくしの夫
の兄だと仰るが、わたくしは、公爵の愛人なのですよ。

枢機卿　愛人であったのだ、侯爵夫人よ、他の女と同じように。

侯爵夫人　愛人であった、——あった、のですわ、有り難いことに！

枢機卿　あなたが、ご自分の夢に描いたことから始められることは、最初から分かっ
ていた。しかし、この数日は、わたしの夢のほうへ歩み寄って頂かなくては。い
いですか、二人の口論は、いささか的外れだった。とにかく、あなたという人は、
話を真面目に取り過ぎる。アレクサンドルと仲直りなさい。どうやってするか、
さっきの言い方はお気にさわったようだから、繰り返さないが。とにかく、言う
通りになさい。一年、いや二年たったら、あなたはわたしに感謝する。わたしに
したところで、今のわたしになるまでには、それだけのことはした。どこまでや
れるか、見込みはついている。あなたを信用していれば、教えてあげるのだが、

神ご自身すらご存じないことを。

侯爵夫人　ご無用ですわ、わたくしの軽蔑だけをさしあげます。

退場しようとする。

枢機卿　お待ちなさい！　そう急がず！　聞こえないのかな、馬の蹄（ひづめ）の音が。弟は、今日明日にも帰って来るのでは？　ご存じだろう、わたしは、言ったら必ずやる人間だ。今夜、公爵の邸へ行くこと、行かなければ、あなたの破滅になる。

侯爵夫人　とにかくあなたは野心家です、目的のためには手段を選ばない、そこまでは分かります。でも、はっきり仰ったら。そうですわ、マラスピーナ、自堕落な女になったからといって、まったく絶望しているわけではありませんもの。説得できるとお思いなら、やってご覧になったら？——はっきり仰い。あなたの目的は何？

枢機卿　わたしの話に納得する、そのくらいの勇気はおありだと？　子供だと思われては困る、まさかわたしの唇に、ちょっと蜜でも塗ってやれば、本音を吐くだろうなどと、思ってはいますまいな。まずは行動なさい。話はそれからしてあげる。あなたが女として、フィレンツェ公アレクサンドルの頭をではなく、あなたの愛人アレクサンドルの心をしっかり押さえてしまったその日に、後の話はしてあげる、わたしの望みも分かるはずだ。

侯爵夫人　つまりこうですわね、手始めは、「当節流行りの淫らな本」を読んで学ぶ、その次の手は、あなたのお考えという秘密の本を読めと言う。はっきり申し上げましょうか、ご自身では仰りにくいでしょうから、わたくしのほうで。あなたが法王様に仕えているのは、いつの日か皇帝が、あなたを法王様以上に忠実な下僕だとお考えになるように企んでのこと。あなたは望んでいる、いつの日か皇帝が、あなたのお蔭で、文字通り、完全にイタリアを奴隷にしてしまうのを、――ああ、その日こそ、世界の半分を支配する王が、あなたにご褒美として、天のけちな分け前[8]を下さろうと言う。フィレンツェを支配するために公爵を支配する、そのためにならば、女になってもいいとお思いだった[9]あなた。哀れなリチャルダ・チーボが、アレクサンドルにクーデターを二、三回仕掛けたとしても、世間は言う、アレクサンドルを操っているのはリチャルダ・チーボだが、彼女自身、義理の兄に操られていると。仰るとおり、民衆の涙が海となって、あなたの船をどこまで運んでいけるものか。ざっとこんなことでは？　わたくしの想像力は、あなたの足元にも及ばない、でも、まあ、ざっとこんなことではありませんの？

枢機卿　今夜、公爵の邸へ行くのだ、行かなければあなたの破滅になる。

侯爵夫人　破滅？　どうやって？

枢機卿　すべてを弟に話してやる。

侯爵夫人　仰るがいい、どうぞ。わたくしは、死にますから。

枢機卿　如何（いか）にも女の脅迫だ。いいですか、わたしの言うことが分かってても分からなくても、とにかく今夜は、公爵の邸に行きなさい。

侯爵夫人　いやです。

枢機卿　弟が中庭に入って来た。もう一度いやだと言ったら、天に誓って、すべてを話してしまいますぞ。

侯爵夫人　いや、いやだと言ったらいやです！　（侯爵登場）ローラン、あなたがマッサへいらしてお留守のあいだに、わたくしは、アレクサンドルに身を任せました、身を任せたのです、相手が何者か、自分がどんなに惨めな役か、承知の上で！

ところが、僧侶のくせして、もっと卑しい役を演じさせようと言う人がいる。公爵の愛人という地位を固めて、それを、自分のために利用しようと言う。

夫の足元に身を投げ出す。

侯爵　なにをする？　どういうことだ、マラスピーナ——あんたまで、彫像のように動かない。芝居なのか、枢機卿？　どうなのだ！　どう考えたらいいという。

枢機卿　キリストの体にかけて！⑩

退場。

侯爵　気絶してしまった。誰かいるか？　酢を持って来い。

第五場

ロレンゾの寝室。

ロレンゾ、二人の召使。

ロレンゾ　この花をテーブルに飾ったら、それから、こっちは、ベッドの足元だ、火をおこしてくれ、但し今夜は、炎が立たないように、温まるが、炎で明るくならないように。鍵をおよこし、もう下がって寝なさい。

カトリーヌ、登場。

カトリーヌ　お母様のお具合が悪いの。レンゾ、見舞いに来てはくださらない？

ロレンゾ　母上のお具合が悪い？

カトリーヌ　もう、みんな言ってしまうわ。公爵様からお手紙を頂いたの、昨日、その中で、あなたが公爵様に、わたしとの恋を取り持ったはずだと書いてありました。それを読んで、お母様はひどくお嘆きに。

ロレンゾ　しかし、お前に、そんな話をしたことはないだろう？　言ってくれなかったのか、この話に、僕は関係ないと。

カトリーヌ　言いましたよ、それは。でも、あなたの部屋、今日はこんなに綺麗で、片付いているなんて、どうして？　整理整頓があなたの仕事だなんて、考えたこともなかった。

ロレンゾ　公爵が手紙を寄こしたと？　奇妙なこともあるものだ、まったく僕が知らないとは。で、どう思った、公爵の恋文？

カトリーヌ　わたしが、どう思った？

ロレンゾ　そう、アレクサンドルの恋の告白を。どう思いましたね、この清浄無垢の小さなお胸は？

カトリーヌ　どう思えばよろしいの？

ロレンゾ　嬉しくはなかった？　それが欲しいと言う女は、山ほどいる、そんな恋だ。

征服して手に入れるのに、これほどの称号はない、愛人となるお相手は……。帰ってくれ、カトリーヌ、母上に、お前の後からすぐ帰ると。出て行け、ここから。独りにしておいてもらいたい！　（カトリーヌ、退場）天よ！　なんという蠟細工か、俺は？　《悪徳》が、デジャニールの衣装[11]のように、深く深く、俺の体の隅々までも食い込んでいて、俺の言葉では返事が出来ない、俺の唇の吐く息は、俺の意思とは関係なく、女衒の言葉と化しているのか？　カトリーヌを自堕落な女にするところだった。――そうとも、母上でさえも堕落させたかも知れぬ、俺の頭がそうしろと命じたならば。神のみぞ知るだ、どのような弦、どのような弓を神々が、俺の頭の中で引き絞り、そこから発する矢という矢が、どのような力を持っているかは！　もしもすべての人間が、広大な炉の発する火花にすぎぬとするならば、これだけは確かだ、俺という者を捏ねあげた未知なる存在は、空を切る閃光の代わりに、燠火を落としたに違いない、このか細く、足元もおぼつかぬ体の中に。俺は考え、選ぶことは出来る、だが、一度選んだ以上、やり直すことは出来ない。おお、神よ、違いますか、当節流行りの若者たち、栄光はひたすら悪徳によって勝ち得られると言わんばかり、学校を出たばかりの若造までも、進んで退廃の道を選ぶ、それが最も緊急の課題だと思っているのでは？　ならば、人間たちという生き物は、どのような泥濘（ぬかるみ）なのか、酒場に犇（ひし）めき、放蕩三昧に耽（ふけ）ろうと、舌舐（したな）めずりをしている奴ら、ところが俺は、奴らに似た仮面は、着けるとしても一つと決め、悪所に出入りしても、決心は固い、俺の汚れた衣装の下で純潔のままでいるという、揺るぎない決心、ところが自分自身が取り返せなくなった、手を洗うことさえも、よしんば血で洗うにしてもだ。可哀そうなカトリーヌ、お前も、ルイーズ・ストロッツィのように死んでいたかも知れないのだ、あるいは他の多くの女たちと同じに、ひたすら堕落の道を落ちて行った、もしも俺という者がいなかったならば。おお、アレクサンドルめ！　俺は信仰などはもたないが、とにかくお祈りはしておいてくれ、今夜、この部屋に来る前にな。カトリーヌは、操正しい、一点の非の打ちどころもない娘だろうが。どれほどの美辞麗句を費やさなければならなかったか、この何も知らない鳩にも似た存在を、貴様のような赤毛の猛獣使いの餌食（えじき）に捧げるためにはな。考えてみれば、もう少しで、事の次第を話してしまうところだった。街はずれには、父親に呪われた娘たちが、うようよいる、牢屋の中では、剃（そ）られた頭を、割れた鏡に見つめている女たちが。こうした女たちにしても、カトリーヌとさして違いはなかったが、違いと言えば、俺よりも下手くそな女衒（ぜげん）の話に乗ったことだ。如何（いか）にもそうだ、俺は幾つも罪を犯した、そう、いつの日か俺の生涯が、裁き主の秤（はかり）に掛けられるとしたならば、片方の皿には、山と積まれた泣き声がある。だが、恐らくひょっとして、もう一方の皿には、カトリーヌの乳房からこぼれて落ちた浄らかな乳の一（ひと）滴（しずく）があるかも知れない、真っ当な子供たちを、養ってくれるはずの乳の一滴が。

退場する。

第六場

丘に囲まれた谷間、奥に修道院。

フィリップ・ストロッツィと二人の修道士が登場。

二人の若い僧がルイーズの棺を担いで来る。

二人は棺を、墓に納める。

フィリップ　最後の床に眠らせる前に、接吻させてくれ。この子が既に横になっていれば、わしはいつもこうして、夕べの接吻をしてやったものだ。悲しげな瞼はそっと閉じて、そうこの通りだ、しかし朝の光が射すや、また開いた、青い空に咲く二輪の花のように。唇には頬笑みを湛えて、静かに起き上がり、老いた父のもとに、昨夜の接吻を返しに来るのだ。清らかなその面差しを見て、人生に疲れた老人の、悲しい目覚めも、心地好いものとなったのだ。暁の訪れを見ては、もう一日、生きなければならぬ、もう一筋、畑に畝を作らなければならぬと思うのだ！　しかしその時、この子が来てくれると、人生もこの子の美しさに等しく思われて、日の光も、胸膨らませて迎え入れることが出来たのだ。

人々、墓を閉じる。

ピエール　（舞台の裏で）こっちだ、こっちへ来い。

フィリップ　もはやお前は、その横たわるところから、二度と起きあがることはない。お前の裸足（はだし）の脚を、この芝生に降ろして、父に会いに来ることも、もはやない。おお、わたしのルイーズ！　お前がどのような娘であったかは、神のみが知り給う、それとわたしだ、わたしだよ、わたしだ。

ピエール　（登場しながら）ピエモンテから来た者たちが百人、セスティーノ(12)に結集しています。さあ、父上、涙を流す時は終わったのです。

フィリップ　涙を流す時が何か、分かっておるのか、お前は。

ピエール　追放された者たちが、セスティーノに集結している。いまこそ、復讐を考える時なのです。堂々とフィレンツェへ進軍するのです、少ないとはいえこの軍勢で。この機を捉えて、夜のうちに到着し、城塞（じょうさい）の歩哨（ほしょう）どもを襲うことが出来れば、勝負はあった。天に賭けて、妹のために築いてやる、こんなケチな墓とは違う壮麗な墓を。

フィリップ　わしは行かん。わしには構わずに行け、お前の仲間と。

ピエール　どうしても来ていただきたい。いいですか、同志の者は皆、父上のお名を頼りにしています。フランソワ一世ご自身も、父上が自由のために行動を起こされるのを待っている。王は、フィレンツェの共和派の長たる父上に、書状を送られて来た。これがその書状です。

フィリップ　（手紙を開き）この書状を持参した者に言いなさい、フランス王へのお返事はこうだと。「フィリップ、祖国に刃向かわん日には、彼すでに狂人ならん」と。

ピエール　何です、その格言は。

フィリップ　わしに相応(ふさわ)しい格言だ。

ピエール　追放された者たちの主張を無視して、自分勝手な格言を作って喜んでおいでだ。いいですか、父上、プリニウスの名言をどうかする話ではない。否と仰る前に、しっかりとお考え頂きたい。

フィリップ　フランス王に対する返事などは、六十年前に決めてある。

ピエール　まったく、何を言い出すのか！　そこまで仰るなら、こちらも、言いたくはないが申し上げる。――我らと行動を共にして頂きたい、父上にすがってお願い致します。わたしがパッツィの邸へ向かった時、仰らなかったか、わしも連れて行けと。――あの時と今とでは違うとでも？

フィリップ　まったく違っておる。侮辱された父親が、剣を手に、友人たちと邸を出る、正義の裁きを求めて、それとはまったく違うのだ、祖国に対し刃(やいば)を向ける、武力に訴え、法を無視して。

ピエール　あの時は、正義を求めることだった。アレクサンドルを打倒することだった。今日只今(こんにち)の話と、どこが違うのですか。祖国など愛してはおられんのだ、父上は。さもなくば、こんな絶好の機会を逃すわけがない。

フィリップ　絶好の機会だと、絶好の！　これがか！

墓を叩く。

ピエール　言う通りにして頂きたい。

フィリップ　わしの苦しみに野心はない。一人にしてくれ、これ以上言うべき言葉はない。

ピエール　頑固にも程がある！　役にも立たぬ名言ばかり吐いて。あなたのために、我々が破滅するのだ。

フィリップ　黙れ、無礼者！　出て行くがよい！

ピエール　わたしの気持ちは口では言えない。お好きな所へ行かれるがよい、今度はあなた抜きでやってみる(13)。ええ、馬鹿馬鹿しい！　ラテン語の翻訳家が一人いなくなったからと言って、それで万事休すというわけではあるまい！

退場。

フィリップ　遂にその日が来たのだ、フィリップよ！　こうしたすべては示している、遂にその日が来たと！

第七場

アルノ河の岸辺。河岸。石造りの邸が連なっている。

ロレンゾ登場。

ロレンゾ　日が暮れた。暇がない、だがここでは何もかも、ただの暇つぶしのように思える。（一軒の邸の門を叩いて）アラマンノ[14]殿！　お留守か！

アラマンノ　（テラスに姿を見せて）誰だ？　何の用だ。

ロレンゾ　お知らせに来た、公爵が今夜殺される手筈（てはず）だ。自由を愛しておいでなら、明日どうなさるのか、同志の人々と相談してください。

アラマンノ　殺されるって、誰に？

ロレンゾ　メディチ家のロレンゾに。

アラマンノ　何だ、お前か、ロレンゾお嬢[15]！　上がって一杯やっていけ、いい男が沢山いるぞ！

ロレンゾ　時間がない。明日、行動を起こしてください！

アラマンノ　お前が公爵を殺す？　冗談も休み休み言え！　酔っぱらってるな？

中へ入る。

ロレンゾ　（一人で）僕がアレクサンドルを殺すと言ったのがまずかった、誰も信じようとしない。（別の門を叩く）パッツィ殿！　お留守か？

パッツィ　（テラスで）誰だ！

ロレンゾ　申し上げる、公爵は今夜殺されます。明日、フィレンツェの自由のために行動を！

パッツィ　誰が公爵を殺すと？

ロレンゾ　誰でもいい、とにかく行動を起こしてください、同志と共に！　誰が殺すか、今は言えないけれど。

パッツィ　頭がいかれたのか、とっとと消えろ！

　　中に入る。

ロレンゾ　（一人で）僕が殺すと言わないと、益々信用しない。（別の門を叩く）コルシーニ殿！　いますか？

司令官　（テラスで）何だ？
ロレンゾ　アレクサンドル公爵が、今夜殺される。
司令官　そうだろうとも、ロレンゾ。酔っぱらっているなら、他所（よそ）へ行って管（くだ）を巻け。ナジの婚礼の晩に、よくも馬に怪我（けが）をさせてくれた。悪魔に食われてしまえ！

中へ入る。

ロレンゾ　哀れなフィレンツェ！　哀れなフィレンツェよ！

退場。

第八場

野原。

ピエール・ストロッツィと二人の追放された男、登場。

ピエール　親父は来ないと言う。いくら理由を言っても分かろうとしない。

流刑囚一　仲間に言うのはやめておきます。それこそ、ちりぢりになる。

ピエール　何故だ？　今夜、今から馬に乗って、セスティーノへ行け。俺のほうは、明日、朝には着いている。こう言うのだ、フィリップは来ないが、ピエールは必ず来ると。

流刑囚一　連盟に加わった連中は、フィリップ様のお名が欲しい。こいつがなくては、我々も、なにも出来ん。

ピエール　フィリップ一族の名は、俺の名と同じだ。とにかく、ストロッツィが来ると言え、それで十分だ。

流刑囚一　どのストロッツィかと聞くでしょうな、もしわたしが、「フィリップ様」と答えなかったら、何事も起こらない。

ピエール　馬鹿野郎！　言われたことをやればいいのだ、手前(てめえ)のことだけ、考えてい

れ
ばいい！　なんで手前に分かるのだ、なにも上手くはいかねえと。

流刑囚一　閣下、民衆を悪しざまに言ってはなりません。

ピエール　いいか、馬に乗れ、セスティーノへ行け。

流刑囚一　しかし殿下、わたしの馬はへとへとでして。夜通し十二里の道を走りました。この時間に、馬に鞍置く気分には、なれません。

ピエール　このど阿呆め。（もう一人の流刑囚に）おい、君なら、うまくやってくれるな？

流刑囚二　あいつの言ったとおりです、フィリップ様のことは。あの方のお名があれば、我々の主張も強くなります。

ピエール　臆病者めが！　腰ぬけのやつらめ！　この主張を正当化するのは、飢え死にしかかっている女房や子供なのだぞ、分かっているのか、いったい？　フィリップの名はな、口をいっぱいにしてはくれるだろう、だがな、腹はいっぱいにはならん。貴様ら、いったい、どこの豚野郎だ？

流刑囚二　こんながさつなお人とは、付き合っていられない。君たち、もう行こう。

ピエール　行け、行け、悪魔に食われてしまうがいい、馬鹿者！　仲間の連中には、こう言うのだぞ、奴らが俺を必要としないとしても、フランスの国王様はな、俺をご所望なのだ！　用心することだな、貴様らすべての上に立つ権力を、俺に下さるかも知れん！

流刑囚二　（別の流刑囚に）行きましょう、何か口に入れに。お前さんとご同様、わたしも疲れ切った。

彼らは退場する。

第九場

広場。夜。

ロレンゾ登場。

ロレンゾ　女は恥ずかしがるからと言って、明りは持って行ってしまう[16]——いつものことじゃないか――花嫁が新婚の床に入る時には、花婿殿に明りを消してと頼むものだ、それにカトリーヌは貞女の誉れ高い。

かわいそうに、彼女が貞女でなかったなら、天が下に貞女がいるか?――こんな話を聞いたら、母上は死んでおしまいになる、当り前だ。

これで、万事よしと。もう少しの辛抱だ。とにかく、一時間は一時間、今時計が鳴った。「でも殿下が、たってと仰るなら……」――「いや、別に、何故だ? 明りを持って行きたけりゃ、持って行くがいい。女が初めて身を任す時は、簡単なことさ」――「お入りになって、こちらのほうが温こうございますから」――おお、神よ! そう、若い娘の単なる気まぐれ。第一、こんな暗殺が起きようとは、夢にも思うまい――みんな、驚くだろうな、フィリップだって、驚く。

ようやく顔を見せたな、鉛のように青白い顔を。(月が出る。)

共和派の連中が男なら、明日は町中、どんな革命になるか! だがピエールは野心家だ。多少ともましなのは、ルッチェライの一族ぐらいか――ああ、言葉、言葉、言葉、永遠のお喋り! あの天上で見ている奴がいたら、大笑いをするだろうな。滑稽だよ、滑稽だ、まったく!――ああ、人間どものお喋り! 死体を殺して喜んでいる！　打ち破ったという扉は、最初から開いている！　ああ、腕を持たない人間たち！

いや、いや、明りは置いておく——心臓めがけて、ずぶりとやる。殺されるのが、奴にも見えるようにしてやる……ああ、キリストの血にかけて！　明日は町中が窓に鈴なりだ。

とにかく、思い付かないでいてほしい別の鎧、別の鎖帷子なんぞ。呪わしい発明だ！　神と闘う、悪魔と闘う、大したことじゃない。だが、鎧職人の汚らしい手で、一筋一筋編んで行く、あの鉄の細工と闘うのは別だ！——僕が後から部屋に入る。奴が剣をそこに置く——いや、こっちか——そう、長椅子の上だ。——革帯は鍔の周りに巻き付ける、これは造作もない。ふとその気になって、横になってくれれば、願ったりだ。横になる？　座る？　それとも立ったまま？　むしろ座るな。こちらはひとまず外へ出る。スコロンコンコロは書斎に潜んでいる。今だ、今だ！——でも、後ろを向いていられると困る。真正面から行くんだ。落ち着け、落ち着け！　もうすぐだ——どこか、酒場へ行こう。気がつかなかったが、体が冷えてしまった。一杯ぐっと引っ掛けなくては。——違う、違う、酒なんか飲みたくない。どこへ行くつもりだ？　酒場なんて、もう閉まっている。「おとなしい子か？」――「それは、勿論」――「肌着一枚か？」――「まさか、そんな」――可哀そうなカトリーヌ！――母上がこんなことで死なれたら、たまらない！――母上に計画を打ち明けたところで、どうなるものでもあるまい。安心して頂くどころか、恐ろしい罪だ！　恐ろしい！　と、死ぬ間際まで言われるに決まっている。

何故こう歩き回る、へとへとになって倒れそうだ。（ベンチに座る。）可哀そうなフィリップ！　太陽のように美しい少女だった。一度だけ、彼女の傍らに座ったことがあった、マロニエの樹の下で。あの白い手が、一生懸命動いていた。幾日となく、過ごしたものだ、木々の木陰に座って、この僕が。カファッジオーロの田舎で過ごしたあの日々[17]！　なんという静けさ！　見晴るかす地平の美しかったこと！　ジャネットは可愛らしかった、門番の娘だ、洗濯物を干している。芝生に拡げたシーツの上を、山羊（やぎ）が、追っても追ってもやって来て、踏んでしまう。白い牡山羊は、細い大きな足ですぐ戻って来てしまう。（時計が鳴る。）

ああ、もう行かなくては――「どうだ、坊や、ジオーモと一杯やったらいい」――「いい酒だわ！」ふいに、こう言ってきたら、それこそお笑いだ、「この部屋は離れているか？　隣の物音は聞こえないだろうな？」こいつは傑作だ。「抜かりはありません。」いや、そんなことを言ってきたらお笑いだ。

時間を間違えていた。まだ半だ。教会の入口に明りが見える。あれは何だ？石を削り、動かしている。石を相手に、すごい勇気だ。どんどん削る、切り込んでいく。十字架像を作っているのだ。懸命に釘で打ちつけている。あの大理石の死体が、突然襲いかかってきて、喉をしめたらどうするのか。

どうしたというのだ、突然、無性に踊りたくなった[18]。このまま、漆喰の山の上で、あの梁に飛び乗って、踊ってしまう、まるで雀だ！　ねえ？　坊や。おいで、おいで。まっさらな手袋をして、もっと綺麗な服を着て！　ラ、ラ、ララ！　花嫁様は美人だもの。でも、ちょっとお耳を。花嫁様の短剣には、ご用心を。

駆けて去る。

第十場

公爵の邸。

公爵は晩餐の食卓に。ジオーモ。

チーボ枢機卿、登場。

枢機卿　殿下、ロレンゾにご用心を。

公爵　枢機卿か。まあ、そこに掛けて、一杯どうだ。

枢機卿　ロレンゾにご用心遊ばしますよう。先刻、マルツィの司教のもとへ参りまして、今夜、遠出の馬を出す許可を求めております[19]。

公爵　そんなことはあり得ない。

枢機卿　司教自身から聞いたのです。

公爵　何を言う。あり得ないというのは、こっちにもそれだけの理由があるからだ。

枢機卿　お信じ頂くのは不可能かと拝察致します。義務として、ご忠告申し上げておきます。

公爵　たとえそれが本当だとして、何がそんなに恐ろしいのか。カファッジオーロにでも行くのだ。

枢機卿　恐ろしいと申しますのは、こちらへ参ります途中、広場の所で、彼が狂ったように梁(はり)や石材の上を飛び跳ねておりますのを、この目で見たのでございます。呼んでみましたが、これは思い違いなどというものではない、彼の目付きは尋常ではなかった。今夜、何か恐るべき計画を企てようとしているのは間違いありません。

公爵　しかし、何故その計画が、わたしにとって危険なのか？

枢機卿　お気に入りの者とは申せ、すべて、お話ししなければなりませんかな？　彼は最前、わたくしの知り合いの者二人に、彼らがテラスにおりますところで公然と、今夜、あなた様を暗殺すると申したのです。

公爵　まあ一杯飲むがよい、枢機卿。ご存じないことはあるまい、ロレンゾの奴は日暮れ時には、大体いつも酔っぱらっている。

モーリス卿登場。

モーリス卿　殿下、ロレンゾにご注意遊ばされますよう。わたくしの友人三名に、今夜、殿下を暗殺するつもりだと申したのです。

公爵　あんたまでが、他愛のない作り話を信じるのか、勇敢なるモーリス卿よ。もう少し肝のすわった人かと思っていた。

モーリス卿　謂（いわ）れもなく恐れる男かどうか、殿下はよくご承知のはずだ。申し上げたことは、証明してお目にかける。

公爵　とにかく、座って、枢機卿と一杯やれ——ちょっと、用事があるので失礼する、悪く思うな。（ロレンゾ登場）どうなのだ、坊や、もう、その時刻か？

ロレンゾ　ちょうど、十二時でございます。

公爵　貂（てん）の毛皮の胴着をくれ。

ロレンゾ　急ぎましょう。あの子はすでに、お約束の場所に来ているかも。

公爵　どの手袋にする？　戦さのか、それとも恋のか？

ロレンゾ　恋の手袋になさいませ。

公爵　いいだろう、大いに色男ぶってみよう。

二人、退場。

モーリス卿　あれを、どう思われる、枢機卿？
枢機卿　人間が何をしようと、神の御意志は果たされると。[20]

二人、退場。

第十一場

ロレンゾの寝室。

ロレンゾと公爵登場。

公爵　体が凍ってしまった――何という寒さだ。（剣を外す）何だ、お前、そこで何をしている。

ロレンゾ　革紐を剣に捲いておりますす、お枕の下に置きますよ。いつでも剣は傍にあったほうがいい。

剣が抜けないように、革紐を捲き付ける。

公爵　俺はお喋りな女は嫌いだ、分かっているな、そういえば思い出したが、カトリーヌはよく喋る。お喋りは真っ平だから、ベッドに入っていよう。――ところで、マルツィの司教に遠出の馬を頼んだというが、何のためだ？

ロレンゾ　弟に会いに行きます。手紙では、大分悪いようなので。

公爵　そろそろ連れて来いよ、叔母様を。

ロレンゾ　只今。

退場。

公爵　（一人で）「いいか、いやか」と聞いて、「いい」と言うに決まっている女を口説くのは、馬鹿らしくてならん、フランス人にはうってつけだがな。特に今夜は食い過ぎた、相手がスペインのお姫様でも、「その心臓を食べてしまいたい」、「はらわたの底まで愛してる」――こんな台詞はとても出ない。眠ったふりをしていようか、不作法かも知れんが、都合はいい。

公爵は横になる。
ロレンゾ、抜き身の剣を手に、登場。

ロレンゾ　おやすみですか、殿下？

公爵を刺す。

公爵　お前か、ロレンゾ(21)？
ロレンゾ　その通りです、殿下。

再び刺す――スコロンコンコロ登場。

スコロンコンコロ　やっつけましたか？
ロレンゾ　見ろ、指に嚙(か)みついた(22)。死ぬまで、この血の指輪を嵌(は)めておく、何物にも代えがたい、このダイヤモンドを。
スコロンコンコロ　これは、フィレンツェ公！
ロレンゾ　（窓の縁に腰を掛けて）素晴らしい夜だ！　大気は澄み切っている！　息をつけ、息をつけ、喜びに打ちひしがれた心よ！
スコロンコンコロ　旦那、行きましょう、とんでもないことをした。ずらかるんだ。
ロレンゾ　夜風は何と心地好く、かぐわしい！　牧場の花々が一斉に花開こうとする時のような！　おお、壮麗なる自然、永遠の休らいよ！
スコロンコンコロ　お顔を流れる汗が風で凍ります。さあ、いらしてください。

ロレンゾ　ああ！　善なる神よ、何という瞬間か[23]！

スコロンコンコロ　（傍白で）旦那の魂は、膨らんでいる、奇妙だ。俺様のほうは、お先に失礼しようか。

退場しようとする。

ロレンゾ　待て！　そこのカーテンを引け。それから、この部屋の鍵を寄こせ。

スコロンコンコロ　隣り近所に、聞かれなければいいが。

ロレンゾ　忘れたか、連中は、俺たちの騒ぎには慣れっこだ。さあ来い、出発だ。

二人、退場。

第五幕

第一場(1)

公爵の宮殿。

ヴァローリ、モーリス卿、ならびにグィチャルディーニ登場。
夥(おびただ)しい数の廷臣たちが、広間とその周囲を歩き回っている。

モーリス卿　ジオーモは、未(ま)だ使いから戻らぬような。いよいよ気がかりが増す。
グィチャルディーニ　奴が、広間にやって参ります。

ジオーモ登場。

モーリス卿　どうだ、様子は知れたか？

ジオーモ　いえ、一向に。

ジオーモ退場。

グィチャルディーニ[2]　奴は答えようともしない。チーボ枢機卿は、公爵の書斎に籠(こも)ったきりだ。あの方にしか、情報は入らない。（別の使者が登場）どうなのだ？　公爵のおられる場所は分かったのか？　いったい、どうなさったのか？

伝令　存じません。

書斎に入る。

ヴァローリ　それにしても、皆さん、恐ろしい事件ではありませんか、この失踪は！

まったく報せがないのですぞ、どうなされたのか、公爵は！ モーリス卿、貴卿は昨夜、公爵に会われた、そう仰ってはいませんでしたか？ なにか、こうご病気のご様子とか。

ジオーモが戻って来る。

ジオーモ （モーリス卿に）あなたのお耳にだけ、入れておきます——公爵は暗殺。
モーリス卿 暗殺？ 誰に？ 見つけたのは、どこで？
ジオーモ 先ほど、仰っていた所——ロレンゾの寝室で。
モーリス卿 ああ、何たることか！ 枢機卿はご存じか？
ジオーモ はい、猊下。
モーリス卿 どう決断なさるのか。どうしたらよい？ 既にして民衆は、宮殿のほうへ、群れをなして押し寄せて来る。このおぞましい事件の悉く、いつしか知れ渡って——我々の破滅だ、それが確認された暁には——我々は、皆殺しだ。

酒や食料の詰め込まれた樽を担いで走る召使たちの姿が、舞台奥に見える。

グィチャルディーニ　あれは、何事ですか？　民衆に、分配でもするつもりか？

宮廷の一貴族が登場。

貴族　公爵殿に、お目にかかれますかな？　ここにおるのは、わたくしの従兄弟(いとこ)でございますが、先ほどドイツから着きましたところで。殿下にご挨拶をさせようと思いまして。なにとぞ、諸卿におかせられましても、よろしくお執り成しを。

グィチャルディーニ　ヴァローリ殿、お返事を。わたくしは、どう申したらよいやら。

ヴァローリ　広間は、朝のご機嫌伺いの者たちで溢(あふ)れかえっております。中へ通されるのを、静かに待っておるのです。

モーリス卿　（ジオーモに）あそこに、ご埋葬か？

ジオーモ　まあ、左様です、教会の聖具室に。(3) 仕方がないでしょうが。民衆が崩御の報せを知ったなら、殺される奴が次々と出る。頃合いを見て、公式のご葬儀を執り行う。目下は、ご遺骸を、絨毯(じゅうたん)にくるんでお持ちした。

ヴァローリ　どうなるのか、我々は、ええ？

幾人もの貴族　(近づいて来て) 私どもも、間もなく、ご機嫌伺いを申し述べることが出来ますでしょうか？　皆様のお考えはどうです？

チーボ枢機卿、登場。(4)

枢機卿　諸卿たちに申し上げる、後(あと)一、二時間もすれば、お目通りが叶(かな)いますぞ。公爵様は、徹夜で仮面舞踏会を遊ばされ、目下は、しばしのご休息です。

召使たちが、仮面舞踏会用のマントを窓に掛ける。

貴族たち　暫(しばら)くのあいだ、わたくしどもは退室致しましょう。公爵様は、まだお休みとか。徹夜で舞踏会に出ておられた。

貴族たちは、退場する。——八人会議の面々が登場。

ニコリーニ　如何(いかが)です、枢機卿、何か決定されましたか？

枢機卿　「プリモ　アヴルソ、ノン　デーフィキット　アルテル
アウレウス、エト　シミリ　フロンデ　スキット　ヴィルガ　メタルロ」
（第一ノモノ失ハルトモ、失ハルニハ非ズ、次ナル
光アルモノ、カクテ枝ヨリ　湧キイヅル、等シキ黄金ノ新芽ハ。）

退場。

ニコリーニ　まことにお見事。しかし現実のほうは、どうなっている？　公爵が亡くなった。次を選ばねばならん、しかも出来るかぎり迅速に。我々の公爵が、今夜か明日には出来ていなければ、我々はお終(しま)いだ。人民どもは、今この時にも、煮えたぎる湯のようだからな。

ヴェットーリ　わたくしは、オクタヴィアン・デ・メディチを推薦する。
カッポーニ　何故(なぜ)です。彼は血統上、第一の人ではない。
アクチャイウォーリ　枢機卿はどうだろうか?
モーリス卿　冗談を言っている場合か?
ルッチェライ　いや、そうですよ、何故、枢機卿では悪いのです? すべての法を無視してだ、今回の事件については、あの人が、唯一の裁き手だと公言するのを許しておいでの、あなたがですよ。
ヴェットーリ　あの方なら、今度の事件を、うまく裁いてくださると思う。
ルッチェライ　法王のご命令を、待たねばならぬ。
ヴェットーリ　そのことなら、すでにやっておいでだ。枢機卿が、昨夜飛ばした飛脚で、法王は既にそれを許可されている。
ルッチェライ　鳥の飛脚とでも仰るつもりか。飛脚にしたって、先(ま)ずは行きの時間がかかる、帰りの時間のその前にです。我々を、子供扱いなさるおつもりか。
カニギアーニ　(近づいて来て)皆さん、わたしを信用してくださるならば、こう致したら如何でござろう。フィレンツェ公爵には、彼の(5)隠し児のジュリアンを立てる。

ルッチェライ　これは名案！　五歳の子供をね。五歳でしたな、確か？
グィチャルディーニ（小声で）あの男がお分かりにならない？　枢機卿のほうで、彼の頭に、こんな馬鹿げた考えを吹きこんだ。チーボは摂政に収まり、餓鬼はお菓子を齧って（かじ）いればいい。
ルッチェライ　恥を知るがよい。こんな馬鹿げた話ばかり聞かされるなら、わしは、失礼する。

コルシが入って来る。

コルシ　皆様、枢機卿殿は今しがた、コジモ・デ・メディチ殿に書簡を送られました。
八人会議　われわれには、一言の相談もなく？
コルシ　枢機卿殿は、同じくピサ、ならびにアレッツォ、ならびにピストワの、軍司令官に書簡を送られました。ジャコモ・デ・メディチ殿は[6]、明日、集められる限りの群衆を率いて、ご到着の予定。アレクサンドル・ヴィテルリ殿は[7]、既に守備隊全員を率いて、要塞の内に。ロレンゾに関しましては、三人の使者が出発しました。

ルッチェライ　直(ただ)ちに公爵になさることだな、あなた方の崇敬なさる枢機卿を、その方が手っとり早い。

コルシ　わたくしへのご命令は、コジモ・デ・メディチ殿を、フィレンツェ共和国の臨時総督(8)に選出致すべく、諸卿の賛成票を頂きたく、左様お願い申すようにとのことでございます。

ジオーモ　（広間を横切る召使たちに）入口の周りには、砂を撒(ま)け、とにかく酒を充分に振るまえ。

ルッチェライ　哀れな人民たち！　なんたる馬鹿者扱いか、お前たちのことは！

モーリス卿　では、皆様方、投票に掛かりましょう。用紙は、ここにございます。

ヴェットーリ　コジモは確かに、アレクサンドルについで、筆頭の権利を持っていますな。彼に最も近い、血筋の上では。

アクチャイウォーリ　どんな男ですな？　わたくしは、とんと存じませんので。

コルシ　世に優れた君主でいらっしゃる。

グィチャルディーニ　ちょっと待った、そうとばかりは言えない。あなたが、彼は王侯の中でも一番くだくだしく、一番慇懃なお人と言うなら、当たらずと言えども、遠からずだが。

モーリス卿　皆さんの票を。

ルッチェライ　この投票には、絶対に反対、すべての市民の名においてだ。

ヴェットーリ　何故です？

ルッチェライ　共和国には、王も公爵も、貴族も要らない——わたしの票だ。

彼は白票を見せる。

ヴェットーリ　貴公の票は票、一票。貴公なしでもやれますよ。

ルッチェライ　それなら、おさらばだ。わたしは手を引く。

グィチャルディーニ　（後を追いかけ）ちょっと待った、パッラ、そりゃあんまり乱暴というものだ。

ルッチェライ　放っておいてもらいたい。わたしは当年取って六十二歳。今更わたしに、ひどい苦しみを嘗めさせようと言っても、無理だ。

彼は退場する。

ニコリーニ　ご投票の結果であります！　(帽子に入れられた投票用紙を、広げる)全員、一致であります。使いの者は、既にトレッビオへ発ちましたかな。

コルシ　はい、猊下。コジモは、明朝には、こちらへ参るはず、拒否されなかった場合の話でありますが。

ヴェットーリ　拒否するわけがあるまい。

ニコリーニ　ああ、何ということ！　万が一、あの方が拒否されたなら、我々はどうなります？　十五里ですぞ、(9)ここからトレッビオまでは、コジモをつかまえるために走った距離は。帰り道だって同じだけかかる、一日、棒に振ったようなものではないか！　もっと近くにいる者から選ぶべきだった。

ヴェットーリ　どうにもなりますまい。――我らの投票は済んだ、第一、恐らくや彼は引き受ける。――まったく、目が回りますな。

人々、退場。

第二場

ヴェネツィア

フィリップ・ストロッツィが、書斎にいる。

フィリップ　確信があった、わしは。――ピエールは、フランス王と手紙のやり取りをしていた。――今や、軍隊もどきの先頭に立って、今にも町を焼き払おうと言う。この哀れなストロッツィの名が、あれほど長い間、尊敬の的であったこの名が、使われるとは！――その名は、一人の反逆者を産み、二度か三度、虐殺を行う。――おお、ルイーズよ！　お前は、芝生の下で、平和に眠っている――現世の悉くを、忘れられている、お前の周囲でも、お前の中でも、お前を残して来た、あの物悲しい谷間の底で。（ドアを叩く音）どうぞ。

ロレンゾ登場。

ロレンゾ　あなたの冠に飾る、最も美しい宝石を、持って来た。
フィリップ　何だ、これは？　鍵か？
ロレンゾ　この鍵で僕の部屋が開く、そこにはメディチ家のアレクサンドルが死んでいる、殺したのはこの手だ。[10]
フィリップ　本当か？　本当なのだな？――信じられん。
ロレンゾ　まあ、お信じなさい――今に、別の奴が報せを持って来る。
フィリップ　（鍵を手に取って）アレクサンドルが死んだ！――そんなことがあり得ようか。
ロレンゾ　なんと答えますね、共和派の連中が、あなたに、奴の代わりに公爵になれと言ったら。
フィリップ　わしは、拒絶するな。

ロレンゾ　本当に？　本当ですか？――信じられない。
フィリップ　何故だ。――わしにとっては、簡単明瞭なことだ。
ロレンゾ　僕にとって、アレクサンドルを殺すことのように。――どうして僕を信じようとはなさらない。
フィリップ　おお、ブルータスの再来だ。信じよう。お前を抱きしめる。――自由はすなわち、救われたのだ！――そうとも、信じよう、お前は、いつぞや語ってくれた通りの人間だ。さあ、握手を！――公爵は死んだのだ！――わしの喜びの中に、憎悪はない――あるのは、祖国に対する最も清い、最も神聖な愛のみだ、天なる神に誓って言う！
ロレンゾ　まあ、落ち着いてください。――この身ひとつは助かったが、マルツィの司教の出してくれた馬のお蔭で、へとへとだ。
フィリップ　同志の者には告げなかったのか？　今頃は剣を抜いて立ち上がっているのだろうな？
ロレンゾ　告げましたよ、全員に。共和派の門という門を叩いて、物乞い坊主さながら執拗に、――言いましたよ、「剣を磨いておけ、目が覚めた時にはアレクサンドルは、死んでいるぞ」。――あの調子じゃ、今になっても、目を覚ましてはまた一眠り。――しかし、まったくのところ、他に考えようはない。
フィリップ　パッツィの一味には告げたのか？――コルシーニは？
ロレンゾ　ええ、皆(みんな)にね――もう少しで、お月様にも言うところだった、何しろ誰も聞いてくれないのでね。
フィリップ　どういうつもりだ？
ロレンゾ　どういうつもりもなにもない、ご連中は、肩をすぼめて、相手にしない、お食事だ、骰子(さいころ)だ、お相手のご婦人がたのほうへお戻り遊ばす。
フィリップ　つまり説明してはやらなかったのだ、これから起きる事件のことを。
ロレンゾ　冗談じゃない、いちいち説明してやれと？――お一人様、一時間、ご説明に時間を潰す？　奴らには言ったのです、準備をしろよ、それから僕は、やっつけた。
フィリップ　で、お前は、パッツィ家の者たちが、手をこまねいているとでも？――何が分かる。――出発してからは、何の報せも入っておらんだろうが、もう何日にもなる。

ロレンゾ　パッツィ家の連中は、なにかやらかしたでしょうな。控えの間で剣術の稽古。喉が渇けば、南仏のワインでも飲みながら。

フィリップ　お前は、そう言い張る。わしと賭けをしようと言うのではあるまいな？　まあ、落ち着け、わしは、希望は捨てぬ。

ロレンゾ　僕は冷静ですよ、口に出しては言えないくらい。

フィリップ　何故、公爵の首を下げて出ては来なかった。[11] そうすれば、民衆はお前を救世主だ、自分たちの頭だと、お前について来たに違いない。

ロレンゾ　捕った鹿は猟犬に任せて来た。――奴らが勝手に食らえばいい。

フィリップ　お前が人間を軽蔑していないと言うなら、人間たちを神のようだと思っているのだ。

ロレンゾ　軽蔑なんかしていませんよ、僕は。よく分かっているだけです、本当に悪い奴は僅かだ、卑怯者は沢山いる、大部分は無関心な連中だ。そうね、残忍な奴らもいる、ピストワの住民のように、今度の事件をいい口実と、町のお偉方[12]を悉く殺害した、それも昼日中、町のど真ん中で。つい一時間前に聞きましたよ。

フィリップ　わしは歓喜と希望に溢れている。この心臓は、抑えようもなく激しく打つ。

ロレンゾ　それは結構……、結構だ。

フィリップ　何も分からぬ癖に、なぜそのような口をきく。勿論、すべての人間が偉大なことをなし得るわけではない、がしかし、偉大な事柄に心を動かされるのは確かだ。世界の歴史を、否定しようというのか、お前は？　森に火をつけるには、火花が要る。しかし火花は小石から迸り、それで森全体が燃え上がる。一人の剣が閃く、その稲妻の閃光に、一つの時代が輝きわたることもあるのだ。

ロレンゾ　僕は歴史を否定はしない。でも僕は、歴史の中にはいなかった。(13)

フィリップ　お前を、ブルータスと呼ばせてくれ！　もしわしが夢想家なら、この夢は残しておいてもらいたい。おお、友たちよ、わが同胞たちよ！　君たちは、老いたるストロッツィに、見事な死の床を作ってくれたのだ、今こそ！

ロレンゾ　何故窓を開けるのです？

フィリップ　見えないか、あの街道を、報せの男が大急ぎでやって来る。わしのブルータス！　わが偉大なるロレンゾ！　大気は自由に満ち満ちている、わしは感じる、今こそ自由を胸一杯に呼吸することができると！

ロレンゾ　フィリップ！　フィリップ！　やめてください——窓を閉めて——仰る言葉の一つ一つがこの体に突き刺さる。
フィリップ　通りに人だかりが出来た。布告係が、なにか布令(ふれ)を読んでいる。おい、ジャン！　あの布告人から、布令を一通買って来い。
ロレンゾ　ああ、何ということだ！
フィリップ　死人のように、真っ青になって。どうしたのだ？
ロレンゾ　聞こえないのですか、あの布告が？

召使が、布告文を持って登場。

フィリップ　聞こえぬ。ならば、その布告文、通りで大声で読み上げている、読んでくれ。
ロレンゾ　（読む）「布告。すべての貴族ならびに平民に告ぐ。祖国の反逆者にして主君の殺害者たるロレンゾ・デ・メディチを、イタリア全土において、場所・手段を問わず、これを殺害なしたる者は、フィレンツェ八人会議の名において、次の褒賞を賜るものとす。一つ、フローリン金貨四千枚、控除額なし。一つ、本人生存中においては本人に、また死後はその直系相続人に、年金として、フローリン金貨百枚を賜る。一つ、平民といえども、その出生の如何(いかん)を問わず、あらゆる官職に就き、国家のすべての利益・特権を享受するを許さるべきこと、一つ、過去、未来、またその軽重を問わず、あらゆる罪科を永久に赦(ゆる)さるべきこと。

八人会議員親署」

どうです、フィリップ、さっきは、僕がアレクサンドルを殺したと、お信じになろうとしなかった。お分かりでしょう、僕が殺したのですよ、奴を。

フィリップ　静かに。誰かが階段を上がって来る。そこの部屋に、隠れていろ。

二人、退場。

第三場

フィレンツェ――街路。

二人の貴族、登場。

貴族一　あそこを行くのは、チーボ侯爵ではありませんか？　奥方に腕を貸しているような。[14]

侯爵と侯爵夫人が通る。

貴族二　あのお人好しの侯爵殿は、復讐を好まれぬようで。フィレンツェ中に、知らぬ者とておりますまい、奥方が、お隠れになった公爵殿の愛人であったことは。

貴族一　ご両人とも、すっかり仲直りをされたようで。お二人が手を握るのを拝見したように思いますが。

貴族二　真に理想の夫とは、あのような方。アルノ河ほどの長さもある、恥という名の蛇でさえ、呑み込んでおしまいになる、これぞ丈夫な胃のしるし。

貴族一　その噂は存じております――でも、ご忠告ついでに申し上げておきますが、ご本人には決して仰らぬこと。なにしろ、武器を取らせれば、向かうところ敵なし、という腕前。ですから駄洒落(だじゃれ)の名人たちも、一目おいて、近づきませんのさ。

貴族二　変わり者なら、それだけの話、ですがね。

二人、退場。

第四場

旅籠(はたご)屋

ピエール・ストロッツィと伝令が登場。(15)

ピエール　それは、あの方のお言葉に違いないな？

伝令　さようで、殿下、国王様ご自身のお言葉でございます。

ピエール　分かった。（使者、退場。）フランス国王がイタリアの自由を守る、というのに盗人（ぬすっと）が、もう一人の盗人から、旅の途中の美しい女を守ってやろうというのに等しい。女は守るが、それは女を犯すまでのあいだだ。とにかく、俺の前に道は開けた、砂埃よりは、よい種のほうが沢山ある。忌ま忌ましいロレンザッチョめ！　名を売ろうとして、下らぬことをしてくれた。俺の復讐は、手の指の間から、狂った鳥のように逃げてしまったではないか。ここでは、もはや俺に相応（ふさわ）しいようなものは、何もない。ならば、町を襲撃して、あの女の腐ったような野郎どもに置き土産だ、親父の名しか頭にはなく、一日中、俺をじろじろと、親父に似たところはないか、ないかと探す奴らに。俺はな、盗賊どもの頭（かしら）などになるために、生まれて来たのではない。

退場する。

第五場

広場――フィレンツェ。

金銀細工商と生地屋が座っている。(16)

生地屋　わたしの言うことを、よく聞いてくださいよ。わたしの言葉に注意をして。お亡くなりになった公爵アレクサンドル様は、今年（こんねん）、つまり一五三六年に殺されなすった――いいですか？　公爵様は一五三六年に殺された、紛れもない事実。ところで、お歳（とし）は当年とって二十六歳。お分かりかな？　これはまだ序の口。おかくれになったのは、月の六日。どうです、六日ですよ、よりによって。しかのみならず、刻限も夜の六時。モンデラ爺さん、どうお考えかな？　奇妙というか魔訶不可思議というか、とにかく前代未聞ですな。わたしゃ、聞いたことがない。夜の六時にお隠れに。とにかくお聞きなさい。まだあります。傷が六箇所。これでも驚かない？　六箇所ですよ、傷も。一五三六年、御歳二十六歳、月の六日、刻限も夜の六時、傷も六箇所。最後に、これで決まりだ――御在位期間も六年ときた。

細工商　何をたわけたことを！

生地屋　何がたわけているんです？　あなた、数の勘定がお出来にならない？　只今ご説明申し上げた通り、世にも玄妙不可思議なる数の組み合わせにより、如何なる結果が招来するものか、お分かりにはならない？

細工商　一向に分からんね、如何なる結果が招来するのか。

生地屋　本当に、お分かりにならない、掛け値なしに、正直なところ？

細工商　ああ、分からんね、あんたの言う招来する結果なんぞ、これっぱかしも。大体、そんなものが何の役に立つ、我々に。

生地屋　招来する結果とは、すなわち六つの六が公爵様の御逝去に与かって力があったということ。しーっ、わたしが言っていたなんて、言わないでくださいよ。これでも、真面目で慎重な男で通っているんですから。この暗合は、人々が考えているよりよっぽど重大な話なんだ。友達甲斐に教えてさしあげてるんだから。
細工商　ちょっと散歩でもしてきたらどうだ？　歳はとっても、まだ、そこらの婆さんのようにはなってはおらんよ。コジモの奴が今日にも着く、これが一番はっきりした結果じゃないか、あんたの碌でもない「六・六尽くし」の夜の中から湧いて出たのはこいつだよ、もっと結構な理屈を編み出してくれる。ああ、何てざまだ、恥ずかしくないのか、まったく！　家の職人たちはな、下端の下端に到るまで、八人会議の連中が通るのを見て、金槌を叩いて叫んでいた、「旦那らが、どうしたらいいか分からず、手が出せねえのなら、あっしらを呼んでもらおう、あっしらがやる！」
生地屋　叫んでいたのは、お前さんの所の職人衆だけじゃない、町中、言葉の轟音だった、ついぞ聞いたこともない、話にさえも聞いたことはない。
細工商　こっちじゃ、兵隊どもの後を追う、あっちじゃ振る舞い酒を追い掛ける、口も脳味噌も酒浸しで、僅かに残る常識も、真っ当な言葉などというものも、どこへやら。

生地屋　中には議会[17]を復活させて、以前のように、長官を選挙で選ぶのがいいと。

細工商　確かにな、仰る通り、そう望む奴らもいた、だが、実行に移した奴はいやしない。歳はとっても、わしだって、「新規市場」の所まで駆けつけた、お蔭で向こう脛を矛槍でいやというほどやられたよ。助けに来る奴は一人もいねえ。行動したのは、学生たちだけだ。

生地屋　そりゃそうでしょう。ところで、この話は知っていますか？　要塞司令官のロベルト・コルシーニが、何でも、昨夜、サルヴィアーチの邸であった共和派の集会に行ったという噂ですがね。

細工商　その通りさ。自由の味方に、要塞を明け渡すと言った、食料も、鍵も、一切合切な。

生地屋　本当にそう言ったんですか、本当に？　そうだとすりゃ、大反逆罪だ！

細工商　そういうことだ。そこで、皆は大騒ぎだ、甘ったるい酒[18]を食らって窓ガラスをぶち破る。ところが、肝心の提案は聞こうともしない。こう提案されているのに、やる勇気もないくせして、挙句は、どうも怪しい、言うことは信じられんなどと言い出す。ええ、悪魔に食われてしまえ！　なんてことだ！　それそれ、トレッビオ(19)からの使いが着いた。コジモはもうすぐそこまで来ている。それではな、あんた。血が騒ぐよ、まったく。わしは、宮殿まで行ってみる。

退場。

生地屋　待っておくんなさいよ、わたしも行くから。

二人、退場。子供のサルヴィアーチを連れた教師と、子供のストロッツィを連れた教師が登場。(20)

第一の教師　真ヤ知識溢ルル博士、如何(いかが)わたらせ給うや？　まこと尊き御気色(みけしき)は、颶(ぐ)風(ふう)狂乱のこの時節に、恙(つつが)なく、はたまた、御健勝にわたらせ給うや。

第二の教師　げにや由々しき事の次第、博士殿の如く博識にして、かつまた詩歌に秀でられたる御方と、かかる憂いに閉ざされて、薄氷(うすごおり)踏むが如きこの地に於(お)いて、拝顔の栄を賜るとは。博士のお許しをば賜りて、我が国の言の葉の優れし富の生まれたる、この巨人にもまごう御手(みて)をこそ、握らせ給え。白状されよ、つい先ごろも、ソネ一篇を作られたとか。

子供のサルヴィアーチ　ストロッツィの下司(げす)野郎！

子供のストロッツィ　貴様の親父はぶん殴られたぞ、サルヴィアーチ！

第一の教師　我らが詩才の貧しき戯れ、貴殿のお耳に達しましたか、あれほどまでに冷徹に、かつまた広大、峻厳なる芸術家であらせられる御方の？　貴殿の如き御眼差(まなざ)しが、かくも細やかに刻み込まれ、かくも仄(ほの)かに浮かび上がる地平線をも揺り動かす御眼差しが、玉虫色の想像力の発する、恐らくは奇怪(きっかい)にして破れかぶれの烟(けむり)をお取り上げくださりまするとは。

第二の教師　なんと言われる。もし先生にして芸術を愛され、我らをも愛されると仰せらるるならば、この際、是非とも、お作のソネをお聞かせ賜れ。この町の悉(ことごと)く、ひたすら先生お作のソネを。

第一の教師　おそらくや、不審に思われるかも知れぬ、どちらかと申せば、王政賛美致したる身ではあるが、今回は、共和制を歌っておりますことを。

子供のサルヴィアーチ　そんなに蹴るなよ、ストロッツィ。

子供のストロッツィ　どうだ、サルヴィアーチの犬野郎、もう一発お見舞いだ。
第一の教師　さらば詩を――
「自由を謳わん、巡り来て、弥増し厳しき花と咲く……」
子供のサルヴィアーチ　この餓鬼を止めさせてください、先生。盗人です。ストロッツィ家の奴らはみんな盗人です。
第二の教師　さあさあ、静かにして。
子供のストロッツィ　また、こそこそやろうと言うのだな？　どうだ、悪党め、お前の親父の所へ、これを持って行け、それで言うのだな、ピエール・ストロッツィから受けた傷と一緒に、しまっておけと。この毒殺魔！　貴様らは、毒殺魔だ、みんな！
第一の教師　ええ、静かにしておられんのか！　この悪餓鬼が。
彼は子供を殴る。
子供のストロッツィ　痛いよ！　痛いよ！　殴られたよ。

第一の教師　「自由を謳わん、巡り来て、弥増し厳しき花と咲く、
　弥増し熟れたる陽のもとに、弥増す血潮の赤き空。」
子供のストロッツィ　痛いよ！　痛いよ！　耳を齧(かじ)った。
第二の教師　君ね、殴り方が強すぎるよ。
　子供のストロッツィが、子供のサルヴィアーチを殴る。
第一の教師　で、どう致しましょうか？
第二の教師　どうぞ、そのままお続けを。
第一の教師　喜んで続けますが、殴り合いを止めませんな、この子供たちは。
　子供は殴り合いながら、退場。教師は後を追う。

第六場(21)

フィレンツェ――街路。

学生と軍隊が登場。

学生一　貴族は喋るだけで行動しない！　我々は行動する！　投票の権利を行使するのだ！　フィレンツェの市民諸君！　投票抜きの公爵擁立に、断固反対しよう！

兵士たち　投票はない！　さがれ、さがれ！

学生二　市民諸君、こっちへ来い！　蹂躙されているのだ、諸君の権利は！　これは民衆に対する侮辱だ！

乱闘。

兵士たち　さがれ、さがれ！
もう一人の学生　我々の権利のために、俺は死んでもいい！
兵士たち　死にたきゃ、死ね！

学生を刺す。

学生　ロベルト、復讐してくれ、お袋を頼む。

死ぬ。学生たちは軍隊を襲う。両者、戦いながら退場。

第七場

ヴェネツィア――ストロッツィの書斎。

フィリップとロレンゾ。ロレンゾは手紙を持っている。

ロレンゾ　母が亡くなったという報せです。(22) ちょっと散歩に行きましょう、フィリップ。

フィリップ　お願いだ、運命に挑戦するような真似はやめてもらいたい。お前の首に賞金が懸かっているというのに、そんなふうに出歩いてばかりいる。

ロレンゾ　クレメンス七世を暗殺しようとした時、ローマで、僕の首には賞金が懸けられていた。アレクサンドルを殺した以上、イタリア全土で同じ目にあうのは当然でしょうが。そのイタリアを出れば、たちまち、ヨーロッパ中に喇叭(らっぱ)を鳴らされ、殺された暁には、神様が、天のあらゆる四つ辻に、お告げを出されるに決まっている、「永遠の罰をロレンゾに科す」と。

フィリップ　そうやって陽気にしているが、実は夜のように悲しいのだ。ロレンゾ、お前は少しも変わっていない。

ロレンゾ　変わらない、そう、着ているものも同じだし、歩くのも、相変わらず同じ足。同じ口で欠伸(あくび)をする。変わったのは、自分の惨めさだけ——そう、僕はブリキの人形より虚(うつ)ろで、からっぽになってしまった。

フィリップ　一緒に旅に出よう。もう一度、人間らしい人間になるのだ。大変な仕事はした、だがまだ若いのだ、お前は。

ロレンゾ　僕はサチュルヌ[23]の祖先よりも、歳をとっている。——お願いだ、ちょっと歩いて来ましょう。

フィリップ　何もしないから精神に悪いのだ。自分で不幸を求めている。それがお前の悪い所だ。

ロレンゾ　仰る通り。共和派の連中がフィレンツェで何もしなかった、それこそ、とんでもないわたしの落ち度だ。将来のある、勇敢な、信念に燃える学生が百人、無駄死にをした。田舎でキャベツでも作っていればいいコジモの奴が、満場一致でフィレンツェ公に選ばれる——冗談じゃない。そう、認めますよ、これこそ許しがたい落ち度だ、まったく、やり切れない。

フィリップ　すべてが終わったわけではない、終わっていない事件について、とやかく言うのはよそう。とにかく、イタリアから脱出するのだ。まだ、死ぬには早い。

ロレンゾ　確かに殺人機械だった、僕は。でも、たった一人殺すだけの機械。

フィリップ その殺人をやり遂げなければ、幸せになれなかった、そうだろう? しかし、これからは、まともな人間として生きていけばよい、それなのに、何故死のうとする。

ロレンゾ 前に言ったことを繰り返すだけです。フィリップ、僕はまともな人間だった。——またそうなれるかも知れない、この倦怠(けんたい)という奴がなければ——今だって、酒も女も好きです。放蕩三昧になるためには、それで充分だ。でも、放蕩三昧になろうという気持ちを起こさせるには、それでは足りない。さあ、ちょっと出掛けましょう、とにかく。

フィリップ 散歩をしているうちに、殺されるかも知れん。

ロレンゾ 奴らを見ていると面白い。何しろ賞金の額が額だ、皆奮い立っている。昨日も、裸足(はだし)の大男が、運河の岸で四、五十分は後をつけて来ましたが、ついに僕を殺す決心がつかない。鉄串(かなぐし)くらいの長さの短刀(24)のようなものを持っていて、どうしたものかと見つめている。気の毒になってね——飢え死にしかかっている家の親父か何かでしょうね。

フィリップ おお、ロレンゾ、ロレンゾよ、お前の心は病んでいる。その男にしたところで、正直な男かも知れん。気の毒だと思って迷っていたのかも知れない、何故それを卑怯だと言う。

ロレンゾ　解釈はご自由に。リアルト橋(ばし)[25]のあたりを歩いて来ます。

退場。

フィリップ　(一人残って)家の誰かを付けてやらなくては。おい、ジャン、ピッポ、いるか。(召使登場。)剣を持って、お前と、そう、もう一人、ロレンゾ様の後を、適当な距離を置いて、ついて行け。危ないと見たら、お助けしろ。

ジャン　かしこまりました。

ピッポ登場。

ピッポ　ロレンゾ様が一大事でございます。何者かが御門のところに潜んでおりまして、お出ましになりますところを、後ろから一突きに。

フィリップ　急いで行こう。傷は浅いかも知れぬ。

ピッポ　ご覧ください、あの人だかりを！　皆でロレンゾ様に襲いかかり、ああ神様、死体を運河に！

フィリップ　何という、無残な！　無残だ！　葬る墓もないとは[26]！

退場。

第八場[27]

フィレンツェ――大広場。参列者の席は満員。民衆が四方から集まる。

群衆　メディチ家万歳！　公爵様だ、今度の公爵様だ！

兵士たち　下がれ、下がれ！　道をあけろ！

チーボ枢機卿　（壇上で、コジモ・デ・メディチに）殿下、殿下は只今よりフィレンツェ公爵となられます。法王ならびに皇帝より殿下に委ねるべく、わたくしに託されました王冠を受けられるに先立ち、四箇条の御誓言を賜るべしとの勅命にございます。

コジモ　それは、なにか、枢機卿。

チーボ枢機卿　容赦なきお裁きをなさるべきこと。カール五世大帝のご威勢に逆らうが如きお振る舞いは断じてなさるまじきこと。アレクサンドル殿の復讐をなさるべきこと。その庶子たるジュール殿ならびにジュリア姫を手厚く養わるべきこと。

コジモ　その誓いは、どのようにして立てるのであるか？

チーボ枢機卿　福音書にかけて。

福音書を差し出す。

コジモ　わたくしはそれを、神に誓う——そして、枢機卿、あなたに誓う。では、お手を。

二人は、民衆のほうへ進み出る。遥かにコジモが語る声が聞こえる。

「高貴ならびなき輝ける諸卿、
高名にして親愛なる諸卿に対し奉り、その賜りたる至上の恩恵に感謝の念を表すべく、若年の身をも顧みず、この誓約を立てるもの也。すなわち、常住坐臥、神を畏(おそ)れ敬い、誠を尽くし、正義を行い、財産・名誉そのいずれにおいても、何人(なんびと)をも侵さず、また政務につきては、慎重かつ明敏なる諸卿の忠告・判断に悖(もと)るが如き振る舞いは断じて致すまじきこと。右誓約す。万事にわたり、衷心より諸卿に帰依し奉るもの也。」

訳注

第一幕

(1) 背徳・淫乱は体の内側から人間を蝕む。そのような「性的な」内面性が、この権力としての性の生み出す「主体・主観性」(sujet-subjectivité) なのであり、性の隷属 (sujétion) としての人間の頽廃にほかならない。ロレンゾは、そのような「性の奴隷の調教師」として語っている。

(2) ロマン派好みの「夢」のテーマ系は、この劇においては、単なる「夢想」ではなく、時に幻覚、時に予兆、更には「分身」のテーマに結びつく。

(3) マフィオは如何にも「コルネイユ的」な悲劇的台詞を吐く。それが愚弄されるためであるとしてもだ。この点でも、この若者はフィリップの「正義感」の先触れである。

(4) 草稿の一つでは、第一幕第一場は、公爵とロレンゾがベッドで寝ているところに、ベンヴェヌート・チェリーニが、公爵の肖像を彫ったメダルを届けに登場するところから始まっていた。公爵とロレンゾの男色的な関係を露骨に見せている設定だが、決定稿では削除される。ベンヴェヌート・チェリーニは、フィレンツェの名高い彫金家・彫刻家で、そのブロンズ像の『ペルセウス』はロッジアの広場に立っている。実生活においては型破りなところが多く、『自叙伝』を残している。先に述べたように、ミュッセは、初めこの芸術家とそのパトロンであるアレクサンドルとの場面を書いたが、決定稿ではカットし、第一幕第五場の「モントリヴェトの祭」の場で、「祭のキャバレーで余興をするエキセントリックなチェリーニ」を暗示するに留めた（銀座セゾン劇場上演台本では、そのこともあって、「ナジの婚礼」の祝祭的気分を盛り上げるために、ベルリオーズの『ベンヴェヌート・チェリーニ』「序曲」を用いた。以下、「上演台本」と言うときは、特別の補足がない限り、上記日本初演版を指す）。

（5）いわば「地場産業」である「金銀細工」と、「輸入産業」である「絹織物」とを対照的に登場させている。

（6）上演台本では、テバルデオに関するサブ・テクストを編むために、この「学生」をテバルデオとした。原作でも、「画家の見習い」である。

（7）ナジの娘の婿となる人物。生地屋は、マルテッリが夫婦揃って「遊び人」であることを、彼の「消費社会的」価値観から、皮肉ではなく「フィレンツェばり」だと言って自慢しているのである。今なら「マスコミ芸能ニュース」的に「開けた」人物。

（8）フィレンツェでは、カーニヴァルの際に、大きな「風船」を引きずって街を練り歩くのが、若者たちの習わしだった。

(9)「ストロッツィ」のテーマの初出。フィレンツェ市民の側からの「二つの派閥」への思い入れ。

(10)フィレンツェ郊外のサン・ミニアート寺院。

(11)一五三四年に、法王がアレクサンドルの権力を補強するために建てさせた「バッソの要塞」。その城門には、「翼を拡げた鷲」の彫刻が刻まれていた。「災いの茸」は、この戯曲において「通奏低音」のように鳴り響く「植物神」のテーマ系の「負」の変奏。

(12)アレクサンドル・デ・メディチは、法王クレメンス七世とモール人の女との間に出来た私生児だとされている。

(13)一五二七〜一五三〇年の反乱の結果、皇帝軍に降伏したフィレンツェは、神聖ローマ帝国との間に、皇帝による政治への介入を認めるとともに、皇帝軍がフィレンツェ市民に一定の自由を保障する旨の条約を取り決めていた。その皇帝の駐留軍が、結局は、傀儡政権たるメディチ家の独裁を支援する結果になっていること。

(14)パッラ・ルッチェライは、ヴァルキによれば、ストロッツィ一族の自由思想を共有する人物として描かれている。ミュッセも、第五幕では、自由の擁護者としている。

(15)要塞司令官は、ロベルト・コルシーニ。

（16）無礼講の「祭り」の場での「性の倒錯」は、文化的価値の逆転ゲームの典型であるが、それに、「修道女の仮装」という要素が加わると、演技は歴然と「瀆神（とくしん）」の相を強める。この仮装は、次の場の、チーボ侯爵夫人とチーボ枢機卿との会話の冒頭でも喚起される。この戯曲において、主人公たちの言動は、他の主人公たちによって、木魂（こだま）のように繰り返される。
（17）二十世紀なら「甚だ映画的な」と言うでもあろう、ロレンゾの一瞬のクローズ・アップ。
（18）この戯曲では、フェティシズムはすべて「女の足」に収斂（しゅうれん）しているかのように、「濡れ場」では、常に「足」が欲望の対象として語られる。
（19）トスカナ北部の山の中の町。フィレンツェ近郊のこの領地は、『ロレンザッチョ』において「不可能な夢」のように語られる「田園の無垢な自然」の重要な要素である。第三幕でロレンゾが、幼年期を過ごした「カファッジオーロの田舎」を語るのが、その典型である。
（20）聖地巡礼の旅である。
（21）史実では、リチャルダは、最初の結婚で寡婦となり、一五二〇年にチーボと再婚した。従ってその時点では十七年が過ぎているわけであり、この「七年」は、彼女の若さを引き立てるための作者の創作。
（22）マラスピーナはチーボ枢機卿の名。
（23）ジュリアン・デ・メディチの私生児で枢機卿となり、アレクサンドルとともに、長いこと法王クレメンス七世の寵を得ていたが、法王がアレクサンドルをフィレンツェ公に選んだ後に、一五三五年に毒殺された。アレクサンドルの仕業ではないかとされる。

(24)「自由の女神」は「フリギア頭巾」と呼ばれる頭巾を被っているが、起源は、古代ローマにおいて、奴隷が解放されて一般市民の資格を得ると、先の尖った帽子を被らされたことに由来する。そのイメージが、十八世紀末のフランス大革命の時に、王政打倒を叫ぶ町人の象徴的被り物となったから、ここで「自由の女神の頭巾」を持ち出すのは、あからさまなアナクロニズム。もちろん作者の意図であり、ミュッセの同時代人にはそれは自明であったろう。

(25)「鷲」は古代ローマ以来「皇帝」の象徴的紋章であり、神聖ローマ皇帝もそれを引き継いだが、ここでは特に「要塞」の門に彫られた図像を指している。

(26)この戯曲では、アレクサンドルの恋文が二度「引用」される。一度目はここで、二度目は第三幕で、カトリーヌ宛の手紙が。その文体はチーボ枢機卿の言う通りだが、いずれも、ロレンゾの手になるものと想像すべきであろう。

(27)バッチオ・ヴァローリは、史実では「法王特使」ではあったが、枢機卿ではなかった。

(28)法王庁のこと。

(29)ルネッサンス絵画には、ウッチェロのように馬を描く名人がいた。公爵が馬に対して示す関心は、馬の性的な魅力に関わる。しかし、わざわざモーリス卿に「馬の臀の見事さ」についての話題を振るのは何故か。公爵が、モーリス卿による法王のロレンゾ批判の代弁に反論して、「ファーノの若い司教」が被った男色的暴力による事故死を挙げることや、ロレンゾが登場してすぐにモーリス卿に対して、歴然と性的な嘲笑を投げることと考え合わせると、モーリス卿に対して、公爵とロレンゾは、女にもてないがゆえの男色家のイメージを押しつけているように受け取れる。

(30) 前の法王で、アレクサンドルの父とされる。

(31) ヴァルキにある史実。

(32) パウロ三世の本名。その私生児のピエール・ファルネーゼは、ファーノの司教であるコジモ・ゲーリに性的な暴行を加えて、彼を死に至らしめた。この男色事件は、第二幕第三場の「チーボ侯爵夫人告解の場」でも、カトリック教会の性的堕落の見本として語られる。

(33) 史実ではあるが、この時点より前に起きたこと。

(34) ヴァルキにある指摘。この劇にとって、最も重要な物語素。

(35) ロレンゾの輝かしい先祖であるロレンツォ・イル・マニフィコとロレンゾとの対比を強張するための比喩。

(36) 抜き身の剣を前にしてのロレンゾの失神は、この劇のなかでも最も名高い場面。ロレンゾは単なる見せかけで気を失ったのではないが、しかし同時に、単純に剣を見て失神したわけでもない。演技と真実との過激な混淆。因みに、ジョルジュ・サンドの戯曲では、この「失神」は、ロレンゾの芝居であることが明記されている——

ロレンゾ（傍白で）——とんだ試練だ。芝居は最後までやりとおさねば。（自分で崩れ落ちる。）

ミュッセは、ロレンゾの失神が、彼の芝居か真実かを明らかにしないまま、と言うか、自他ともに真実だと信じるようにして、ロレンゾを運び出させる。この「失神」に、芝居の臭いを嗅ぎつけているのは、チーボ枢機卿独りだが、その言い分に、アレクサンドルは耳を貸さない。観客には、「本当の失神」と思わせておくほうが、芝居としては面白い。特に第二幕で、母のマリーの見た「分身」のテーマが、一層生々しくなるし、更に、第三幕第一場における「暗殺の稽古」が、これに見合った異様な執念にも見えるだろうから。

(37) 原文は「ロレンゼッタ」。

(38) この作品の中で、ロレンゾに劣らぬ「演劇的人物」であるチーボ枢機卿は、ロレンゾの行動に、危い「演技的両義性」を読みとっている。この場面を締めくくる枢機卿の「やり過ぎだ」の台詞は、如何にも効果的である。

(39) 作者の混同（おそらく意図的な）。サン・ミニアート教会の所在地は、フィレンツェの南西に当たり、モントリヴェトは南に当たる。ただ、ヴァルキによれば、毎週金曜日にサン・ミニアート教会では「大贖宥（だいしょくゆう）の儀式」があり、それを執り行うのはモントリヴェトの修道士であったという。

（40）「バベルの塔」は「要塞」の高さだけではなく、そこで語られる言葉が分からないことを意味する（ドイツ語という「外国語」である）。

（41）フィレンツェの芸術振興策は、二十世紀の「メセナ」の元祖。

（42）注（4）に書いたように、草稿段階では、第一幕の冒頭に、チェリーニが登場する場面があった。

（43）一オーヌは、一メートル強。

（44）原文の“prieur”は、フランス語の了解では小修道院長。但し、イタリアの幾つかの共和国においては、行政長官の任にあたる在家聖職者をも指すから、たんに修道院長と訳すのは不正確であるが、レオンの「聖職者」としての立場を表すために、この訳語を採った。

（45）この劇の放蕩者は、奇妙な「記憶喪失症」に罹（かか）っている。前の晩に口説いた女が分からないのだから。同じ現象は、カトリーヌを見初める公爵においても繰り返される。性的放埒（ほうらつ）は、セックスの相手の固有名詞を、記憶の内部に刻み込まないのだ。

（46）ルイーズには妹はいないから、ここは生地屋の知ったかぶり。

（47）第一幕は、主としてアレクサンドルとロレンゾのいかがわしい関係を中心に、フィレンツェの支配階級の頽廃と、その対部としてチーボ家におけるリチャルダ・チーボとチーボ枢機卿の確執、加えてフィレンツェの都市を支配する暴力と、その犠牲となる民衆の状況を語る。主人公のロレンゾが登場する場面は僅か二場に限られているが——一瞬の出現としては、第二場の窓から瓶を投げる「仮面」がある——第四場の「抜き身の剣を見たロレンゾの失神」という、劇の主人公——しかも男性である——の行動としては、如何にも「異常な」情景が、ほとんどこの戯曲の「紋章」のように印象付けられている。それはまさしく「行動に対する否定＝拒否」としての「反＝劇行為」であり、この戯曲の紋章のようにして、しかも一種の虚焦点のようにして生起する。この、主人公による「反＝行動」の対部として、フィレンツェ市民の反抗があり、あるいはその結果としての「追放」がある。古代悲劇の「コロス（合唱隊）」を思わせる第一幕幕切れの「筆法（エクリチュール）」は、十九世紀のどの劇作家も持ち得なかった「筆法」であり、ほとんど古代ギリシア悲劇の「コロス＝合唱隊」の再現だと言える。しかし、作者としては、第一幕のあいだに、主要人物の大部分を登場させておき、第二幕幕開きで、第一幕では、話題になりながら登場しなかった人物によって幕を開けるという「劇作術上の配慮」も忘れてはいない。第二幕の幕開きは、実際、共和派的貴族の長たるフィリップ・ストロッツィの「独白」ではじまるのだが、それを可能にするためには、この劇において重要な役割を果たす二人の人物を、第一幕幕切れまでに登場させておく必要があった。ロレンゾの母マリー・ソデリーニと、「叔母」と呼ばれてはいるが、実際にはまだ若いカトリーヌ・ジノーリの担う劇である。フィレンツェを横切るアルノ河の岸辺から落日の光景を、悲痛な思いで眺めやるこの二人の人物に、ロレンゾにまつわる劇の、いわば「系譜学的」過去を語らせるのである。そしてこの「哀歌（エレジー）」の舞台である落日の河岸で、「追放された市民たちの悲歌（エレジー）」が、大地の底から湧いてくる「怨念の声」のようにして聞こえるなかで、第一幕は幕を下ろすのである。

(48) カトリーヌ・ジノーリは、マリー・ソデリーニの妹。レオナルド・ジノーリと結婚していたが、ミュッセは、劇作上の必要から、未婚の若い女性として書いている。カトリーヌとマリーは歳が離れているので、「お母様」と呼ばせている。

(49) 古代の文物にたいするロレンゾの関心は、ヴァルキも指摘している。紀元一世紀の作家プルタルコスがギリシア語で書いた『英雄伝』は、特にそのラテン語訳によって、ルネッサンス期以降の西洋世界で、基本的教養として読まれた。ここで「ブルータス」のテーマが初めて暗示されるのだが、ロレンゾの母マリー・ソデリーニは、事実、息子が帝王に相応（ふさわ）しい人物になるように教育をした。「祖国の父」は、大コジモ（一三八九～一四六四）のこと。

(50) 現実の息子に対して力を失ってしまった母マリーは、過去に見た「不可能な夢」を語るか、あるいは、息子の「分身」について、「夢」ではない「幻覚」を語ることしか出来ない。
(51)解題に書いたように、マリーには、象徴的な「母性」が託されている。「植物神」フィレンツェが「不毛な母」と化しているように、マリーは「墓穴」でしかない「不毛な大地」である。後にワーグナーの『指輪』が喚起する「始原の知恵エールダ」にも似て。
(52)先に述べたように、流刑囚の集団は、個々の運命を確認した後、古代劇のコロスを思わせる「呪詛の合唱」で、第一幕の最後を締めくくる。

第二幕

(1)第二幕で、劇の主要人物のうち、第一幕に登場しなかった人物を登場させ、しかもその登場を幕開きに置く、というのは、十七世紀古典主義演劇以来の筆法であり、約束事であった。『ロレンザッチョ』では、アレクサンドル、ロレンゾ、チーボ枢機卿、リチャルダと並んで重要な人物であり、フィレンツェにおける「共和派」の頭目であるフィリップ・ストロッツィに、その役割は委ねられている。劇的運動の多い第一幕が、マリー・ソデリーニと追放される市民の哀歌で終わった後、第二幕は、新しく登場する、ルネッサンス的な人文学者であり、理想主義的な共和派であるフィリップ・ストロッツィの独白で始まる。

(2)ユベルスフェルドは、フィリップ・ストロッツィの「言葉の上での理想主義」が、この表現に要約されていると書いた。
(3)諸家も指摘するように、ヴァローリの「宗教芸術賛美」は、シャトーブリアンの『キリスト教の精髄』の命題を思わせる。この五つの「美的呪術」は、そのままテバルデオが繰り返す。最後に挙げられる「銀のような声のコーラス」が、ロレンゾに追い詰められたテバルデオの最後の拠り所となるという仕掛けに至るまで(「坊様たちは、僕がいい声をしているからと、[……]合唱隊の中にいれてくださり、時にはソロも歌います、云々(うんぬん)」)。
(4)ミケランジェロ(一四七五~一五六四)のこと。
(5)「夢」のテーマの再出。「暴君暗殺」というロレンゾの「夢」の「実現」にとって、「肖像画」が決定的な役割を果たすことが、この場面の最後で暗示される。
(6)政治的に、倫理的に主張されてきた「植物神フィレンツェの不毛性」に対して、「芸術家という大樹」の「豊穣(ほうじょう)さ」がフィレンツェの正当化となる。
(7)「カンポ・サント」については、ベルナール・マソンもアンヌ・ユベルスフェルドも、ピサのそれとの混同とするが、シモン・ジュンヌ(《プレイヤード版》)は、サン・ミニアート・デル・モンテを囲む墓地と取るべきだとする。
(8)アッローリ(Allori)描く『ユディト』のモデルとなった絶世の美女。

(9) サン・ミニアートの丘からの眺めであろう。

(10) ロレンゾの、母に対する「ハムレット型コンプレックス」。こうフィレンツェを罵るロレンゾは、この「淫売である母」と寝ているのである。

(11) ロレンゾの政治行動の「弁証法的」とも呼ぶべき賭け――そのために、魂まで悪魔に売り渡したように非難されているわけだが――に対するテバルデオの「悪の意識の不在」が、ロレンゾを逆上させる。シモン・ジュンヌは、ディドロの『劇詩についての論』を引く。二十世紀後半の読者・観客なら、映画『第三の男』で、ウィーン郊外の回転観覧車の上でオーソン・ウェルズが語る「芸術論」を思い出すだろう。

(12) 銀座セゾン劇場版では、ロレンゾに、テバルデオの短剣を抜かせたが、演出家の解釈としては、『フェードル』における「抜刀＝象徴的去勢」の記憶があったからである。

(13) 「花のサンタ・マリア寺院」はフィレンツェの大聖堂ドゥオーモ。

(14) 「芸術のための芸術」の主張。原文は「わたくしの母」。「母なるフィレンツェ」は訳者の補い。

(15) ロレンゾが「公爵暗殺」を「婚姻」の比喩で語る最初の場面だが、観客には謎として残る。

(16) 法王パウロ三世。

(17) チーボ枢機卿における性的幻想の肥大は、この人物を解く鍵の一つである。フーコーの

『性の歴史Ｉ――知への意志』が分析したように、カトリック教会における「告解」の実践の徹底化は、その標的を、性行動＝性現象の最大漏らさぬ「告白」に置くことにより、「性の言説化」の歴史において、決定的な効果を持った。チーボ枢機卿の「性の言説化」が、女の性に関わるのは、相手が侯爵夫人だからには違いないが、性的欲望に貫かれた存在としての女の体に対する彼の幻想は、この戯曲の内部にあって、ロレンゾがアレクサンドルに唆（そそのか）す、あの「淫蕩」の実践に読み取れる「性的身体としての女」の論と通底している。権力ゲームにおける二人の競争者は、奇妙な形で、性について共通の「トポス」（話題＝場）の上に立っているのだ。しかも制度的に言えば、チーボ枢機卿のほうが、「神に仕える身」として、より普遍的な「トポス」を自分の「役割」の根拠としている。

（18）第一幕第四場で触れられている性的スキャンダル。

（19）すでに第一幕第三場でそうであったように、チーボ侯爵夫人が、義兄を「マラスピーナ」の名で呼ぶ時は、その情動がプラスであれ、マイナスであれ彼に対する心理的距離が最も接近している。

（20）銀座セゾン劇場における麿赤兒のチーボ枢機卿は、その独特の異形な身体性と台詞回しによって、極めて強烈な印象を残した。この戯曲が書かれた一八三三年という時代を考えれば、知識人や芸術家における「反教会的志向」は強かったから、チーボ枢機卿は、前世紀末から流行（はや）った「勧善懲悪残酷劇」である「メロドラマ」に出て来るような、「悪役の枢機卿」になりかねなかったのだが、劇作家ミュッセの「書き方の奥行き」が、チーボ枢機卿に「知的な策謀家」としての「位」と「奥行き」とを与えている。TNP（テーエヌペー）（国立民衆劇場）のジェラール・フィリップ演出の舞台では、共同演出をしていた座頭のジャン・ヴィラールがこの「敵役」を演じているのだが、ヴィラールの渋く、奥行きのある演技は、ほとんど純粋に「知的な悪の言説」という印象を与えた。

(21) チーボ侯爵夫人は、舞台上では出会わないロレンゾについて、その行動をチーボ枢機卿の「陰謀」と比較することが出来る人物である。

(22) この劇の欲望の対象である「フィレンツェ」と「アレクサンドル」が入りまじる、チーボ侯爵夫人における官能の二重性。

(23) ロレンゾの素顔を見せておく場面も必要である。最も心を許せる相手としての母マリー・ソデリーニの役割が、それである。もはや帰ることの不可能な、純潔な「少年期」の想い出。そのような「純潔」を捨て去って、「祖国のために暴君を一人倒す」という、第三幕第三場のフィリップに対する長い告白の、言わば「対部」として。

(24) 崇高王タルクイヌスの息子である小タルクイヌス（セクストゥス）は、貞女の誉（ほま）れ高いルクレチアを凌辱し、彼女はそれを恥じて自害した。ブルートゥスは、崇高王タルクイヌスに滅ぼされた一族の出であったが、狂気を装い、小タルクイヌスの犯罪をきっかけに、民衆を蜂起させて、ローマの王政を廃止させた。この狂った真似を演じたブルートゥスと、カエサル（シーザー）を暗殺したもう一人のブルートゥスとは、この戯曲で殊更（ことさら）に重ねられているので、馴染みのない読者には紛らわしい。もっとも、すでに『ハムレット』においても、ハムレットの「佯狂（ようきょう）」と「シーザー殺し」が重ねられるのは、このローマ史の「本説（ほんぜつ）」があるからであった。いずれにせよ、日本語では、英語読みにした「シーザーの殺害者ブルータス」の方が馴染みがあると考え、ブルートゥスは英語読みのブルータスとした。

(25) 美徳と悪徳の危険な絡み合いは、テバルデオとの場面で展開されたテーマの変奏。ルクレチアのケースは、どこかでロレンゾの行動の陰画である。

(26) マリーの二番目の「語り」である。『十二月の夜』の詩が歌う「分身」のテーマである―「黒い服を着た見知らぬ男、／だが、わたしには、兄弟のように似ている……。」ミュッセ自身が、一八三三年に、ジョルジュ・サンドと過ごしたフォンテーヌブローの森のなかで体験した、「自己幻覚」（autoscopie）の置き換えだと、シモン・ジュンヌは説く。ユベルスフェルドも、ニュアンスの差はあるが、この説を取る。

(27) どちらのブルータスであれ、「暴君殺し」によって「共和制」を保障しようとした人物に変わりはない。

(28) ユベルスフェルドの指摘にもあるように、モリエール『町人貴族』の「本歌取り」。貴族に憧れる主人公のジュルダン氏は、自分が町人の身分であり、羅紗屋であることを極度に恥じている。ミュッセの戯曲では、産業革命期のブルジョワジーのコンプレックスが風刺の対象となって、同時代的な響きを獲得している。

(29) ビンドの「共和主義」は、フィリップ・ストロッツィのそれにも窺えるように、本音は、既得権を失った特権階級の要求である。

(30) 最後の部分は、敢えて意訳した。直訳すれば、「通りの子供がやるように」。ユベルスフェルドは、「一八三〇年代の自由主義者たちのお喋り」への皮肉と取る。

(31) ユベルスフェルドは、一八三〇年代「七月王政期」に「共和派」が夥しい髭をたくわえていたのに対して、政府側は髭を剃り落としていたことへの目配せだとする。

(32)『町人貴族』(四幕三場)で、コヴィエルがジュルダン氏を紹介する際に用いた表現を、あからさまに引いている。

(33) ユベルスフェルドは、〝mignon〟「(かわいい)坊や」の表現には、同性愛的な響きがあるとした。これは言われなくても分かるような気がするが、フランスの舞台芸術における「同性愛のタブー」は、俳優に、実生活におけるその実践者が多かったことなどもあって、言説においても身体行動においても、結構、執拗に残ったタブーであったように思う。

（34）原文の"gibier de potence"は、「絞首刑になる罪人」あるいは「見習い罪人」を意味する古い言い方。渡邊一夫訳では「絞首台の餌食ぢぢい」。「末は絞首台の爺さん」とした。

（35）この場は、ほとんどそのままの形で、ジョルジュ・サンドのテクストにあった。

（36）フィリップは自らを「年経た大樹」に譬える。マリーの「神話的母性＝大地」に対する「神話的父性＝大樹」である。

（37）フィリップの神話的父性が担うべき「男性原理」が、まず「流される血」によって語られるのは、「血」が「太陽」を呼び出すからであり、かつ血を流す「剣」の故である。

（38）宮殿におけるアレクサンドルの私生活が垣間見られる場面。第一幕第一場で登場していた、公爵の手下のジオーモが、ギターを弾いて、唄を歌っている。公爵は、「古代風」に裸体になって肖像画を描かせている。そのために、片時も肌身離さず着けていた「護身用の鎖帷子」を脱いでいる。ロレンゾの計画も、ここまでは予想しなかっただろうと思われる絶好のチャンスである。それは公爵がロレンゾを心から信用していることの証でもあり、ジョルジュ・サンドの素描における二人の関係とは大いに違う。これほどには公爵がロレンゾを信頼してはいなかったからだ。

（39）「鋼鉄の糸で出来た鎖帷子」という、暗殺者ロレンゾにとっての最後の障害物が姿を現し、それを紛失したかのようにして公爵の手から奪ってしまうという「手口」が可能になる。

(40)「二人で同じ馬に乗り、後ろからロレンゾが、公爵の体にしがみつき、この鎖帷子の感触を確かめた」という挿話は、公爵とロレンゾの間にある、いわば共犯者的同性愛の関係を、何か友情の徴のようにして語っているが、第一幕の注(4)に書いたように、草稿段階での「公爵とロレンゾが、ベッドの中にいて、そこへチェリーニがメダルを持って来る」という情景より、はるかに「経済的に」、二人の間に(想定できる)同性愛的関係を示している。相手との肉体的距離を前提にした心理的な距離の廃絶である。まさに、この「鎖帷子」を公爵の手から取り上げてしまうことで、ロレンゾの暗殺計画は、公爵に関わる「最後の障害物」を排除することに成功するのである。ロレンゾが、公爵の脱ぎ捨てた衣装を取り上げつつ、「手袋の素晴らしい香り」などとお世辞を言いながら、「鎖帷子」を盗んでしまうのは──ギターが見つからない、というもう一つの口実とともに──、メロドラムか歌舞伎の世話物にでもありそうな、常套的ではあるが効果的な「芝居の手口」。

(41)紛失物に擬せられるのは、ロレンゾのギターである。「ギター紛失」を口実に、ロレンゾは、公爵の「鎖帷子」を、庭の井戸に捨てたのだ。

(42)ジオーモの勘は正しいのだが、公爵のロレンゾに対する盲目的信頼が、真実を隠すのに役立つ。

(43)シモン・ジュンヌによれば、「井戸に唾をする癖」は、モリエールの『人間嫌い』五幕四場でセリメーヌがクリタンドルに言う台詞の転用。
（44）アレクサンドルは、法王クレメンス七世の子だとされていた。
（45）「叔母上」つまりカトリーヌのことに話をそらさせる。公爵の頭には、それしかない。ジオーモの疑いのほうが正しいのだが。
（46）第二幕は、ピエール・ストロッツィらに襲われたサルヴィアーチが、公爵の宮殿前で助けを請うという、サスペンスに富んだ、短い情景で終わる。ストロッツィ家をもう一方の軸にして、『ロレンザッチョ』の政治劇は回転する。

第三幕

（1）ロレンゾの「殺人」の幻想は、相手の身体の内側を支配することである。より正しくは「肉の内部」を。腹を切り開いてその中に腕を突っ込み（「ずぶずぶと肘まで入った」）、更に喉の奥まで探ろうという。
（2）既に二幕二場で語られていたように、「アレクサンドル殺害」が「婚姻」の比喩で語られる。しかもここでは、「肉の内部」における「結合」として。
（3）ダンテ『神曲』「地獄篇」三十三に登場する人物。十三世紀ピサの暴君で、自分の子供とともに牢に幽閉され、飢えのために子供たちを食ってしまった。ダンテは、子供たちの頭蓋骨に歯を立てるウゴリーノを描いている。

(4)殺人が、再び相手の肉体との性的結合のイメージで語られる。しかし、その「剣」は処女なる剣であり、侵入した相手の肉体の刻印を、一回限り自分の体に刻みこむのだという。

(5)「殺人＝婚姻」の比喩の変奏。

(6)パッツィはフィレンツェの名門の一つで、特にメディチ家に対する抵抗で知られた一四七八年の反乱の首謀者。

(7)「フィレンツェ＝植物神」の比喩の変奏。

(8)「八人会議」は、フィレンツェの司法権を握る最高会議。

(9)ピエール・コルネイユ『ル・シッド』第一幕の最後、ドン・ディエーグの絶望と息子ドン・ロドリッグに対して復讐を要求する場面の裏返し的変形。この独白の間に、奥から登場して来ていたロレンゾによって、この戯曲の中心をなす「ロレンゾの告白」が始まる。

(10)ロレンゾがフィリップを「父」と呼ぶことによって、フィリップの告白は始まり得る。

(11)フィリップは「断絶」としての「時」を語りつつも、それを実践に移せない。

(12)ロレンゾにおける「分身」のテーマをフィリップが語る。この「二重性」が彼をしてロレンゾを受け入れさせて来たのだ。「道化の仮面」の下に隠れている「本物」を信じて。

（13）葡萄酒を作る際に、葡萄を搾る時、葡萄搾りの道具を、馬に縛り付けて、回転させる。
（14）大天使ガブリエルは、マリアに処女懐胎を告げ知らせた天使。悪魔は、「堕天使」であるから、天使と同じく、いや天使以上に美しかったのだ。
（15）分量的に言っても、この長篇戯曲のほぼ正確に中央で、ロレンゾによる「アレクサンドル暗殺」の計画が、初めて口にされる。
（16）ニオべはタンタロスの娘で、レートーに対して子供の数の多さを誇ったため、レートーの子であるアポロンとアルテミスによって、自分の七人の息子と七人の娘を殺された。その姿は大理石に変えられたが、なおも悲しみの涙が流れたという。
（17）「断絶としての時間」の体験者はロレンゾである。ロレンゾとフィリップの対決は、「事件」の産出に関わる二つの「時間」、即ち「断絶としての時間」と「連続としての時間」の対決である。
（18）すでにマリー及びカトリーヌとの場（二幕四場）で予告されていた「ブルータス」というモデルの再現。
（19）モリエールとモーツァルトによって多くの人に共有されている「ドン・ファン神話」における「動き出す石像」が背景にあるだろう。
（20）ロレンゾの「王殺し」において決定的な意味を持つ身体的局面。次には「裸身」の下の

「裸の心臓」が語られるだろう。

(21)「百合の花の純潔」は、直前の「放蕩のお余りを暴君の脂ぎった唇に接吻して吸う」という「歴然と性的な汚辱」と、次に語られる「石膏の仮面」の「無感動」とをつなぐ回転扉である。

(22) 第一のブルータスは、自分の外面的狂気と内心の知恵のシンボルとして、「中を刳り貫いた〈みずき〉の枝の中に、黄金を包みこんだ棒」を、アポロンに捧げた。

(23) フィリップによるロレンゾとブルータスの同一視は、ロレンゾの「虚無的な人間観」についての長い告白を引き出すことになる。「荒海を岸辺から眺めやる」比喩は、ローマの詩人・哲学者ルクレティウスの名高い詩句の変奏。

(24)「恐ろしい怪獣」は、原文では「レヴィアタン」。『旧約聖書』「ヨブ記」の「海の怪物」であると同時に、ホッブスの名高い書物の題名となっている「リヴァイアサン」である。後者は、マキアヴェッリ的な政治の現実主義の象徴。

(25) 再び「分身」のテーマ。

(26) 十九世紀フランスにおける王政復古以来、集会の自由を制限する法律の目を眩ますために、「宴会」の形をとって開かれた政治集会への目配せ。

(27) 再び、暗殺と婚姻の二重写し。

（28）ハルモディオスもアリストゲイトンも、共に紀元前六世紀に、アテーナイ人の暴君ヒッピアスを殺害しようとして、その弟のヒッパルコスを殺害して処刑されたが、アテーナイの人々からは、自由のための殉教者として崇められ、彼らの彫像が建てられた。
（29）ロレンゾはフィリップの楽観的な判断に逆上する。
（30）ロレンゾの選択についてフィリップの発する問いは、最も基本的な問いだが、この時点で発せられることによって、絶望の叫びのようにしてロレンゾの答えを引き出す。
（31）エフェソスのアルテミスの神殿を炎上させて、不滅の名声をかち得ようとした人物。
（32）ユベルスフェルドも指摘するように、「まさにこの瞬間、ロレンゾは、己が刻印を人類の上に刻みたいと願うロマン派的英雄として立ち現れる」のである。
（33）この戯曲の中で、二度目の「手紙の引用」。
（34）原文は「伯爵夫人」。作者が、草稿にあった誤りを残したのは、意図的な操作かどうかは不明。
（35）原文は"boudoir"。このような部屋は十六世紀にはなかった。
（36）『ハムレット』の殆ど逐語的な引用。"Words, words, words!"（二幕二場）。四幕九場のロレンゾの独白でも繰り返される。
（37）ジャン・ポミエはチーボ侯爵夫人の政治的情念に、十九世紀三〇年代にパリに亡命して、一八三一年にオーストリアを後ろ盾とする法王権力へのロマーニュの蜂起の主謀者の一人であった、クリスチーナ・ベルジオジョーゾのイメージを読む。
(38) 社会を人間の「体」に、政府をその「頭」に譬えるのは、啓蒙思想以後の発想。
(39) 一八三〇〜一八三三年のパリの、反乱や革命時におけるバリケードが背景にある。戯曲の時代としては、時代錯誤であるが、チーボ侯爵夫人の造形自体が、十六世紀フィレンツェというよりは、ミュッセの同時代、つまり十九世紀三〇年代のパリである。
(40) 先祖であるコジモ・デ・メディチ。
(41) サルヴィアーチのルイーズに対する欲望が「脚」に集中していたように、ここでも「脚のフェティシズム」が優先する。
(42) アレクサンドルの后はカール五世の私生児オーストリアのマルガレーテ。
(43) アレクサンドルが、肌身離さず着けていたという鎖帷子であるから、性愛の場でも脱がなかったと想像できる。やや先に、「チーボ夫人が公爵の胸を叩く」というト書きがあるから、アレクサンドルの「鎖帷子なしの裸体」を見せておく方がよいと思われる。ともあれ、この「鎖帷子」の話は、「アレクサンドル暗殺」への、観客・読者にとって、有効な伏線である。
(44) ラシーヌ『アンドロマック』四幕五場のエルミオーヌの台詞の本歌取り（「いつまでわ

たしのために潰されるのかと、指折り時を数えている」）。
（45）ユベルスフェルドは、この台詞に、シェークスピア『リア王』の最後の幕の記憶を読む。

第四幕

（1）以下第四幕は、セゾン劇場用上演台本では、原作の第二場（牢獄から出て来るピエールとトマ）、第五場（ロレンゾの寝室）、第八場（ピエールと流刑囚）の三場はカット。第六場（ルイーズの埋葬）と第七場（アルノ河の岸辺）とを入れ換えた。
（2）ユベルスフェルドによれば、意図的な時代錯誤。十九世紀の「お針子階級」の部屋の飾りである。次に出てくる"calepin"（手帳）も同じく。
（3）フランチェスコ・ペトラルカ（一三〇四〜一三七四）は、トスカナ生まれの名高い詩人。「ラウラへの恋」で名高い。
（4）再び「分身」のテーマ。
（5）カファッジオーロは、フィレンツェ近郊の村で、ロレンゾが幼少年期を過ごした所。もはや取り返せない「純潔さ」へのノスタルジー。
（6）アイスキュロス『オレステイア』三部作等に名高い復讐物語の主人公。ユベルスフェルドも説くように、「復讐物語」としては、『ハムレット』の筋立ても透けて見える。

(7) 原文は「アレティーノの詩」。ピエトロ・アレティーノ（一四九二〜一五五六）は、エロティックな詩で名高かった。

(8) 法王という地位。

(9) チーボ侯爵夫人の逆襲は、枢機卿の性的オブセッションを衝いているだけに、痛烈である。そこには、十九世紀的「男性の絶対的優位」という、性差についての前提が投影されている。

(10) 上演台本には、「怒りに身を震わせて」というト書きを加えたが、それはTNPにおけるジャン・ヴィラール演じるチーボ枢機卿の演技を思い起こしての補足である。

(11) 「デジャニールの衣装」は、ギリシア神話で、ヘラクレスの妻デイアネイラ（フランス語読みで「デジャニール」）が、河を渡ろうとするところを、ケンタウロスのネッソスが犯そうとするので、夫のヘラクレスが彼を殺した。その際、ネッソスは恋の媚薬として、自分の血と地上に落とした精液とをデイアネイラに与えたが、後にヘラクレスが、オイカリアを攻めた時、虜とした王女イオレを愛したので、デイアネイラは、ネッソスのくれた血を夫の下着に塗り、彼がそれを纏うと、毒血が皮膚を腐食し始めたので、ヘラクレスは苦痛に耐えられず、オイテー山上に火葬壇を作り、そこで火に焼かれて死んだ。「デジャニールの衣装」は、「ケンタウロスの呪いのかかった衣服」として、皮膚から体の中を焼き尽くす魔力の譬（たと）えとなる。

(12) セスティーノは、フィレンツェの東、百キロほどの所にある町。

(13) ピエール・ストロッツィは、一五四四年にフランソワ一世のもとに走っている。

(14) このアラマンノは、共和派の貴族アラマンノ・サルヴィアーチであろうが、ミュッセはジュリアン・サルヴィアーチとの混同を避けるためであろう、人物の姓は書いていない。

(15) 原文は"Renzinaccio"。親密さと軽蔑が入り混じった呼び名。

(16) 第九場におけるこの「独白」は、一方で『ハムレット』の独白を思わせると同時に、他方では、遥かに心理的に複雑な構造に組み立てられている。ユベルスフェルドは、その『ポケット・ブック』版で、版面も散文詩のように、敢えて九段落の独白として提示している。訳者は、段落分けは、プレイヤード版を参照しつつ決定したが、組み方はユベルスフェルドには倣わなかった。

(17) 「アレクサンドル暗殺の擬態」を演じた後で、再び、ロレンゾが少年時代を過ごしたとされる、フィレンツェ郊外の「カファッジオーロの田舎」への言及が、きわめて印象的に語られる。一九五〇年代後半のＴＮＰにおけるフィリップ演出・主演の舞台では、俳優フィリップのもつ「純潔な少年期」の「たたずまい」が、この場面で、開きつつある薔薇のように、舞台いっぱいに拡がり、「血なまぐさい暗殺劇」の、もはや回帰不可能な「余白」のようにして、戦慄を覚えるほどに印象的だった。今この注を書いていても、訳者はそれを昨日のことのように思い出している。「あれだけは、他の役者では出来まい」という、一種の絶望感とともに。

(18)この突然の「狂騒」が、「純潔な幼少年期」の歓喜の後に出現することで、ロレンゾの存在理由とも言うべき「演戯性」が、劇の不可避の運動を導いていく。

(19)史実にある。

(20)二人の高位聖職者の忠告を無視するほど、アレクサンドルはロレンゾの「手引き」に夢中になっている。この場面の最後のチーボ枢機卿の台詞は、きわめて印象的であり、この人物の台詞で「場面」が終わることが多いこの戯曲のなかでも、一際印象的である。

(21)公爵を正面から刺すのだ。公爵の言葉は、すでに最初の切っ先を受けた者の反応である。

(22)ヴァルキ、ジョルジュ・サンド共に指摘する「嚙み傷」。但し、アレクサンドルの殺害は、事実としては、遥かに酸鼻を極めたものであったとされ、ミュッセの戯曲のように、二太刀で息の根を止めてはいない。格闘の際に、叫び声を抑えようとしてアレクサンドルの口を塞いだロレンゾの指に、断末魔のアレクサンドルが嚙みついたため、指はちぎれたという。

(23)このアレクサンドル暗殺の情景は、ジョルジュ・サンドにもあるが、ミュッセのほうが、遥かに圧縮されていて、かつ複雑な抒情性が見事である。ＴＮＰヴァージョンでは、ロレンザッチョのこの台詞、「ああ、善なる神よ、何という瞬間か！」で暗転にしたが、その行為に全生涯を賭けてきた若者が、それを果たした瞬間に覚えた「解放感」と、それに続く深い「虚無感」とを見事に表していて、原作の幕切れの数行をカットしている演出上の理由がよく分かった。

第五幕

（１）ＴＮＰ版では、第五幕はエピローグに近いくらいにカットされている。原作は八場からなっているが、その第二場、ヴェネツィアで、ロレンゾが読む「フィレンツェ八人会議の布告」を、ジオーモに読ませ、次いで、原作第五場の、金銀細工商と生地屋との間で繰り広げられる「アレクサンドル暗殺」の「年、時刻、年齢」に纏（まつ）わる、「六・六尽くし」のおしゃべりを活かし、そのあとに、ロレンゾがヴェネツィアへ亡命してきてからの「二番目の対話」を繋（つな）ぎ、ヴェネツィアの場面の最後を「ロレンゾ虐殺」の語りで終わらせ、劇全体の終局としては、第八場の「コジモの戴冠と宣誓の儀式」を配するという、大カット・ヴァージョンであった。銀座セゾン劇場版では、これでは「アレクサンドル暗殺の結果」が見えてこないと考え、第一場の「チーボ枢機卿の権力奪取」は、アレクサンドルの遺体の発見とその処理として、薄暗い照明の舞台で見せ――廷臣たちをさんざ待たせた挙句、登場するやラテン語の謎めいた引用をして去るという設定は、そのウェルギリウスの引用を、日本語にしては、意味がなかろうし、さりとてラテン語のままの引用では、意味が分かるまいし、という困難さの故に、カットせざるを得なかった。そうすると、この場面全体が立ち上がらない恐れがあったから、併せて、ミュッセの同時代人には「時局的反響」もあったであろう「八人会議の投票」の件もカットせざるを得なかった。従って、舞台上で行われている「アレクサンドルの遺体の発見とその処理」と並行して、客席中通路を使って、「ロレンゾ追及の布告」を、文字通り「布告」として俳優に読ませた。第二場のフィリップ・ストロッツィのヴェネツィア亡命宅に、ロレンゾが頼って行き、「決定的行為」を行った後の「虚無的な状況」についての対話を、この場面と、第七場とで活かし、原作の第三場（チーボ夫妻の和解）、第四場（ピエール・ストロッツィとフランス王の関係）をカット、第五場の生地屋の「六・六話」は活かし、それに続く「子供のサルヴィアーチと子供のストロッツィ」との「家庭教師」を挟んだ《人形劇的道化芝居》は削除、第六場の「異議申し立てをする学生を軍隊が弾圧する」情景は、テバルデオの筋の結末として活かし、第七場「ヴェネツィアのフィリップ邸におけるロレンゾ」と、第八場の「コジモ戴冠式」を活かした。この最後の

「コジモ戴冠式」は、幕開きと同じ「仕掛け」によって、権力の《永劫回帰》ともいうべき情景を作った。従って、第一場のフィレンツェ上層部の混乱と、それを仕切るチーボ枢機卿の「権力奪取」の情景以外は、重要な場面はほぼすべて活かしたことになる。

（2）道化師でありながらクレメンス七世とアレクサンドルの顧問官を務めた人物。コジモ推挙に協力したが、それで出世はできなかった。

（3）ヴァルキによれば、「サン・ロレンゾの、かつての聖具室（サクリスティー）に」とあり、遺体が絨毯に巻かれ、担ぎ込まれたことも記す。

（4）第五幕の幕開きから、多くの来訪者を待たして姿を現さなかったチーボ枢機卿は、登場するや、来訪者たちに、「公爵は、昨夜の仮面舞踏会でお疲れになり、今は休んでおられる」と宣言して退散させ、そこに現れた「八人会議」、つまりフィレンツェにおける最高決定機関の人々を前にして、彼らの質問には答えず、いきなりウェルギリウスの『アイネーイス』第六巻、第一四三〜一四四行の詩句を引用して、退場する。この引用は、ヴァルキの原本にあり、手稿にはミュッセ自身によるフランス語訳が読まれる（「第一の黄金の枝、折らるるとも、同じく黄金の枝、たちまちに生え来る（きたる）」）。それは、「地獄降り」を可能にする女神ユーノーに捧げられる枝で、シビュラの巫女がアイネイアースに与えたものである。ヴァルキでは、チーボ枢機卿によって、彼が取り仕切る「コジモ戴冠」の式典で引用されていた。

(5)ミュッセの手稿では「わたしの」となっているが、これはヴァルキを急いで読んだための書き間違いだとされる(シモン・ジュンヌ、一〇四〇頁)。ユベルスフェルド版では、「彼の」に直して組んでいる。

(6)カール大帝に仕える傭兵隊長だが、コジモ一世にも仕えた(本名は「メディチーノ」だが、「メディチス」を通称とした)。

(7)メディチ家に仕えるもう一人の傭兵隊長。

(8)シモン・ジュンヌによれば、ヴァルキでは、「フィレンツェ共和国の長にして統治者」であり、それが、一八三〇年七月三十日から八月九日までの間、ルイ=フィリップが「王国の総代官(\"lieutenant général du royaume\")」の称号を担ったことを思い起こさせるとする。確かに、この「八人会議」による「コジモ推挙」の情景は、ミュッセの同時代人には、「政治体制決定の茶番劇」として面白かったのであろうが、それを時代を超えて舞台で活かすのは、結構難しいのではないかと思う。

(9)シモン・ジュンヌが指摘するように、距離は正確ではない。

(10)ジョルジュ・サンドの書いた「歴史物」は、ロレンゾがヴェネツィアのストロッツィに持って行く「鍵」の話で終わっていた。

(11)ゴリアテの首を下げたダヴィデ、ホロフェルネスの首を持つユディトといった、神話的英雄のイメージ。ベンヴェヌート・チェリーニのペルセウスも、メドゥーサの首を掲げている。

(12) ヴァルキによれば、トスカナ地方の町ピストワの住民は、アレクサンドル暗殺の報に、生来の残忍さを呼び覚まされて、カンチェレリ（大法官）たちの一族に出会えば、彼らを惨殺したという。ミュッセのテクストのように、「町のお偉方を悉く」ではない。

(13) ユベルスフェルドが注記するように、「その行為が〈歴史を作り〉得た人物によって発せられた、歴史の拒否に関わる鍵となる発言」。

(14) 「チーボの筋」の結末。但し、外側から見られている。

(15) 「ストロッツィの筋」の結末。フランス王フランソワ一世のイタリア戦略との関わり。

(16) 既にこの戯曲の一幕二場から登場していた、いわば「町人階級の代表者」二人が、最終幕でも登場し、「生地屋」の名高い「六・六尽くし」を聞かせる。この「六・六尽くし」は、ユリウス暦の日付でないと、数が合わないが、それはこの戯曲の設定が、ユリウス暦とグレゴリオ暦とが並行して用いられていた時代を代弁してもいる。典拠はヴァルキ。なお、「夜の六時」は、昔風の時間表記で、ほぼ真夜中の十二時に当たる。ジェラール・フィリップ演出でも、この場面は活かしていた。（銀座セゾン劇場版では、かつての早稲田小劇場の名コンビ小田豊の金銀細工商に、豊川潤の生地屋が、ほとんど「不条理劇的ナンセンス」を、活き活きと演じてくれた。但し、最初から座って話すのではなく、生地屋のおしゃべりにうんざりして、彼から逃れようとする金銀細工商を、前者が追いかけるという形で始めた）。
(17) フィレンツェに存在していた機関で、民衆の中から選ばれ、千人近い部下を持ち、法の執行を監視する役割を負っていたが、一五三二年に消滅した。典拠はヴァルキ。
(18) 第五幕第一場で、舞台を横切って酒樽を運ぶ召使たちが描かれていた。シモン・ジュンヌは、一八三三年の七月革命に際して見られた、群衆の歓喜に通じるとする。また、金銀細工商の最後の台詞に出てくる「甘ったるい酒」も、当時の流行であったと説く。ロベルト・コルシーニが出かけて行ったというアラマンノ・サルヴィアーチ邸の「共和派の集会」の虚しさにも、同様の寓意が読めると説く。
(19) フィレンツェ北方二十二キロの小村。
(20) この第五場の後半をなす「子供のサルヴィアーチとその教師、子供のストロッツィとその教師の掛け合い」の場面は、シモン・ジュンヌやアンヌ・ユベルスフェルドが説くように、ロマン派の詩人たちの相互賛美の痛烈なパロディーであろうが、十六世紀フィレンツェの政治劇の最終幕に嵌め込まれては、如何にも唐突である。含意を理解すれば、この時代の戯曲としては、きわめて大胆な「異化効果」の作用を果たすであろうが。
(21) この場面は、一八五三年版では削除されているが、作者の予想する以上の「政治的当てこみ」を読まれることを恐れたからであろうとする（ユベルスフェルド注記）。セゾン劇場阪上演台本では、ロレンゾのために政治に巻き込まれた若いテバルデオをめぐるサブ・テクストの終局とした。

（22）実説では、マリー・ソデリーニは、ロレンゾの死後も生きていたし、そもそもロレンゾは、この時点で殺されたのではなく、一五四八年まで生きて、その間、トルコやフランスに赴いたが、常に危険を感じていた。結局、一五四四年、ヴェネツィアに戻って、そこで四年後に殺された。

（23）サチュルヌ（サトゥルヌス）は、ローマの古い農耕の神で、ギリシアのクロノス（Kronos）と同一視された。彼には祖先はないから、誇張的比喩。ただ、"Chronos"（「時間をつかさどる神」）と同一視されて、その父はウーラノス（「天」）だとされる。

（24）ベルナール・マソンは、その『ミュッセと内面の演劇』で、チェリーニの『回想録』の中に、「猟剣くらいの長さの刃物」が出てくると指摘した。

（25）ミュッセは、最初「リドまで散歩してくる」と書いたが、ヴェネツィアに行ってみて、リドは対岸の島であることを知り、橋で名高い「リアルト」に直したとされる。ただ、現在のリアルト橋は、一五九二年に完成するものだが、地区の名としてはすでにあった。

（26）実際のロレンゾ暗殺は、遥かに残酷な形をとった。渡邊一夫先生が、『假面の人』の解題の（二）「『ロレンザッチョ』の歴史的背景」を締めくくったピエール・ゴーチエの引用をお借りして書くならば、こうである――

一五四八年二月二十六日（日曜日）に、母方の叔父アレッサンドロ・ソデリーニと、付近の聖パウロ教会へ赴いたが、その帰路、二人の刺客に惨殺された。寸断された死骸は、マリ・ソデリーニに渡されたが、「頭は割られて脳は飛び出し、首筋に一太刀浴びて」、「右の耳の付け根から顔にかけて別の一太刀、顎には二太刀加えられ、顎がぶらぶらになっていた。口の傍にも二太刀の傷があり、鼻の一部が削がれてゐた。ロレンゾがどこに葬られたかは、全く不明とされている。」（四〇～四一頁）

(27)『ロレンザッチョ』の幕切れとなる「コジモ戴冠」の情景は、一見、如何にもオペラ・フィナーレのように、ロマン派好みの「群衆入り大スペクタクル」である。ただ、コジモの「福音書にかけた宣誓」の後で、ト書きが「二人は、民衆のほうへ進み出る。次第に遠ざかるコジモの語る声が聞こえる」と書いているのは、例えばTNPの台本が、「二人は、民衆のほうへ進み出る」で切って、コジモ宣誓の台詞を繋げているのとは――そして事実、演出はそうなっていた――、正反対の効果を狙ったものではないか。ミュッセの原典は、二十世紀的に言えば、如何にも「異化効果」を狙った幕切れであるが、実際の舞台で実現するのは難しい。バイロイト祝祭劇場百年祭におけるパトリス・シェロー演出『ニーベルングの指輪』四部作の終曲『神々の黄昏』の幕切れのように、「背景のワルハラの城が炎上する間に、集まって来た群衆が客席の方に向き直って、凝視する」という「手口」も、今更使いにくい。そこで、銀座セゾン劇場版の演出家は、「壁」が割れてコジモと枢機卿を乗せた壇が押し出されてきて（開幕と同じ仕掛け）、ベートーヴェンの『第九』の最終楽章が高まり、「コジモ宣誓」のクライマックスに向けて、壇を引いて行き、その最後の台詞が終わるや「黒幕」を切って落とす、という解決をとったが、そこに籠めたのは、「権力の永劫回帰」を断ち切ろうとする二十世紀後半の「時代の意思」でもあった。

解題　『ロレンザッチョ』あるいは分身ゲーム――両性具有のテロリスト

渡辺 守章

I　作品の成立事情ならびに上演史・研究史・受容史

ミュッセの歴史劇『ロレンザッチョ』は、ジョルジュ・サンドがベネデット・ヴァルキの『フィレンツェ年代記』（一七二二）によって書いた『一五三七年の陰謀』をもとに、一八三三年の後半に書き上げた作品である。二十三歳の詩人は、この年の夏から、七歳近く年上の小説家の愛人になっていた。

物語は、十六世紀フィレンツェに君臨したメディチ家の暴君アレクサンドルを、その従弟（いとこ）に当たるロレンゾが、暴君の放蕩（ほうとう）・無頼の腹心を装いつつ、ついには暗殺するに至るという、政治とセックスの、権力とエロスの絡み合う「メディチ家暗殺事件」―である。ローマ法王と神聖ローマ皇帝カール五世の傀儡（かいらい）政権として誕生したアレクサンドルの独裁、それに対抗して「共和国」としてのフィレンツェの復興を策す理想主義者で共和派の長フィリップ・ストロッツィの闘い、同じく共和派の理想に燃えつつも、暴君アレクサンドルの性的魅力に抵抗出来ず、不倫の恋を政治的理念に奉仕させるという口実のもとに彼と関係を結ぶチーボ侯爵夫人リチャルダ、その恋を利用してアレクサンドルを己が傀儡とし、権力の座につこうとする義理の兄チーボ枢機卿の陰謀……爛熟し、頽廃へと突っ走るフィレンツェ公国の権力闘争の内部にあって、孤独な「テロリスト」は、何故アレクサンドルの殺害を決心し、どのようにそれを実行に移し、その結果どのような結論を得たのか。

　劇場における「ロマン派革命」は、一八一〇年代の大衆演劇「メロドラム」の流行と、一八二〇年代における、「シェイクスピア・モデル」による理論的探究を経て、一八三〇年、ユゴー作『エルナニ』のコメディ＝フランセーズ初演という事件によって、華々しい十年間の幕を開けた。世に言う「『エルナニ』の戦い」である。「古典主義」という「敵」を明確に立てたその主張は、まさに「フランス大革命」の「文芸版」であろうとしたが、しかし十七世紀以来、公式の劇場がそのレパートリーとともに、社会と文化の内部で余りにも重要な位置を占めてきたフランスでは、ロマン派戯曲の《劇構造》も《演劇性》も、当事者が主張するほどには「革命的」なものにはならなかった。二十世紀が「生の悲劇的感情」と呼ぶであろうところの「劇的・演劇的主観性」、それを舞台表現とすることを中核的命題にした「ロマン派劇」は、喧噪に満ちた十年余の新作上演の時期の後に、「同時代的風俗劇」と呼ばれる「散文による同時代の先端的話題の舞台化」に取って代わられるのだが——その代表作が小デュマの『椿姫』（一八四九年作、一八五二年初演）である——一八七〇年の第二帝政崩壊と第三共和国成立以降は、ナポレオン三世の第二帝政時代には、みずから進んで国外への「追放」を選んでいたユゴーがパリに戻り、それに刺激され、あわせてムネ＝シュリーとサラ・ベルナールという、「ロマン派演劇」に打ってつけの名優の出現によって、世紀末に向かうパリの劇場の舞台を飾り、最終的には十九世紀の「劇場」の事件であり続けることとなった。その最後の「打ち上げ花火」が、他ならぬロスタンの『シラノ・ド・ベルジュラック』なのであった。

このような文脈において、早熟な天才児ミュッセは、一八三〇年、詩人が二十歳になろうとしている時にオデオン座で初演させた『ヴェネツィアの夜』が二回で打ち切りになるという結果に失望して、以後、上演を期待しない作品という意味で、『肘掛け椅子のなかの芝居』の総題で戯曲を発表する。現実の劇場より、詩人の想像力の劇場のほうが、遥かに深遠かつ華麗であり、微妙で官能的であるとする挑戦であった。

しかし、そのような「反‐劇場的」な選択にあっても、『マリアンヌの気紛れ』（一八五一年、コメディ＝フランセーズ初演）や『戯れに恋はすまじ』（一八六一年、コメディ＝フランセーズ初演）は、後にミュッセの代表作として持て囃（はや）されるだけの「舞台性」は持っていた。それればかりではない。『ある心移り』（一八四七年初演）とか、『扉は開いているか、閉まっているか、どちらか』（一八四八年初演）などの「諺喜劇」は、コメディ＝フランセーズの「開幕劇」――「一晩芝居」には多少短い作品の前に演ずる小品――として、二十世紀前半には、コメディ＝フランセーズへ行けば厭でも見せられるほどポピュラーなレパートリーになってしまう。『ロレンザッチョ』は違った。

そもそも『ロレンザッチョ』の五幕三十九場という膨大な構成、しかも「場割り」は、ロマン派の如何（いか）なる戯曲も敢（あ）えてしなかったような「多様な場所の転換」を前提としている。確かに、演劇史の記憶の中では、シェイクスピアやエリザベス朝演劇のように、場面転換の多い戯曲は存在したが、しかしそれらは、写実的な装置を前提としなかったから可能な、言わば「約束事」の世界であった。しかし、ロマン派劇は、共通の了解として、「時代色」や「地方色」の舞台上における忠実な再現を重視したのだし、ミュッセの「ト書き」も、ユゴーなどとはまったく異質の言語態を取っているとはいえ、そのような「期待の地平」を共有している。事実、アンヌ・ユベルスフェルドも指摘するように、十九世紀の二〇年代後半から、「歴史名場面を戯曲体で書く」ことが一種の流行になっていたし、それらは、このジャンルの代表的な理論家であるリュドヴィック・ヴィテ（三部作『バリケード』『ブロワ三部会』『アンリ三世の死』の作者）が説くように、「戯曲ではなく、歴史的事件を舞台上演の形で提出するもの」なのであった。必ずしも二流作家ばかりではなく、メリメも『ジャックリー』のような傑作を残すことになるのだが、しかし、それらを現実の舞台において成功させるのは別の話である。少なくとも、セノグラフィーの世界で、後世が「ロマン派リアリズム」と呼ぶような美学を前提にした場合には――「ロマン派リアリズム」とは、ワーグナーまで含めて、十九世紀のグランド・オペラの舞台装置や衣装が体現していたものだと考えればよい――ミュッセの『ロレンザッチョ』五幕三十九場が「上演不可能」であることは、誰の目にも明らかであった。

その上、戯曲の主題は「王殺し」である。「七月王政」の時代から、「第二帝政」の終焉(しゅうえん)までの、革命やクーデターの危機を常に孕(はら)んでいた時代には、時の検閲がその上演を許すはずはなかったし、仮に検閲は通ったとしても、それがプラスに働くとは限らない。ミュッセ自身、ユゴーの、やはり「王殺し」を主題にした『王は楽しむ』(オペラ『リゴレット』の原作)の初演(一八三二年)の失敗に立ち会って、なにがしかの反省はしていただろう。しかも「王殺し」と言っても、『ロレンザッチョ』の場合は、純粋に共和派の理念や愛国主義が鼓舞されているわけではない。「共和派」は、「革命の虚妄」を実証するための「政治的無能力者」として描かれているかの如くであり、何よりも先(ま)ず、そのような「王殺し」を果たす若者の「動機」がつかまえにくい。

ミュッセの『ロレンザッチョ』の、言わば種本となったジョルジュ・サンドの『一五三七年の陰謀』と比べた時に、最も顕著な違いも、この点にある。女流小説家の戯曲は、人物の造形も行動の動機も、極めて粗削りであり、十八世紀末から流行して、ロマン派の一つの下地となった通俗残酷劇の「メロドラム」によほど近い。例えば、ロレンゾのアレクサンドルに対する殺意の裏付けとして、アレクサンドルの側からのロレンゾに対するあからさまな蔑視があるといったように。暗殺の血なまぐさい再現も、ヴァルキの描写の、今なら「B級ホラー的」とでも言うであろうような舞台化であった。[1]

それに対して、ミュッセの「暗殺者」は遥かに複雑である。そもそも、「書かないか、さもなくば、シェイクスピアかシラーたるべし」と宣言したミュッセであり、一八二九年には、イギリスの劇団の二度目のパリ公演を観ている（ユベルスフェルド、ポケット版の序文、一〇ページ）。彼の「歴史劇」が、モデルとしてシラーの『フィエスコの陰謀』（一七八三年）をもっていたことは繰り返し語られているが、やはりそれ以上に重要なモデルはシェイクスピアであり、またロマン派演劇がシェイクスピアに倣って実現しようとしていた劇作術上の革命であった。確かに彼のロレンザッチョは、ハムレットに似てはいるが、ハムレットより数等危険な「謎」を孕んでいる。神話的に高貴な「新しいオレスト」でも「現代のブルータス」でもなく、十九世紀の九〇年代に社会現象として出現する、あれらの非情な「テロリスト」の先駆者なのではないのか。そして、その「殺人」の「動機」の多義的な不確定性は、ドストエフスキーの「無償の殺人犯」、ラスコリニコフをも思わせはしないだろうか。『世紀児の告白』（一八三六）のロマン派的メランコリーを遥かに超えてしまうような何か。

いずれにしても、ミュッセの『ロレンザッチョ』は、同時代演劇の芸術的野心をことごとく孕みつつも、それを遥かに超える射程をもっていた。一八三四年に、「両世界評論」誌が、二号にわたってこの戯曲を発表した時、ミュッセは、まだイタリアにいたジョルジュ・サンドに書き送っている、「僕は非難の的となるでしょう」と。ユベルスフェルドも指摘するように、ミュッセは「自分のテクストの大胆さを、はっき

1　ジョルジュ・サンドの戯曲『一五三七年の陰謀』の決定稿に近い構成を示せば次のとおりである——

第一場　フィレンツェ公の邸——ロレンゾ追及——ロレンゾの失神

第二場　マリア・ソデリーニ邸——カテリーナとロレンゾ——ビンド・アルトヴィティ、ジウーリオ・カポーニ——公爵、ロレンゾの妹を欲しがる。

第三場　ロレンゾの部屋——スコロンコンコロとロレンゾ、殺人の稽古。

第四場　アレクサンドルの部屋——ロレンゾが、マリアとの逢引の手順を整える。鎖帷子を脱いでいったほうが、色男には似合うという、ジオーモの忠告で、公爵は鎖帷子を脱いで行く。

第五場　サン・マルコ広場。アレクサンドルが、ロレンゾの妹に会いに行く。

第六場　ロレンゾの部屋。公爵暗殺。

（『ミュッセ全戯曲集』《プレイヤード版》、八三一～八五四頁）

り自覚していた」のである。

同時代演劇にとって「不可能な夢」であるだけに「怪物的」でもあったろう『ロレンザッチョ』――それが初演されるには、作者の死後三十九年を経なければならなかった。一八九六年十二月のことであり、主役のロレンゾは、当時一世を風靡していた「聖なる怪物」のサラ・ベルナールが、男装して演じた。アルマン・ダルトワという台本作者が、サラに「男装の悲劇的貴公子」という趣向を持ち込んだところ、ユゴー『リュイ・ブラス』の再演（一八七二年）の成功で、コメディ＝フランセーズに復帰した後、一八七四年にはラシーヌ悲劇の『フェードル』、一八七七年には『エルナニ』の再演、更に一八七九年には再び『リュイ・ブラス』の成功により、悲劇女優としての名声を確固たるものにした後、コメディ＝フランセーズを去り、自分の劇場をもって、『トスカ』（一八八七年）や『椿姫』で大評判を取っていたスーパー・スターは、台本作者の悲観的予想とは裏腹に、この「暗殺劇」に乗ったのである。一八四四年生まれであるから、サラ五十二歳の時である。三年後には、再び男装して『ハムレット』を演じることになるサラの、転機ともなる事件であった。

勿論、サラ・ベルナール主演ということが売り物なのであるから、この初演は、まったくの主演女優中心の台本であり、戯曲のもつ真に政治的なヴェクトルは言うに及ばず、主人公の若者二人の間に想定される「危い関係」も無視されていた。後世は、当時流行の装飾美術の画家ミュシャの名高いポスター用版画によって、ミュッセとも「王殺し」とも関係のない、「世紀末の豪奢」の紋章を受け取っていくのである。

その最も顕著な証左は、サラ・ベルナールによる初演以来、「ロレンゾ役」は女優が演じるという奇妙な習慣が確立したことである。二十世紀に入っても、一九二七年には、コメディ＝フランセーズで、エミール・ファーブル演出による再演があり、当時すでに四十二歳のマリー＝テレーズ・ピエラが演じている。しかも同年には、マドレーヌ座で、アルマン・ブール演出によって、ルネ・ファルコネッティも演じている。カール・ドライヤーの映画『ジャンヌ・ダルク』で映画史に残るジャンヌ・ダルクを演じたこの少年っぽいスターは、ミュッセのロレンゾでも見事であったという（この戯曲の翻訳者であられた渡邊一夫先生が、一九三〇年代初頭に留学された折りにご覧になったのも、ファルコネッティ主演の舞台の再演であった）。更に一九四五年には、ガストン・バティ演出でマルグリット・ジャモワが演じているが、バティは『ボヴァリー夫人』の舞台化などでも知られる演出家であるから、それなりの効果は上げたようである。

「女優がロレンゾを演じる」という、サラ初演以来、半世紀以上も続いた「慣習」は、一九五二年七月十五日、ジェラール・フィリップが、南仏アヴィニョン演劇祭でロレンゾを演じることによって、初めて廃絶される。しかし、それほどまでに「女優が演じる必要性」が、ほとんど自明のこととして容認されていたのは、主人公の「女性的性格」が、同時代のパリの観客には受け入れられないであろうとの一般的了解があったからである。事実、ヨーロッパ産業革命期の「男性性の絶対的優位」という硬直した性差イデオロギーの地平にあっては、十六世紀イタリアの《性的放縦(ほうしょう)と独裁的権力構造の共犯性》を主題としたこの戯曲は、ロレンゾの演じる「性差の揺らぎ」の故に、同時代のみならず、二十世紀フランスの劇場の感性にとっても、余りにも危険な謎に満ちていた。いや、「危険な」というのでは不十分である。「耐えがたい」と書くべきでもあろう。喜劇においてすらも、「男装する女性」はともかくも、「女装する男」や「女の外見をもつ男」などというものは許容されなかったし——歴史的に、それが可能だったのは、シェイクスピアの時代と、フランスなら十七世紀の宮廷バレエまでであり、後はイタリア・オペラのカストラートという「怪物」が、声楽技術の特殊性の名のもとに許容されていただけである——いわんや「深刻な劇」、しかも「政治劇」の主人公が、「女の腐ったような若者」であったり、「おかま坊や」などと舞台上で呼ばれる存在であるなどということは、絶対にありえなかった。つまり、女優が演じることで、その危険かつ耐えがたい謎に身体的自明性という蓋をしてしまったのである。

「ついにヴィラール来たれり……」——一九五二年、南仏アヴィニョン演劇祭とパリ・シャイヨー宮劇場における国立民衆劇場（Théâtre National Populaire 略してTNP）において初めて実現されたのは、単に「男の演じるロレンゾ」ということだけではない。ジェラール・フィリップという、一九四〇年代後半から五〇年代を通して、フランスの「舞台と映画の若手スターの第一人者」が演じることによって、ミュッセの『ロレンザッチョ』は、書かれてからほぼ百二十年目にして、ようやく本来の意味での「舞台の事件」となることが出来た。それは、フィリップという特権的な俳優が、みずから演出もするという意気込みで上演を果たしたというだけではない。一方では、それを上演した「国立民衆劇場」が、演出家ジャン・ヴィラールのもとに実現していく「民衆演劇運動」と「演劇の地方分化」の「運動」の内部で、記念碑的成功を収めたという歴史的意味合いが重なっていた。しかし同時に、他方では、フィリップの「上演台本」自体が、それまでの上演台本に比べて、圧倒的に原作に忠実であり、原作の《政治劇的ヴェクトル》を、《個人の実存の劇》として正面に据えることに成功したからなのであった。というのも、一九五〇年代の初頭は、まだ「実存主義演劇」が、サルトルに倣って言えば、「現実参加（アンガージュマン）」の演劇として、劇場の先端を行く表現であったし、フィリップ自身、一九四五年には、カミュの出世作『カリギュラ』の主人公を演じている。（私自身、一九六八年に「五月革命」のパリで、カミュのこの作品を訳したのは、十年前のフィリップの舞台の記憶を検証する試みでもあった。）更に、実存主義が先駆者としたドストエフスキーは、フィリップ主演の映画としても親しいものとなっていた。つまり、演じる側も見る側も、メディチ家のロレンゾのドラマを、実存主義的な「政治参加の意味の問い」と「無償の行為」の交差する、極めて「現代的な」劇として受け取る下地が出来ていたのである。

私の個人史の内部で、一九五〇年代の後半に初めてパリに留学した折り、観た芝居の中で最も面白く、かついつかはやってみたいと思った芝居の一つが、この『ロレンザッチョ』であったのは、謂（いわ）れのないことではなかった。日本では、一九二八年（昭和三年）に、すでに渡邊一夫先生が、新潮社『世界文学全集』の第三十四巻「佛蘭西近代戯曲集」に翻訳を出されている。（先生の卒業論文はミュッセであり、『ロレンザッチョ』はその主要な分析対象であったから、辰野隆（ゆたか）・鈴木信太郎両先生は、この新進のフランス文学研究者を前提にして、企画を立てられたのであろう。ただ、渡邊一夫先生の側では、この翻訳を、ミュッセへの告別の仕事と考えられていたようである。）これは、当時のパリの演劇の新しい潮流を、「日常生活の断片」という自然主義亜流の劇作において捉（とら）えようとする傾向からすれば、編集サイドの驚くべき先見の明であったようにも見える。もっとも、すでに記念碑的に語られ始めていた辰野・鈴木訳の『シラノ』が巻頭を飾っており、この巻の最後を飾るべき作品として、渡邊一夫訳『ロレンザッチョ』が配されているのだから、九十年近い距離を置いてみると、この編集方針は、後の東京帝国大学フランス文学科の「記念碑」のように見えなくもない。ミュッセと言えば、教養主義的読者は『マリアンヌの気紛れ』や『戯れに恋はすまじ』といった、いささか虚無的な気分に浸された甘美な恋物語を想像するだろうに、最も厄介な、しかもそもそもフランスにおいて、『シラノ』の歴史的成功とは裏腹の、「上演不可能」とされた時代が長かった戯曲を入れてしまったのは、まことに大胆なというか、無謀と言ってもよい編集方針であった。当事者である渡邊一夫先生としては、卒業論文の後はミュッセと縁を切るおつもりだったようだが、この作品だけを別扱いされたのは、「以後」に選び取った「フランス・ルネッサンス文学」、特にラブレーが、この事件の同時代人であり、報告も残しているといった、「特殊事情」があったからでもあろう。しかも、両大戦間にフランスに留学した際、ファルコネッティ主演の『ロレンザッチョ』をご覧になって、この十六世紀フィレンツェの「暴君暗殺事件」が、離れたはずのミュッセと、新しく研究対象に選んだ、ラブレーを柱とするフランス十六世紀文学との交差する場として、避けては通れぬ関門のように立ち現れたのだと推察できる。第二次大戦後の昭和二十四年（一九四九年）に、『假面の人』の表題で『ロレンザッチョ』をもう一度訳す――それは「改訳」などという程度の訂正ではない、ほとんど訳し直しである――その動機は、今触れたように、一義的には訳者が専門として選んだフランス・ルネッサンスの立役者ラブレーとこの事件が関係があったという、知的・考証的関心に導かれてのことだったろうと考えられる。それは、『假面の人』の解題や注釈を通して頻繁に現れる、ラブレーの、この事件に関する書簡の引用・分析などからも窺（うかが）えることだ。しかし、一九五八年にパリにいて、この作品を観た私としては、やはり、第二次大戦後の知識人、渡邊一夫の思想の萌芽をそこに重ねて見ないわけにはいかなかった。シャイヨー宮の大ホールで、フィリップのロレンゾに熱狂するカーテン・コールの、あの「拍子を取って打ち鳴らす拍手」に包まれながら、戦前の渡邊一夫の内部にあった鬱屈（うっくつ）した殺意のようなものを幻想したと言っては言い過ぎであるが、二十一年後に、敢えて旧訳を全面的に改訳なさるには、単に「学者・研究者」としての動機以上のものがあったと推察する。ただ教条主義的左翼の言説が支配する中では、この「孤独なテロリスト」の挫折劇は、やはり余りに異形（いぎょう）かつ危険な物語であっただろう。「政治」と「セックス」などは絡みあわないほうが、「革命」のためには正しいことだったのだ。しかし、十六世紀学者として、既に海外でも、専門家のあいだでは知られるようになっておられた渡邊一夫先生にとっては、「政治的事件」の裏というか、《回転扉》のようにして見せてしまう《別の顔》にこそ真実は隠されているのだといった、言わば複眼で物を見る訓練の、一つの段階として、このメディチ家の、セックスと流血にまみれた「劇」に、青春の思い出以上の強い吸引力を感じておられたのではないか。そんなことを、舞台上演用の新訳を作りながら、ひそかに推察したのである。

ところで、演劇史的に、この劇の紋章ともなってしまったように思えた「フィリップのロレンゾ」について、一言付け加えておくならば、この劇とその主人公の「通奏低音」とでも呼ぶべき「性差の揺らぎ」に関しては、それが「主人公の意識的演戯に基づくもの」ではあっても、慎重に避けて、というか「切り捨て」て――台本の「読み＝解釈」の上でも「演出」の面でも――、自らの演技を構築していた。殊更(ことさら)に顎鬚(あごひげ)を、それが小さなものではあっても、蓄えて出てくるフィリップは、舞台上では、残された写真で見るより遥かに「五〇年代フランス映画の二枚目」、それも「歴史物」で、袖の豊かな白いブラウスに、同じくオフ・ホワイトのタイツ、そして長靴といった扮装がぴったりの、如何にも「ロマン派のヒーロー」を絵に描いたような、その面影を残していたのであり、「女性的」というよりは「少年的な」、この役者にしかない、世阿弥を借りて言うなら「時分の花」であり、ヨーロッパ語なら「アウラ」とでも呼ぶしかない魅力を発散しつつ、この「放蕩無頼の裏切り者でもある青年」を演じていた。つまり、ミュッセ戯曲が殊更に強調している、精神的・身体的・行動上の《女性化》あるいは《性差の上の両義性(アンビギュイテ)》は、ほとんど消去されていたと言ってよく、それがサルトル、カミユ、初期アヌイと言った、所謂(いわゆる)「実存主義演劇」の風土には、よく合致していたのである。別の言い方をするならば、ジュネ演劇はこの時、まだ《劇場の事件》とはなっていなかった。ジュヴェ演出の『女中たち』（一九四七年）にもかかわらず、である。

以後、この作品についての研究は飛躍的に進み、また多くの演出家が新しい「読み」を提示してきた。特に、作品の成立過程については、ミュッセの自筆原稿の分析から、その執筆・推敲（すいこう）の過程を跡づけたポール・ディモフの『ロレンザッチョの成立過程』（初版一九三六、再版一九六二）が、基本的資料を提出していた。ジャン・ポミエの『アルフレッド・ド・ミュッセとその演劇についての論考』（初版一九四四、再版一九六六）は、実証的歴史研究の観点からするミュッセ論であり、今もって再読に値するが、なんと言っても、さしあたりの集大成的研究は、ベルナール・マソンの学位論文『ミュッセと内面の演劇』（一九七四）であり、その主要部分は、『ミュッセとその分身――《ロレンザッチョ》を読む』（一九七八）としても刊行されている。マソン自身、TNPの上演用台本まで目を通して、上演史についても貴重な記録を残している。六〇年代以降、この作品が、新しい演出によってそのつど話題になってきたという事情もあって、ベルナール・ドルト「『ロレンザッチョ』の描写の企て」（「演劇作業」誌、一九七〇年秋)、ロベール・アビラシェッド「ギ・レトレ演出『ロレンザッチョ』」(「アヴァン・セーヌ」六〇三号)、アンヌ・ユベルスフェルド「革命と都市のトピック」(「文学」誌、一九七六年)など、劇場の作業を視野におさめた分析も多い。シモン・ジュンヌ版の『ミュッセ全戯曲集』(《プレイヤード叢書》、一九九〇)が、さしあたり一つの集大成的成果である。

とはいえ、この戯曲を上演しようと企てた時に、すべての問題が解決されていたわけではない。私自身は、一九五八年にTNPの上演を数回にわたって観たほかは——もちろん、その初演時の中継録音のLPも買って持っていた——、六〇年代にコンセルヴァトワール出身の若い俳優たちが作っていた集団でこれを観たのと、あとはコメディ゠フランセーズにおけるイタリアの演出家ゼフィレッリの演出をヴィデオ録画で観ただけである。それらの記憶や上演記録、批評を、他の記録や証言と突き合わせて分析しても、なお解決すべき問題は多岐にわたり、かつ極めて多かった。

そもそも、戦後のTNPの画期的上演については、一九五五年、当時帰国したばかりの安堂信也が「日本フランス語フランス文学会」で報告したのが最初であったが、以後、フランスとヨーロッパにおけるその時々の新演出を、多くの人が語り継いできた。それにもかかわらず「幻の名作」に終わっていたのは、一つにはロレンゾを演じうる俳優がいなかったからでもあるが、それ以上に、ミュッセの膨大なテクストを日本語での上演に耐え得る台本に書き直す作業の困難さが障害となっていたのだ。渡邊一夫先生が、『假面の人』の後書きに、敢えて「レーゼドラマ」と断っておられるその意味では、私が《上演台本》作成の作業から始めたのは、演出家として当然の手続きであって、渡邊一夫先生のお訳には多くを負いつつも――『假面の人』から数えても、四十四年の歳月が経っている――、私なりの上演を前提にした翻訳を作った上で、上演用テクストを作成した。現代日本語で、上演に耐え得るだけではなく、上演によって一層《テクスト》が立体的に立ち上がり得るような、戯曲の《言語態》を手に入れることが課題だったのである。

II　構造

1　劇の四つの力線

『ロレンザッチョ』の劇的主題は二重である。一つはロレンゾによるアレクサンドル暗殺という「行為」を巡っての「個人の意識」の劇であり、もう一つは、この事件がその内部に書き込まれて意味を獲得すべき「十六世紀フィレンツェの政治」の劇である。そして、この二つの主題は、極めて密接に結びつき、絡み合っていて、そのいずれか一方を特権視することはできない。しかしながら、劇の展開を支えるこの二つの局面は、具体的人物と事件としては、大別して「四つの系」に分類することが出来る。四つの「陰謀」と言ってもよい。これはアンヌ・ユベルスフェルドが、その《ポケット・ブック版》の解題で行った構造分析に倣ったものだが、それを図式化すれば以下の表（三三四〜三三五ページ）のようになる。

第一は、ロレンゾによるアレクサンドル暗殺計画であり、これはジョルジュ・サンドの戯曲以来、劇の「主筋」をなす。第二は、アレクサンドルに対するチーボ侯爵夫人の恋と、それを政治的に利用しようとする義兄チーボ枢機卿の陰謀であり、これはミュッセの独創である。第三は、メディチ家に対抗する「共和派」の頭目、フィリップ・ストロッツィとその一族によるアレクサンドル打倒の陰謀であり、これもサンドにはなく、ミュッセが造形した筋である。そして最後に、「フィレンツェ」という都市に対する「市民」の思い入れであり、「共同幻想」の核として、この都市の「共和国としての復活」への情熱が、戯曲の通奏低音のように鳴り響く（これもミュッセの独創）。これら四つの劇的系は、いずれも「挫折」によって終わるわけであり、その意味では、『ロレンザッチョ』は、「革命の挫折」の分析劇であると言ってもよい。

すでに述べたようにアンヌ・ユベルスフェルドは、《ポケット・ブック版》の解説に、これら四つの「筋」の展開・配列の一覧表を載せて、錯綜したこの戯曲をグローバルに把握するのに役立てている（ユベルスフェルド《ポケット・ブック版》pp.161-169）。私としては、各場面にこれら四つの力線のどれが主として貫いて走っているかを示すに留めるが、それは、テクスト・レジの作業の説明にも役立つだろうと考える。◎によって力線の所在を示し、○によって副次的な重要さを示す。表中の「幕」及び「場」は、原作の劇作術上の構成を表すが、＊は私の上演台本ではカットした場面であり、参考までに付け加えた記号である。なお、十七世紀フランスの古典劇とは異なり、「場」は、登場人物の出入りによって変わるのではなく、劇の進行する場所そのものの移動によって変わる原則が取られている。

オーケストラの譜面のように、全体の配分・構成を把握しておくことは、この戯曲の場合、特に重要であるように思われる。《主題の力線》の通過の仕方と、「群衆場

四つの力線の展開・配列一覧表

	ロレンゾ	ストロッツィ家	チーボ侯爵夫人、枢機卿	フィレンツェと市民
四幕一場	◎	○		
二場 ＊		◎		
三場	◎			
四場			◎	
五場 ＊	◎			
六場		◎		
七場	◎			○
八場 ＊		◎		
九場	◎			
十場	◎		◎	
十一場	◎			
五幕一場 ＊			◎	◎
二場	◎	◎		○
三場 ＊			○	
四場 ＊		◎		
五場		○		◎
六場				◎
七場	◎	◎		
八場			◎	◎

＊で示した場は、銀座セゾン劇場の上演台本ではカットした場

四つの力線の展開・配列一覧表

	ロレンゾ	ストロッツィ家	チーボ侯爵夫人、枢機卿	フィレンツェと市民
一幕一場	◎			
二場				◎
三場			◎	
四場	◎		○	
五場				◎
六場	◎			◎
二幕一場		◎		
二場	◎			
三場			◎	
四場	◎			○
五場		◎		
六場	◎			
七場		◎		
三幕一場	◎			
二場		◎		
三場	◎	◎		
四場	◎			
五場　*			◎	
六場			◎	
七場		◎		

面」と「対話」「独白」といった《言語態》の変奏によって、劇全体の運動（テンポ、振幅、調子等）が目に見えるようになるからである。

2 人物関係

ロレンゾ、アレクサンドル、チーボ侯爵夫人、チーボ枢機卿、フィリップ・ストロッツィ、テバルデオといった、この劇に登場する人物を個々に検証していくよりは、彼らの関係に焦点を絞って、その特性を見ていこうと思う。というのも、登場人物が、それ自体で閉鎖的に完結した枠組であるような筆法とは異なり、ミュッセの『ロレンザッチョ』は、登場人物の個人としての《アイデンティティー》が、その「存在」と、人々の目に立ち現れる「外見」あるいは「現れ」との間で極端に揺らいでいる、そういう芝居だからである。

まずこの劇にとって最も重要な「カップル」は、**ロレンゾ／アレクサンドル**である。「暴君」とその「寵臣（ちょうしん）」には違いないが、ここではフランス語でいう「寵臣（ファヴォリ）」の持つ「性的な親密性」は、当然のことながら前提にされている。というのも、ロレンゾは、アレクサンドルに近づき、その寵愛と信頼を得るには、あらゆることをした、というのが、ヴァルキの『年代記』以来、物語の「本説（ほんぜつ）」であるし、ロレンゾはアレクサンドルのために女を攫（さら）って来るだけではなく、自分の女をアレクサンドルと共有することまでした。すでに、ヴァルキにおいても、二人の《同性愛的関係》が示されているが、ミュッセでは、フィレンツェの都市と宮廷がこの二人について抱（いだ）く「表象」として、そのような関係を前提としているように思われる。チーボ侯爵夫人が義兄の枢機卿に、「権力を手に入れるためになら女になってもよいと考えた」という、相手のジェンダーに関わる侮蔑の言葉を投げつけるのは、背景にロレンゾがやっているような醜悪な「政治的自己売春」があるという仄（ほの）めかしに他ならない。

広い意味では、ユゴーの『王は楽しむ』（オペラ『リゴレット』の原作）がその劇的な局面を強調したロマン派好みの「王と道化」のドラマの一変奏なのであるが、しかし、この道化は、己の「性的肉体」において、「社会体」を相手にする「王の快楽」に奉仕しているのだ。

すでに書いたように、サンドの戯曲における二人の若者の関係には、相互に嫌悪や憎悪があって、それが暗殺に繋（つな）がっていたのだが、ミュッセは繰り返しこの「動機」を否定する。この「淫乱・放蕩」の親友は、少なくとも「暴君」の側からは、「愛情」を示し、それ以上に絶対的に信頼し、身を任せている。従って、「放蕩の遊び仲間」である限りの彼らの《共犯意識》の内部で生起していることと、それがフィレンツェの社会でもつ効果とは、歴然と二重である。

一幕一場の「カブリエル誘拐」の場で発せられるロレンゾの名高い長台詞(ながぜりふ)は、オペラ『ドン・ジョヴァンニ』第一幕におけるレポレロの「カタログの歌」より遥かに危険なレヴェルにおいて、「女たらし」の快楽の本質を語っており、文字通りこの劇の《場》としての「堕落する身体」の紋章学である。というのも、フランス語で"débauche"(「女遊び」)と呼ばれる実践は、単に気に入った女と寝て、己が快楽を充足させることだけを意味しない。ロレンゾが際どい比喩(ひゆ)を重ねて、ほとんど猥褻(わいせつ)すれすれの言説レヴェルで公爵に唆(そそのか)しているのは、十五歳のおぼこ娘を攫って来て、その無垢な——性的に無知な——処女の体の「深層」に、性欲の水脈を掘り起こし、性的快楽と欲望に貫かれた〈新しい肉体〉へと調教してしまうことである。女が、自分の愛撫(あいぶ)のもとで性の快楽に身悶(みもだ)えして、完全に自分の支配下に置かれてしまうことが重要なのだ。当然のことながら、この「オペレーション」は、処女の肉体の内側から、その隠された「快楽の水脈」を掘り当てることによって行われるのであり、「性的欲望の主体」としての新しい「主体＝隷属体」をそこに作り上げることに他ならない。フーコーも説くように、十九世紀における「性現象」に焦点をあてた「身体の政治的テクノロジー」の、最も通俗的に共有されていく「セックスによる新しい《女の肉体》の誕生」のテーマであり、二十世紀のポルノグラフィーが一貫して追求することになるトポスである。

ロレンゾの「堕落の方法序説」が重要なのは、彼自身が、彼自身において、比喩的なレヴェルにおいてであるにもせよ、この「放蕩による肉体的変貌」を体験しているように見えるからである。男の愛撫なり性器によって、体（からだ）の内側から、欲望の氾濫によって変質する体という、「ポルノグラフィー的身体」は、ロレンゾの「女性化」イメージにおいて、決定的な役割を果たしているように思われる。フィレンツェの社会が、ロレンゾがアレクサンドルと寝ているだろうという「幻想＝表象」を抱くのは、このような事情による。その意味では、ロレンゾは、意識的に自分の「男性－性」を否定し、女の腐ったような「おかま坊や」として徘徊（はいかい）することを受け入れているのだ。動機は違うが、甚（はなは）だ「ジュネ的」な《演技の賭け》である。言うまでもなく、そこでは、少年愛や男色が排除されているわけではない。ロレンゾにおける「性差の揺らぎ」が、『ロレンザッチョ』という戯曲を、二十世紀後半の最大のヒット作の一つに仕立てる上で、重要な役割を果たしていることは疑いようがない。「性差」という身体的現実に現れる主観性が、権力ゲームの内部で決定されていくのであるから。

このような身体の内部から個人を「情欲の場」に変容させてしまうという「オペレーション」。それは単に個人としての人間のレヴェルで行われるだけではない。国家という「身体」においても遂行されるのだ。ロレンゾは、アレクサンドルが「暗殺すべき暴君」としていよいよ相応しい者となるために、彼の悪行を募らせているかに見えるが、これは確かではない。ロレンゾの「性愛」に係わる台詞は、冒頭の長台詞を除けば極めて少なく、アレクサンドルの多言と対照をなしていることも、その一因である。確かなことは、ロレンゾは「演じて」いること、しかもその演技が、名高い第一幕第四場の「抜き身の剣による失神の場」に見られるように、彼の身体的現実に密着してしまっていて、演技であるかどうかを決定するのが困難な域にまで達していることである。そこから「告白」という、極めてロマン派的な欲求が生じるので、戯曲のちょうど中央を占める三幕三場のあの膨大な「告白」の場面が書かれることとなる。しかし、「告白」もまた、すでにロマン派にあっては、それだけで内心の誠実な表白ではない。「告白」の演劇性は自覚され始めている。

　この「演技」と「本心」のインターフェランスは、『ハムレット』以来ロマン派には馴染(なじ)み深いテーマだったとはいえ、事が「王殺し」である以上、ロレンゾにとって、この秘密を打ち明けうる相手は、**フィリップ・ストロッツィ**しかいない。三幕三場の大告白と、四幕の一連の独白とは、この劇の山場をなす。しかもそこでは、結局のところ、劇の言説は、ロレンゾとアレクサンドルという二人の若者を超えたレヴェルでの事件となってしまうのだ。ロレンゾはフィリップに「問いの答え」を期待しようがない。ロレンゾは、自分のうちにあり、かつ自分を超えて語りかけてくる声に問い掛けねばならないのだ。

「王殺し」の情念に取りつかれて、その実現のために最悪の汚辱まで引き受けるロレンゾ。彼にはこうして、明らかにまったく矛盾した二つの顔がある。どちらがどちらの「分身」なのか。いずれにせよ、母**マリー・ソデリーニ**の深夜の幻覚に、ロレンゾの「幽霊」が、つまり「ドッペルゲンガー」（分身）が出現した事件は、ロレンゾに強い衝撃を与え、彼の「行動」への大きなきっかけとなる。分身の出現は、自己の人格解体の最も顕著な兆候に他ならないからである。

ロレンゾに劣らずチーボ侯爵夫人も、分裂した人物である。

この共和派の理念に燃える貴族の人妻には、ベルジオジョーゾ侯爵夫人という現実のモデルがいたとされるが——彼女は「炭焼き党」の支援者だった——「政治的理念」と「女としての情欲」との間に引き裂かれる「女知識人」というのも、十九世紀にようやくその表象が可能になりつつあった存在である。ロレンゾの二重性よりは遥かに単純に図式化された形で、《政治》と《セックス》が彼女の実存を引き裂いている。しかも、夫のチーボ侯爵との結婚生活に飽きたわけではなさそうだし、領地のマッサの「田園」への思い入れは、ロレンゾにおける「カファッジオーロの幼年期」へのそれと明らかにパラレルであって、この劇の地平に「不可能となった黄金時代」のようにして立ち現れる。その意味では、三重に分裂していると言うほうが正しいだろう。その上で、二幕三場の独白に見られるように、「フィレンツェ幻想」と「不倫の恋」とは、正確に重ねられているのだ。

ともあれ、夫の兄で彼女の告解師でもある、チーボ枢機卿との二度にわたる対決と、アレクサンドルとのベッドシーンとは、この劇の二つの力線、つまり「アレクサンドルをめぐる陰謀」と「フィレンツェの権力闘争」とが、特権的に切り結ぶ場である。

アレクサンドルがチーボ侯爵夫人に引かれたのは、言わば「姉さん女房」的な存在への、私生児である彼の「母性」への《憧憬（しょうけい）》があったからかも知れないが、それは同時に、純粋な「政治的理念」を発する「官能的肉体」という、言わば「矛盾の統一」としての「女」に魅力を感じたということでもあろう。髪振り乱したインテリ女をではなく、少年の純潔と成熟した女体とを併せ持つリチャルダを幻想すべきだと思う謂（いわ）れである。

その夫の兄とされている**マラスピーナ・チーボ枢機卿**は、この劇において、最も時代色を濃厚かつ鮮明に負わされている人物である。十六世紀フィレンツェとの関係で言えば、彼はマキアヴェッリの政治哲学の代弁者であり、『ロレンザッチョ』のすべての人物のなかで、唯一、政治的に明晰な意識をもち、政治的に明確な目的をもって行動している。

そこに、作者において顕著な「反‐教会的な」表象を読むことは当然であろうし、モリエールの『タルチュフ』以来、宗教家は、単なる「生臭坊主」として舞台に登場するのではなく、「政治的権力構造」の内部で、極めて危険に演劇的な存在なのであった。このような聖職者の表象が、大革命以降の十九世紀フランスの、特にインテリ層や芸術家において、強化されていたことは言うまでもない。

　チーボ枢機卿の「戦略」の内部で、「セックス（性愛）」が最も重要な「武器」となっているのは、リチャルダを使って陰謀を遂げようというのであるから当然と言えば当然であるが、この一般的前提から、ミュッセは最大限の劇的・演劇的効果を引き出している。ここでも、権力ゲームの関係性の内部で「性差」が決定されていくのであり、チーボ侯爵夫人は、「男根的権力」の権化（ごんげ）たろうとするチーボ枢機卿の戦略のなかに見え隠れする「女性化」を、はっきり見抜いている。「権力を手に入れるためには、女になってもよいとお考えになったあなた」と、一矢むくいる侯爵夫人。権力は「女装する」のである。

　ロレンゾの政治的情念に対して答えることが出来る立場にいるはずの**フィリップ・ストロッツィ**、彼はあらゆるレヴェルでこの期待を裏切る。ロレンゾにとっても「父」の役割を果たすべきフィリップは、フィレンツェの「神話的父」の機能を満たすことは出来ない。それは、彼の「共和主義」が、ルネッサンス的人文主義に支えを見いだす「普遍的なイデオロギー」であるかに見えて、政治の力学場では、メディチ家に対抗する「貴族の利権の代弁者」に留まってしまうからである。ロレンゾを除けば最も「多弁な」――そして見事に「雄弁な」――この哲学者は、まさにロレンゾの反対概念として描かれている。

三幕三場の、すべての演出家と俳優を呆然とさせるあの長い「対話」において語られるのは、まさに二人の政治人間の間に顕在化するこの「決定的対比」である。なかでも、二人の「時間」の捉え方の対比は、劇的にも極めて印象的である。

というのも、「行動だ！　時は来た！」と叫びつつも、ついに何も出来ないフィリップに対して、ロレンゾは、ここで、かの「コロッセオの夜」の「突然の決意」を語るからである――

「ある晩のこと、僕はローマのコロッセオの遺跡に座っていた。どうしてだか分からない、突然、立ち上がって、夜霧に濡れたこの腕を、天に向かって突き出していた。誓ったのだ、我が祖国の暴君の一人は、かならずこの手にかかって死ぬと。」

このような、「絶対的な断絶」としての時間の体験――哲学者なら「カイロス」の時間と言うもの――に対して、フィリップは「連続」であり「積み重ね」である「時間」――「クロノス」の時間――を生きる人間にすぎない。時間が積み重なれば、自然に「何かが起きる」であろうとの信仰である。

この点では、チーボ枢機卿は、さすがに《政治人間》として、アレクサンドル暗殺という《事件》を、いち早く《自分の戦略》に独占的に取り入れる術（すべ）を知っている。フィリップにおける《行動の不在》は、結局のところ、ヴェネツィアにおける《不活性》となって終わるほかはないのだ。そして、ミュッセの悲劇的なイデオロギーに従えば、民衆もまた、断絶としての時間を用いる「知」も「技術」も持っていない。

ところで、フィリップ・ストロッツィに代表されるフィレンツェの「共和派」は、フィリップ自身の言葉（三幕七場の大演説「ストロッツィ家とてメディチ家に劣りはせぬ、云々（うんぬん）」）からも、またロレンゾの伯父で共和派のビンド・アルトヴィティの発言（「〔メディチ家の連中だけが〕我々の特権の廃墟の上にぬくぬくと栄えていくのは許せない」）等に繰り返し強調されているとおり、市民による真の共和政治というよりは、銀行家を中心に繁栄してきたフィレンツェの貴族階級による寡頭政治の復活を夢見るものであった。従って、「愛国主義」といっても、この戯曲のフィリップのように、フランス王フランソワ一世と手を結ぶことを拒否するばかりであったわけではなく、歴史上のピエールもロレンゾも、フランスに亡命する。当時のヨーロッパにおいてフランソワ一世のみが、ローマ法王と神聖ローマ皇帝カール五世に対抗できた唯一の第三勢力であってみれば、それは当然のことでもあったが。

　ミュッセは、十六世紀フィレンツェの、このような政治情勢と権力ゲームに、彼の同時代のフランス、つまり「七月王政」の下絵を見る思いであったに違いなく、ロレンゾに対し共和派の行動への参加を要請しに来る叔父のビンドと、その友人で絹織物工場の経営者ヴェントゥーリに、「七月王政」の支配階級を殊更に重ねて描いている。十九世紀三〇年代のフランスにおいても、権力は「銀行家」と、新しく生まれた「産業資本家」に握られていたのであるから。勿論、演劇的には、フランス人に親しまれたモリエールの『町人貴族』の主人公ジュルダン氏のイメージを、援用していることは疑いようがないが。

　このような文脈において、**一般市民**あるいは**庶民**は、この劇にどのように関わっているのか。作者が、一幕一場を、庶民の娘であるガブリエルの誘拐で始め、しかもその兄のマフィオに、「コルネイユ張り」の悲劇的台詞を言わせていることは、作者の演劇的構成力を考える上で見落とすことは出来ない。それは「淫乱・放蕩」の主題の導入であると同時に、殆ど対位法的に市民の反抗の言説の爆発であり、第一幕最終景の「流刑囚たちのコロス」の伏線となっているからである。しかも、第一幕第二場の冒頭を飾り、かつこの「祝祭的情景」において、言説の上で主導権を握るのは、**モンデラ**と呼ばれる**金銀細工商**と、風見鶏的な**生地屋**なのである。

ミュッセが、この二人の「町人＝商人」によって、フィレンツェの民衆の二つの「世論」を代弁させていることは明らかである。土地の手工業に根を下ろした金銀細工商は、あからさまに「共和派」であり、ストロッツィ家のシンパである。「ヴェネツィアの絹」のような「高価な輸入品」によって商売をする生地屋＝絹織物商は、遥かに「オポルチュニスト」であり、現状容認的である。アレクサンドルの暗殺とコジモ擁立の報せの後、五幕五場で、再びこの二人の会話が舞台に登場する情景は、生地屋の説く「六・六尽くし」の情勢分析と、それに取り合わない共和派の金銀細工商の対話によって、殆どナンセンス不条理劇のように、見事な「幕間劇」となっている。

同じことは、**学生**の存在についても言える。如何にもカルティエ・ラタンのカーニヴァルといった趣の学生の出現から、作者の同時代のパリにおける革命や反乱に際しての学生の「政治参加」まで、この局面はあからさまに「自己言及的」である。そもそも、「舗道の敷石が一斉に立ち上がって暴君を倒す」といった、チーボ侯爵夫人の言節は、十九世紀パリの「バリケード」を想定しなければ理解できない。「パリの舗道の石」とその「バリケード」は、少なくとも一九六八年五月までは、近代のパリにおいて常に繰り返され得る、最も「自然発生的な」闘争の表象そのものであったのだから。一九五〇年代のTNPにおける上演で、「行動したのは学生たちだけだった」という台詞に、ある種の左翼的おもねりが感じられて、客席から野次が飛んだのも、ミュッセの『ロレンザッチョ』の政治的メッセージが身近なものであり続けたことの雄弁な証左でもあった。

「学生」は、一幕二場の台詞から判断すると、芸術の都フィレンツェに相応しく「画学生」と設定されているが、その中では、**テバルデオ**は、作者によって特権的な地位を与えられている。二幕二場の「教会の正面入口」で、法王庁特使たるヴァローリ枢機卿とロレンゾを前にして、注釈者が「シャトーブリアンの『キリスト教の精髄』の反映」を読むような「宗教芸術論」を展開する若者である。

劇の「筋」の上では、ロレンゾが「暗殺のために必要な鎖帷子の紛失」を企(たくら)むための道具である。しかし、アレクサンドルの裸の体を守る「鎖帷子」をなくすだけならば、こんな面倒な手だては使わなくとも、いくらも他にやりようはあっただろう。そこから、この若い画家の役は、注釈者も演出家も関心を抱くという事態が生じるので、事実、多くの上演で、この役は非常に「いい役」だと見なされている。それを顕在化させたのは、チェコの演出家オットマール・クレッチャであり、テバルデオをロレンゾの「あり得た姿」としての「分身」と見た。この解釈には、ユベルスフェルドのように反対する批評家もいるが、私としては、原則として「ロレンゾのあり得た分身」という解釈に賛成である。

と言うのも、テバルデオの展開する「芸術は悪を肥料とする」という、我々にとっては、ミュッセよりも映画『第三の男』で、オーソン・ウェルズが、ウィーン郊外のあの大観覧車で語るテーマとして親しい問題は、大革命以後の、所謂「近代性の時代」における「芸術家の意識＝良心」という問題の集約だからである。それを、「ラファエロの弟子」を自称する若者は、何の「疚しさ」もなしに、ロレンゾに言ってのけるのだ。この場面におけるロレンゾの反応――苛立ち、眩惑、誘惑の欲求といったものは、この「若い芸術家」とその言説が、『ハムレット』における「劇中劇」の効果と同じく、主人公の本心を映し出すための「鏡」の役割を果たしていることを理解させてくれる。

「ゴンザーゴ殺し」が「ハムレット王殺し」に似ていたように、テバルデオの「言説」は、ロレンゾにとって「あり得べくして、不可能となった」言説に余りにもよく似ていたのだ。この少年のような若い芸術家は、その意味で、ロレンゾの《分身》に他ならない。少なくとも、ロレンゾがそのように受け取ることは、戯曲の論理からして必然的ですらある。テバルデオに対するロレンゾの「いじめ」は、こうして初めて納得のいくものとなるのだ。

3　分身ゲーム

このように見ていくと、『ロレンザッチョ』の主要人物たちは、一人一人単独で分析するよりは、彼らの相互関係において読むほうが遥かに活き活きと、かつ分かりやすい存在となる。暴君アレクサンドルにとって、その寵臣であり道化であるロレンゾは、彼の「悪の意識」である。逆に、ロレンゾにとってアレクサンドルは、彼自身では到達しえないような「純粋に欲望する身体」である。舞台上では出会わぬにもかかわらず、互いの存在についてはそれぞれ意識化しているロレンゾとチーボ侯爵夫人も、ある意味では、同じ一つの陰謀である同じ一つの欲望の、二つの表れだと言えなくもない。ロレンゾとチーボ枢機卿が、ロレンゾとフィリップ・ストロッツィが、チーボ枢機卿とフィリップ・ストロッツィが、それぞれ「形」とその「反映」のように対比されていることも、多言を要すまい。

このような「鏡のゲーム」は、この劇の登場人物たちが、多かれ少なかれ自覚し、かつそれと「戯れ」てもいるものだが、しかし、その意識が最も研ぎ澄まされて現れるのは、言うまでもなく、ロレンゾにおいてである。

事実ロレンゾは、二幕四場で母マリーが、「夢ではなく、少年の頃のロレンゾが帰って来た幻覚を見た」と語る時、異常な興奮にとらえられて、カトリーヌに「ブルータスの話を読んでくれ」と絶叫し、母には、「もしまた、僕の幽霊が現れたら、言ってやってください、そのうちに、きっと驚くようなことが起きるからなと」と叫ぶ。《ドッペルゲンガー》の出現が、ロレンゾに、アレクサンドル暗殺の決意を初めて舞台上で暗示させることになる名高い場面だが、「二重人格」を演じ続けてきたロレンゾも、自分の「分身」の出現を聞かされて、自己の人格解体の危機を現実のものと自覚するのである。

ハムレットの「狂気の芝居」が、その典拠を仰いでいた「小タルクイヌスを殺したブルータス」の「狂気の芝居」、それは『ロレンザッチョ』でも繰り返し引き合いに出される「本説」だが、人格の演技的二重化、あるいは多重化がもたらす人格解体の悲劇は、ロレンザッチョの主要テーマである。一幕四場の名高い「剣の場面」――つまりロレンゾが抜き身の剣を見て失神する情景が、ロレンザッチョという人物にとって「紋章的な」表象となっているのも、この「失神」が「本物」なのか「演技」なのか、誰にも分からないように仕掛けられているからに他ならない。（因みにジョルジュ・サンドの劇では、その台詞から、ロレンゾが意識して演じた芝居であることが分かるようになっていた。）

三幕三場の、フィリップを前にしてロレンゾがする「告白」もまた、この人格の「多重性」によって構造化されている。それは、所詮理解しては貰えないフィリップという「神話的父」を前にして、ロレンゾ自身が企てる「分析」であって、その「探究」の言説が「演劇的」であるだけに、それだけで「真実」に到達しているわけではない。事実、四幕大詰めで、「殺人」という「決定的行為」を果たしたロレンゾが、「充実した自己」に到達し得たと思うのは一瞬のことであって、その後にはたちまち恐るべき「空無」が押し寄せて来るのである。（ジェラール・フィリップの舞台では、最後の台詞をカットして、突然襲ってくるこの「空無」を前にしたロレンゾの異様な動揺＝

絶望でこの場面を終わらせたが、そのお蔭で、最も感動的な幕切れとなっていた。）

ロレンゾが、アレクサンドル殺害の行為を、執拗に「婚姻」の比喩で語っていることは、この戯曲を解く一つの鍵を暗示している。テバルデオに肖像画を描かせる決心を語る時に、既に「僕の結婚式のため」だと言っているし、スコロンコンコロに殺人の決心を初めて打ち明ける場面でも、「婚姻」の比喩は、性的なまでに生々しく動員されている――。

「その男のためには、他の男に使った剣は使いたくない……。たった一度、血の洗礼を受けるのだ。その男の名をしっかりと、自分の体に刻みつけて」

といった、鮮烈なまでに性器の結合を暗示する表現。そして最後に殺し屋に手を出すなと命じて、「あの男は僕のものだ」と宣言するロレンゾ。

「婚姻」の比喩は、勿論フィリップに対してする「告白」をも貫いているが、重要なのは、「処女性＝純潔の喪失」をその事件的内実とすべき「婚姻」が、「処女膜」をめぐってではなく、「純潔な男性器」のイメージを核として展開されていることだ。「相手の身体に侵入した剣が、相手の身体の記憶を自分に刻みつける」といった大胆な比喩は、ジュネの謳いあげる男性器に貫かれた身体を、文字通り裏返しにしたものとは受け取れまいか。

同時に、忘れてはならないのは、ロレンゾにおける「自己の探究」が、「自己という正当性の確立」が、結局は、暴君の「生身の体」との「一対一の破壊的結合」によってしか果たされないと幻想していることである。その幻想は、一瞬にもせよ果たされるのだが、言い換えれば、彼の「自己」とは、やはり「権力場」における「肉体の賭け」による「強度の体験」以外の何物でもなかったということだ。と言うか、そのような「強度」のために演じるあれらの夥しい「演技」こそ、彼が己の身体で書いていく「自己」という「書物＝舞台」に他ならなかったのであり、その意味では、ロレンザッチョとは「一つのエクリチュール」であるとしたメスギッシュの発言も、正当化されるのである。

4　劇作術と言語態

ミュッセの『ロレンザッチョ』が、劇作術の上で手本としたのがシェイクスピアであることは、明らかである。しかしそれは、シェイクスピアの不毛な模倣によって失敗したというような次元のことではない。フランス古典劇作術の美学的規範からすれば「野蛮」そのものに思われた『オセロー』の作者は、しかし座付き作者としての驚くべきメティエを持っていたのであり、それは、この『ロレンザッチョ』と『ハムレット』を、上演の現場で比較してみれば分かることだ。幸運な偶然によって、この翻訳者である演出家は、『ロレンザッチョ』の数年前に『ハムレット』を訳・演出しているのだが、如何に「デンマークの王子の悲劇」が、フランス的基準から言って無謀な構成を取っていようとも、ミュッセの政治劇の無謀さとは比較にならない。幕が開いていきなり始まるロレンゾの「淫蕩」についての「誘惑者」の長口舌にせよ、金銀細工商モンデラの長い政治分析にせよ、シェイクスピアなら書くはずがない。三幕三場の、フィリップとロレンゾのあの異常に長いが、しかし実に見事な対話のようなものは言うまでもない。何より、人物たちのその後の運命がまったく分からないままに劇の途中で消えてしまうというようなことが、この芝居のように頻繁ということはないのである。

ロマン派から象徴派まで、フランス十九世紀の文芸は、ほとんど「シェイクスピア・コンプレックス」によって突き動かされていたと言ってもよいほどに、大きな影を落としたシェイクスピアではあるが、しかし、優れた詩人・劇作家は、シェイクスピアを「戦略拠点」とすることで、新しい演劇の地平を切り拓(ひら)いたのである。ミュッセの場合も、その例外ではないし、むしろ典型的な例と言える。そのためには、「古典劇作術」の単なる解体ではなく、二十世紀の八〇年代風に言うならば、「脱－構築」とも取れる作業をミュッセは行っているのであって、コルネイユからモリエール、ラシーヌへと、フランス十七世紀演劇の記憶は、かなりあからさまな形で引用されている。息子たちを逮捕された老フィリップの絶望に、コルネイユ『ル・シッド』のドン・ディエーグの名高い独白を重ねて見ないことは不可能であるし、モリエールの『タルチュフ』の、「宗教的なるもの」と「性的なるもの」との危うい両義性は、カトリック教会の「政治性」とともに、チーボ枢機卿に「演劇的伝統」の厚みを与えている。女を組み敷いて「神の愛」と「人間の愛」の同義性を語る「偽善者」を逆転させて、「不倫」のベッドで、暴君に対し、政治倫理と信仰を説くリチャルダ・チーボは、ラシーヌの悲劇『アンドロマック』第四幕でエルミオーヌが発する嫉妬(しっと)の台詞を、殆ど字句通り引用する。天才的な早熟児は、やはり恐るべき記憶の収蔵庫でもあったのである。

この戯曲において、「シェイクスピア」の名のもとで呼ばれる創意工夫には、大別して劇作術レヴェルのことと、言語態レヴェルのこととがある。劇作術のレヴェルに関して言えば、当然に、異常に多い場面転換とか、大がかりな群衆場面の構成とか、舞台上の対話の同時進行が挙げられるであろうが、そこには、古典劇とは異なる独白の展開も付け加えておかねばなるまい。言語態レヴェルで言えば、ロマン派に共通の「抒情的な多弁」「イロニー」「意識的な言語態の混淆（こんこう）」といった特徴がすぐに思いつく。特に「内心の告白」を文学的使命とするという共通の了解があるから、このような局面が三幕三場の劇的頂点に出現するのは驚くに足らないだろう。その「内心の告白」が、主人公の単なる「主観性の垂れ流し」には終わらず、文字通り「狂気」に隣接した「裸にされた魂」の言説となっているのは、この戯曲を一八〇年後にも、なお新鮮なテクストたらしめている重要な要因である。特に、ロレンゾの告白が、ラシーヌ悲劇の『フェードル』の告白にも匹敵しうるほどに、「言葉の出現」そのものを劇的・演劇的な事件に仕立てていることは、この長丁場の成功の鍵となっている。更に、ロマン派的イロニーを超えて、ブレヒトの「異化効果」に隣接するような最終景「コジモ戴冠式」のアンチ・クライマックス。この「革命の挫折劇」は、権力を一つのゲームとして分析しようとする時に相変わらず有効な、「メタ・シアター構造」さえも備えている。そもそも、その二重の主題を統一するのが、ロレンゾという「演技的人間」であり、「神聖」であるかどうかは別として、彼が一個の魅惑的な「怪物」として描かれていることは、間違いないからである。

共和派の長フィィリップ・ストロッツィが、単に物語レヴェルで「父」を演じているばかりではなく、象徴的なレヴェルでも「父」の役割をはたしているとすれば、ロレンゾの母**マリー・ソデリーニ**も、この劇における象徴的な「母」である。それは、ロレンゾが三幕三場で、うちひしがれたフィリップに、「父上、そのお嘆きは何?」と呼びかけることにも、一つの反映として窺えるが、それ以上に、フィレンツェという「宇宙」において、フィリップは「その庭を慈しみ、耕す」存在としての「父」であり、それとちょうど対をなすようにして、マリー・ソデリーニは、「大地母神」そのものである。「花」を意味するフィレンツェが「母」の名で呼ばれていることの劇においては、「植物神の死と復活」の神話が象徴レヴェルを支えているのは驚くべきことではないかも知れぬ。フィリップは自分自身を幾度となく「老いた大樹」に譬(たと)えているし、金銀細工商によれば、メディチ家は「災いの茸」である。「老いた大樹」は斧で打ち倒され、「災いの茸」が「胃のなかを食い荒らす癌」のように増殖している。

一方、「母」は流刑囚のコロスの呪詛にあるように、「子を養う乳もない」「不毛な母」であり、ロレンゾがハムレットの記憶の地平でテバルデオに言う通り、「お前の母（フィレンツェ）は淫売」なのである。このような文脈において、マリー・ソデリーニは、「不毛な夢」と「息子の分身の幻覚」を語ることしかできない、言わば予言の力を奪われた「シビュラの巫女（みこ）」であり、その願望は、「墓」でしかない「大地」に、一日も早く回帰することである。

Ⅲ　上演台本と演出ノート

1　テクスト・レジの系譜と原則

すでに何回かふれたように、『ロレンザッチョ』は、そのテクストとしての量的膨大さによって、多くの演出家や俳優を躊躇（ためら）わせてきた。研究者の立場からすれば、作者の意図に最大限に忠実であるべきであり、そのためには、建前としてカットはすべきではないということになるが、現在まで「ノー・カット版」というものは上演されたことがないと思われる。「ノー・カット版」が何時間かかるかは分からないが、フランス語で上演しても、五時間近くになるのではなかろうか。

私としては、これまでに行われた上演のレジをすべて見たわけではないが、少なくとも、一九五〇年代のTNP版は、自分の目で見たというだけではなく、当時、新しい慣習として、TNPでは、上演台本を劇場ロビーで販売することが行われていたから、原作との対比は容易であった。しかも、ベルナール・マソンの論文は、アヴィニョン演劇祭のヴァージョンについても、詳しく資料を採録している。一九六〇年代の、TEP（Théâtre de l'Est parisien）におけるギ・レトレの演出は見ていないが、雑誌「アヴァン・セーヌ」がそのレジを収録しているので、アビラシェッドによる解説ともども読むことが出来る。コメディ＝フランセーズにおけるゼフィレッリ演出は、舞台では見ていないが、そのテレビ映像を見ているので、どのような台本に仕立てたかは想像できる。

演出家としては、ラシーヌ悲劇の場合などだと、カットはすべきではないという、一種の倫理的要請のようなものが自分のなかにあって、これはこれで、やはりフランス演劇における演出の正統的な伝統だと思う。しかし、書斎で書物を読むのと、舞台で上演を見るのとでは、まったく二つの異なる体験であり、特に劇場という雑多でコントロールの出来ない要因が介入する場での「伝達」には、それなりの配慮が必要であることは百も承知している。フランスの劇場のように、硬い芝居でしかも四時間とか五時間というものを、観客が熱狂的に観る――「聴く」というほうが正しいだろう――のとは異質の風土にいて作業をしなくてはならないことは、今更人に言われるまでもない。

『ロレンザッチョ』という戯曲を上演する場合、「テクスト・レジ」は翻訳そのものに匹敵するくらいに重要であったから、先行演出についても、出来るだけ情報は持っておきたいと思った。但し、日本語で上演するのだから、フランス語のレジがそのまま役に立つわけではないのは当然である。

アンヌ・ユベルスフェルドが指摘しているように、結局のところ、TNPの版、つまりジェラール・フィリップの演じた版が、場面の不必要な入れ替えやカットが比較的少なく、その意味では原作の形態に最も忠実だということになった。しかも、すでに述べたような、この戯曲の二重のテーマ、つまり「政治の劇」と「個人の実存の劇」とが、とにかく過不足なく均衡を保っている。勿論、フィリップというスターが演じているために、「個人の劇」へと振幅が振れる度合いが大きかったのは事実ではあるが。

それに対して、ギ・レトレの版は、ブレヒト派演出家に相応しく、戯曲の抒情的な長台詞の大半をカットし、また群衆場面によるスペクタクルもカットして、「政治の歯車」をはっきり目に見えるようにしたと説明されている。ジェラール・ドサルトという、後にシェローの演出作品の核となる個性的な俳優を主役に、「アンチ・ヒーロー」としてのロレンゾを造形したとされるのだが、確かにドサルトのロレンゾは異形な魅力をもっているが、写真で見る限り、舞台作りは余りにも禁欲的で、あれでは戯曲の筋を追っているだけではないかという疑問も抱いた。

ゼフィレッツリのレジを始めとして、近年のメスギッシュ、ラヴォーダンのヴァージョンは、文化の一般的な「政治離れ」を反映して、ロレンゾとアレクサンドルの「同性愛的な関係」に焦点を当てていることが多い。

銀座セゾン劇場での上演を前提とした台本を作成するにあたっては、戯曲の特徴をなす「重層構造」と呼んだもの、すなわち「個人の劇」と「集団の劇」を二つながら鮮明にするというのが、出発点からの原則であり、目標であった。この点では、やはりジェラール・フィリップのTNP台本が最も参考になったが、性的なテーマや性的な場面については、それよりも膨らませてあるし、三幕から、四幕、五幕は私のヴァージョンのほうが原作により忠実である。しかし、「全曲版」を作ってから「上演台本」を作成するという手順を踏んだのではなく、フランス語版において、先ずは「上演台本」のモデルを構想したから、今回の「全曲版」の作業は、予想以上に手間がかかったことを告白しておく。

2　演出ノートの断章

上演台本の作成は、演出の基本的なコンセプトと不可分であるから、この点について、幾つかの「核」になるイメージに触れておく——。

(1)芝居の芝居——循環構造とメタシアター

チェコの演出家クレッチャの演出で、人々を驚かせたのは、最後の「コジモ戴冠式の場」で、絨毯に捲いたアレクサンドルの死体を運び込み、それが生き返って、そのままコジモになる、というコンセプトであった。革命の無効性と権力の循環的再生の象徴である。確かにクレッチャの仕掛けた「ドンデン返し」は刺激的だが、もはや「ドンデン返し」としての効果はないだろうし、そのリメークをするわけにはいかない。ただ、この戯曲に書き込まれた「循環構造」は、何としても舞台化する必要があった。

そこで、私としては、いずれにせよグランド・オペラという、優れて十九世紀的な《表象》を引用するのだから、劇の冒頭に、プロローグとして、「アレクサンドルの戴冠式」を見せ、後にコジモを演じる若い役者が、十代後半のアレクサンドルを演じ、劇中のアレクサンドルとロレンゾがそれを「回想場面」のようにして見物しているところから始めることにした。

それと呼応するようにして、この政治劇の演劇性を強調するためのエピローグをつける。ある観点からすれば、『ロレンザッチョ』は、ロレンゾという「演出・主演」をする役者と、チーボ枢機卿という「演出家」――もっとも彼も、ロレンゾに劣らず、いやひょっとしてそれ以上に「役者」であるが――が、アレクサンドルという「権力」をめぐって仕掛ける「二つの芝居」の間で演じられる「勝負」だとも言える。個人の内心の劇が権力との間でどのような火花を散らすかという点では、ロレンゾの劇が主であるが、権力の奪取という点では、勝つのは——しかも、自分の仕掛けた罠の失敗を逆手にとるという形で勝つのは——チーボ枢機卿である。第五幕のヴェネツィアのストロッツィ邸でロレンゾは、自分の「殺人機械」としての使命の挫折感に苛まれつつ、自分は「歴史の中にはいなかった」と言う。このロレンゾの解釈が正当であるとは思えないので、やはり否応なしに歴史の中にいたのである。みずからを歴史から排除することで、かろうじてこの虚無的なテロリストは、自分の誇りを保とうとするのだ。

ただ、歴史という名で呼ばれている権力のドラマに対して、それとの「一対一の闘争」こそが己の存在の証であり、存在に内実を与えてくれるはずだというロレンゾの決断は、それを実行した後の空虚感と不可分のものとして作者は描いているので——この点で、計画された「殺人」が「婚姻」の比喩で、しかも極めて性的な結合という内実を孕んで語られているのは、やはり重要な鍵である——政治的権力のドラマへの「参加」と、それからの「排除」という二つの局面は、「演技者＝役者」の側からも明示されるほうがよいと考えた。

（2）動く壁とベルリオーズ

『ロレンザッチョ』を演出する際に解決しなければならない最大の課題の一つは、五幕三十九場という膨大な舞台転換を要求する戯曲の「場」を、どう設定し造形するかという点にある。

ＴＮＰにおける上演は、アヴィニョン演劇祭というフレームを最大限に活かして、「法王庁の中庭」の壁をそのまま「借景」としたし、パリのシャイヨー宮大ホールでは、広大な吹き抜け舞台に、幾つかの段差をつけるだけの、抽象舞台とした。それは、一九五〇年代に流行（はや）っていた「機能的抽象舞台」の、かなり便宜的な応用であったが、舞台空間の抽象性は、ギ・レトレの「ブレヒト風」の演出にも歴然としていた。

以後は、多かれ少なかれフィレンツェ・ルネッサンスの「視覚的再現」を含む舞台が作られてきた。しかし、一方では、観光旅行の日常化と、他方ではＮＨＫの『フィレンツェ・ルネッサンス』のような映像メディアによるフィレンツェのイメージの定着が、ある程度は普及し始めていた時だけに、映画的な現実再現には意味がないのと同じく、完全に抽象化するのも難しい。それに、劇場機構との関係で、反響板の役を果たしてくれる「壁」は必要である。何しろ、台詞を聞く努力も、聞かせる努力も、初めから放棄して当然と思っている国で演じるのであるから、最低限の技術的カヴァーはしておかないといけない。

そこで、基本装置としては、「フィレンツェの館の壁面」を想定し——具体的イメージとしては、ミケランジェロの、実現しなかった「サン・ロレンゾ教会の木製模型の壁面」——そこに、フィレンツェの幾つかの記念碑的建造物（たとえば、ドゥオーモ）が幻想させる、精緻な「入れ子細工」の仕掛けを組み込む。これは、かつてコクトーの『地獄の機械』で試みたことのある仕掛けだが、それを大がかりにして使ってみる。こうすることで、場面転換は「暗転」ではなく、観客の見ている前での「明り転換」とし、劇の進行のテンポを上げることが出来るだろう。

この「仕掛け」を聴覚的に支えるのがフランス・ロマン派の代表的作曲家ベルリオーズの『レクイエム』を中心とする音楽であり、作品の「十九世紀的な」感性を補強する。ルネッサンス風音楽のエキゾティシズムはやらない。ただ、旧体制下の官能性を引用しつつ、「アレクサンドル殺害の陰謀」の進行を暗示するものとして、バッハのリュート曲を使ってみる。

入れ子細工のように、客席に対して垂直に、正対して「動く壁」は、金銀細工商の

ミケランジェロによるサン・ロレンツォ教会のファサード案スケッチ　©Getty Images

台詞にある「要塞の中からドイツ兵がぞろぞろ出てくる」というイメージを一つのヒントとしているが、それ以上に、過去数年間の我々の政治的想像力の内部で、「ベルリンの壁」が占めていた象徴機能があるからである。壁が取り崩されて『第九』が鳴り響くのは感動的であったが、それですべての片がついたわけではないのは、言うまでもない。

(3) 性差の揺らぎと性の政治的テクノロジー

ロレンゾが女のような若者であることは、劇中で事あるごとに強調されている。この、男性の体の上に引き受けられている「女性‐性」は、まさしく現代の「ジェンダー(性差)研究」が標的にするトピックである。すでに書いたように、性を戦略的な場として主体＝主観性の政治的隷属を徹底するという、『ロレンザッチョ』の基底をなす「権力への意思」は、哲学者ミシェル・フーコーを友人にもつという幸運に巡り会えた演出家としては、極めて現代的な関心に照応する主題であった。ただ、これらのトピックスは、それ自体では演劇より映像に相応しいかも知れず、それを舞台の事件として造形していくことが、演出家と役者の最も重要な作業となるだろう。少なくとも、近年しばしば評判となる「タレントのおかま芝居」といった「風俗」のレヴェルで事が了解されることだけは、どうしても避けなければならないし、ロレンゾに堤真一を選んだのも、若者の「色気」と、作品の基底をなす「劇的集中の強度」を二つながら備えた役者だと考えたからである。

(4)「フィレンツェ幻想」——植物神の死と再生

フィリップとマリーに託された「植物神」の神話は、フィレンツェという「都市」の集団的無意識のようなものとして、全編を支配している。ある意味では、この戯曲に書き込まれた「循環構造」は、単に「個人の政治行動の無効性」を証明するだけではなく、「永劫回帰」としての《時間認識》を語ってもいる。恐らく、現代の政治的思考にとって、それは単なる知的遊戯には留まらない問題を孕んでいる。「花」を意味するフィレンツェが、観光名所として現前するのではなく、より深い想像力の宇宙で、幻惑の場であり、かつその意識の表象であるようなものとして、舞台に立ち上がっていなければならない理由もそこにある。

3 アンヌ・ユベルスフェルド氏の劇評

パリ＝新ソルボンヌ（パリ第三）大学演劇研究科名誉教授アンヌ・ユベルスフェルド氏が、東京の銀座セゾン劇場で初演された『ロレンザッチョ』を数回にわたって観劇され、その批評をフランスの演劇専門誌に書いてくださっているので、参考資料として引用しておく。なお、この劇評のレジュメのような文章は、同氏校訂版の《ポケット・ブック版》『ロレンザッチョ』（2000）の上演史の項に載っている。

アンヌ・ユベルスフェルド　「日本の《ロレンザッチョ》――渡辺守章による」、『演劇／観客』誌第一一五号（一九九四年一月）

演出のために書かれたのではなく、演出に逆らって書かれた戯曲である『ロレンザッチョ』は、演劇の最も美しい罠である。個人と都市、情念と政治、昨日と今日――すべてがそこでは失われる。つまり、多くの人物が交差し、しかもほとんど触れあうことがない多くの場所が、ただ一つの都市の中で犇（ひし）めく。そして、主人公の圧倒的な顔立ち。どうすれば、すべてを提示することが出来ようか、この「読まれるべき」テクストに書かれたすべてを？　誰も成功しなかった。ジェラール・フィリップが恐らく。しかし聖なる怪物の「アウラ」が、俳優としてのフィリップのスター的美しさが、劇のバランスを崩している。

今日、遂に、どのような次元も無視されず、力に溢れ、完璧で、見て美しい『ロレンザッチョ』が出現した、是非とも御覧なさい！　しかし、それは東京でのことであり、日本語による上演だ、いずれにせよ、去年の夏のことである。

翻訳者であり演出家であり、ある部分については装置家でもある人、それは渡辺守章であり、大学人にして演出家、パリ大学に演劇を講じに来たこともあり、誰よりもよく、クローデルを、ミュッセを、ラシーヌを知り、これらの作家を翻訳し、演出してきた。我々はかつて、アントワーヌ・ヴィテーズが支配人であった頃のシャイヨー宮劇場で、渡辺版日本語の『フェードル』を見ているが、能の伝統とラシーヌについての現代的視座との微妙な合体であった。今日、彼は『ロレンザッチョ』を上演する、しかも殆どカットなしにであり、短い場面がカットされても、それらは先のほうで付け加えられているし、あたかも、作品全体のバランスを崩すようには、何物も失われてはならないかのようだ。つまりほとんど全曲版と言ってよい。しかもこの錯綜して長い戯曲が、三時間余で演じられている（短い幕間を含めてだ）。この奇跡はどうして可能だったのか？　演出の様式とそのリズムによってである。様式に関して言えば、周縁的な舞台装置の上での発明はなく、無駄の無さ、工作図面の明快さである。渡辺守章は、ヴィテーズが言うところの「語ること」を重視した。叙事詩的なリズムであり、まったくロス・タイムなしにである。場面と場面の間にポーズはないし、台詞と台詞の間にもポーズなどなく、台詞は雷の如くに発せられる。渡辺は、反省的時間や、知的、あるいは情念的台詞渡しに、アクセントを置かない。叙事詩である。軽やかな騎行であり、無駄な間はまったくない。そして観客は——私のような外国人も含めてであり、当然、ミュッセのテクストには親しんでいるわけだが——気がつくと、息も継がせぬ、快速の物語に付いて行っている自分に気がつき、驚くのだ。この、陰謀と暗殺の、一人の人間の運命が一つの都市の命運に結び付けられている、この残忍な物語に、付いていっていることに。このスピード感は、明快さを内包し、かつそれを作りだす。何物をも排除することなしにである。

それはまた、空間の統一性を想定している。驚くべき作業である。装置は一つだけ。舞台は平らな空間であり横幅が広い（この点だけが、演出において、東洋的なものを思わせる）。舞台奥は、広大なルネッサンス式とも新古典主義的ともとれる建物の正面であり、そこでは、奥に引っ込む開口部や、平台を押し出してきたり、あるいは壁面を、量感のある形で押し出すことが出来る。そこから、瞬時の舞台転換によって、様々な場景を出現させることが出来るし、建物の内部と外部とが極めて効果的に入れ替わる。何もない空間であり、あるのは、フィリップ・ストロッツィの仕事机とか、商人の店先とかだが、一瞬にして消される。装置家の丸田道夫は、演出家と、二十年以上にわたって共同作業をしてきた。この唯一の装置の効果は、空虚と、人に溢れる町の喚起とを区切り、歴史の厳密なある時点と、時-空的に閉鎖された場とを表すことが出来る。照明家の服部基は、パトリス・トロティエと同じように、側面から来る光線で造形しているが、それは、人物の顔を嵐の光で浮き上がらせたり、突然の影によって造形する。一瞬、ここはもはやフィレンツェではなくヴェネツィアであることを示すために、照明は、暗くなったファサードに、モワレ模様の影の反射を映し出す。ルネッサンス風衣装は非常に様式化されている。公爵は、如何にも本物の荒くれ武者らしく、素晴らしい毛皮のチョッキを纏っている。すべての瞬間が、視覚的に大変美しいのは、量感の配分と色彩の組み合わせによる。例えば、モントリヴェトの市の場面（第二幕）における様々な褐色の交響であり、若いルイーズが殺されることになる、ストロッツィ家における晩餐の場面である。後者では、すべての俳優が、横向きで捉えられており、長いテーブルに沿って、立っており、背後から照らされて、父親［であるフィリップ］に、盃を差し出している……

幾つもの創意工夫がある。舞台は、終局から始まる、つまり正面向きの大きな絵画的情景からである。暗殺されたアレクサンドルの後継者であるコジモ公爵の戴冠式であり、時間の循環構造は、冒頭から書きこまれている［訳者捕捉、ここは誤解。アレクサンドルの戴冠式の、当事者による想起］。第一場で、公爵の手下が、スモークの立ちこめる空間に現れる。彼の姿しか見えない。美的な創意工夫は常に意味をもつ。一つの例を引こう。ロレンゾの告白によって彼とフィリップとの間で交わされる、あの中心的な告白の情景と、公爵とチーボ侯爵夫人の濡れ場との間で、一場がカットされ、やや先で取り返される。そこで、観客が見ることになるのはどういう光景か。ロレンゾとフィリップは、公爵の暗殺を喚起し——そして決定している。二人は下手からゆっくり退場する、と、彼らの姿がまだ見えているうちに、中央の開口部が開いて、台を押し出してくるが、そこには男と女と、二つの横たわる体が、頭を客席の方に向けて、見えている。照明が二人を照らし出す間に、サイドでは、他の二人の退場が見える。観客の視線は、この仰向けの顔に集中する、縮約されたような顔だが、女性によって、恋と政治の両面から迫られている男の顔だ。この顔こそ、予告された生け贄の顔なのであり、その殺害が準備されている当の顔に他ならない。その体は、既に死んでいるかのように見える。観客が見ているのは、一個の死骸なのだ（特に、直前の場面で、ロレンゾの剣が、殺害の演技をして見せているのだから、なおさらである）。潜在的な生け贄の顔を浮かび上がらせるクローズ・アップ。と、思う間もなく、彼は腹這いになって、驚くべきイメージを提示する。その顔というよりは、その眼差しであり、知的で、感じやすく、不安で、宿命論者の視線である。今、殺されようとしている粗暴な男とは全く違う。男は、ほとんど裸で、そこに自分を差し出している。女は、シュミーズを着て、坐って、話す。この瞬間に、すべてが言われてしまう、一人の男の残酷な死、政治的暗殺、愛人たちの関係について。演出は、

一種の詩的なテクストを織りだしていく。[……]

このように書いた後で、演出家の作業としての配役についても語る。すなわち「三十四人の俳優であり、渡辺の決断は、経験のある俳優たちと、若い俳優たちを、経歴の違いも含め交ぜあわすこと」だったとして、主な配役と、俳優の出自を書いた後で、「杉本哲太(アレクサンドル)と堤真一(ロレンゾ)は共に美しく、何処かしら似ている点が感動的であった」と書き、チーボ枢機卿を演じたのが、フランスでもよく知られている「《舞踏》のスターである麿赤兒」であり、またしばしば割愛されることが多いが、決定的な重要さを持つマリー・ソデリーニ役を、渡辺演出でラシーヌのアンドロマック、ベレニス、フェードルを演じてきた後藤加代が「見事に」演じていることなどを指摘しつつ、辻萬長(フィリップ・ストロッツィ)、小田豊(金銀細工商)、豊川潤(生地屋)、明賀則和(テバルデオ)、大輝ゆう(チーボ侯爵夫人)などの配役を挙げ、これらの出自や経験も違う俳優たちの多様性が、見事な様式的統一の中に溶け込んでいると評している。

この丁寧な劇評の最後に、上演劇場、期間を始め、主要なスタッフを記しているのも、フランスにおける劇評としては当然のこととはいえ、記録としても重要である。すなわち、美術：丸田道夫、照明：服部基、衣装：渡辺園子、音響：深川定次、演出助手：大河内日出雄、製作：銀座セゾン劇場。（舞台監督：土岐八夫が抜けているのが如何にも残念だが、この時点でのフランスの「スタッフ意識」からすると、やむをえないだろう。）

ジュネの『女中たち』と『バルコン』について、ミシェル・コルヴァンが《プレイヤード叢書》の『ジュネ戯曲全集』で書いてくれたことより、精密であり、詳しいのは、写真を入れて「二段組み」のA判一頁半にわたる本格的な批評を載せる専門誌だからであり、フランスにおける劇評の水準を思わせるテクストである。ユベルスフェルド夫人は既に五年前に亡くなっているし、ジュネの演出史を書いたコルヴァンも、最近、亡くなった。舞台と劇場の言説を、単なる評判記以上のものにして来たお二人の御冥福を祈るのみである。

『ロレンザッチョ』参考文献

Simon Jeune編『ミュッセ全戯曲集』《プレイヤード叢書》。注解・解題（『ロレンザッチョ』の成立過程ならびに構造・受容についてはpp.959～1046）

Anne Ubersfeld編『ロレンザッチョ』《ポケット・ブック版》。注解・解題はpp.149～184.

TNP上演版のテクスト　Alfred de Musset : *Lorenzaccio*, drame, Collection du Répertoire, L'Arche Éditeur, à Paris, 1958

Paul Dimoff : *La genèse de Lorenzaccio*, Didier, 1936, 1961

Jean Pommier : *Variétés sur Alfred de Musset et son théâtre*, Nizet, 1944, 1966

Paul Benichou : *Les Mages romanntiques*, Gallimard, 1988

Bernard Masson : *«Lorenzaccio» ou la Dificulté d'être*, Minard, 1962（3e éd., 1976）

«L'Approche des problèmes politiques dans *Lorenzaccio* de Musset», *Romantisme et politique*（1815-1851）, Armand Colin, 1969

Musset et le théâtre intérieur. Nouvelles recherches sur «Lorenzaccio», Armand Colin, 1974

Musset et son double, lecture de «Lorenzaccio», Minard, 1978

Bernard Dort : «Le Détour du théâtre : *Lorenzaccio* à Prague», *Théâtre réel*, Seuil, 1971

«*Lorenzaccio* entre l'histoire et le fantasme», *Poétique*, no44, 1980

Anne Ubersfeld : *Le drame romantique*, Bélin, 1993

Benedetto Varchi : Fragment du Livre XV des «*Chroniques florentines*»
（ヴァルキ『フィレンツェ年代記』第十五巻の断章）（ミュッセ『全戯曲集』《プレイヤード叢書》pp.827-831）

George Sand : *Une conspiration en 1537*（ジョルジュ・サンド『一五三七年の陰謀』）（同前 pp.831-854）

渡邊一夫訳『ロレンザチョ』、『佛蘭西近代戯曲集』『世界文学全集（第三十四巻）』、新潮社、一九二八年。

『假面の人』、《筑摩選書》、筑摩書房、一九四九年（「解説」pp.4～41、補正pp.305～319）

「『ロレンザッチョ』について」『渡邊一夫著作集』第七巻（『フランス文学雑考（中）』）、pp.28～51、筑摩書房、一九七一年。

渡辺守章『ロレンザッチョ』（銀座セゾン劇場上演台本版）朝日出版社、一九九三年。
解題pp.185〜231

ミュッセ略年譜

（同時代の演劇史的メルクマールとして、ヴィクトル・ユゴーの劇作とその年代を、参考までに付け加えた。）

一八一〇年

一二月一一日　ルイ＝シャルル＝アルフレッド・ド・ミュッセ、パリ市、ノワイエ街三三番地（現在のサン＝ジェルマン大通り五七番地）に生まれる。父はヴィクトール・ドナシアン・ド・ミュッセ＝パテ（一七六八年生まれ）、バロワ地方の出身で、一五世紀にヴァンドーム地方に居を定めていた貴族の末裔。物書き業でも知られ、ジャン＝ジャック・ルソーの伝記を書き、その作品集を刊行した。当時「イデオローグ」と呼ばれた思想家たちと付き合いがあり、「王政復古」には反対で、しばしばフランスを離れなければならなかった。かつてロンサールに謳われたカッサンドル・サルヴィアーチと血縁関係があることを誇っていた。母は、エドメ・クローデット・ギュイヨ＝デゼルビエ（一七八〇年生まれ）。母方の父は高級司法官僚で、要職を歴任したが、文才もあった。アルフレッドは、金髪に蒼い目の、繊細で気難しい児であったという。

この年、ヴィクトル・ユゴーは八歳。

一八一九年　九歳
一〇月　九歳にならぬうちに、アンリ四世高等中学校の第六学級（最年小クラス）に入学。古典的教養をしっかり身に付ける。

一八二七年　一七歳
七月　哲学級（高等中学校最終学年）で、「哲学」の一等賞と「フランス語作文」の二等賞を取る。高等中学校共通試験では、「ラテン語作文」で二等賞。

一八二八年　一八歳
法律や医学など、様々な分野に手を出し、当時流行のキャフェに出入りして、文学青年たちと付き合う。若者にありがちな放蕩三昧。ノディエのサロンや、ヴィクトル・ユゴーのサロンに出入りし、サント＝ブーヴ、メリメ、ヴィニー、ドラクロワ等と親交を結ぶ。

一八二九年　一九歳
さる既婚婦人を熱愛するが、彼女のほうは、自分の本当の恋を隠すための、「見せかけ」（〝chandelier〟「蠟燭立て」）に利用しただけ。ミュッセは大いに傷つき、立ち直れない。
一二月末　最初の作品集『スペインとイタリアの小話集』を出す。

一八三〇年　二〇歳
七月革命に参加。最初の戯曲『悪魔の受け取り』がヌーヴォーテ座に受け入れられるが、結局上演はされない。ミュッセ一家は、七月革命によるブルボン王朝の崩壊と、カトリック教会の勢力の衰えを喜ぶ。

一二月一日『ヴェネツィアの夜』、オデオン座初演の失敗(二日で打ち切り)。戯曲は、「パリ評論」誌一二月号に載る。

(二月二五日 コメディ＝フランセーズにおける「ユゴー『エルナニ』の闘い」)

一八三二年　　　　　　　　二二歳

四月八日 父の突然の死(コレラ)。

一二月末 『肘掛け椅子のなかの芝居』(『盃と夢』『乙女は何を夢見る』『ナムーナ』)ロンデル社刊。

(七月 ユゴー『王は楽しむ』、一一月二二日初演、一一月一〇日、上演禁止)

一八三三年　　　　　　　　二三歳

三月 ビュロ主幹の「両世界評論」の執筆者となる。

四月一日 『アンドレア・デル・サルト』(「両世界評論」)。ビュロに、以後の作品の著作権を渡す。

五月一五日 『マリアンヌの気紛れ』(「両世界評論」)

六月 ビュロならびにその協力者ボネール主催の晩餐会で、ジョルジュ・サンドに会う。一八三二年刊行の『インディアナ』および『ヴァランティーヌ』の作者として、また「解放的な女性」としても知られていた作家である。

六月二四日 サンドに、詩篇「『インディアナ』を読みて」を送る。その日のうちに返事が来る。

七月二九日 ジョルジュ・サンドとの

関係、始まる。

八月四日～一一日　二人は、フォンテーヌブローに過ごす。ミュッセの「自己像幻覚（オートスコピー）」の発作。

八月一五日『ロラ』（「両世界評論」）

八月～一二月上旬『ファンタジオ』『ロレンザッチョ』、滑稽詩篇を書く。

一二月一日『現代芸術についての一言』（「両世界評論」）

一二月一二日　恋人同士、イタリア旅行へ出発。リヨン、マルセイユ、ジェノヴァを経て、ピサとフィレンツェ訪問、年末にヴェネツィアに着き、一月一日に、ダニエリ王立旅館に泊まる。

（二月二日　ユゴー『リュクレース・ボルジア』初演、ポルト＝サン＝マルタン座、大成功。

一二月六日　ユゴー『マリー・チュドール』初演、不評）

一八三四年　二四歳

一月一日『ファンタジオ』（「両世界評論」）
二月初旬　ミュッセの発熱と錯乱。ジョルジュ・サンドの献身的な介抱。パジェッロ博士の忠告で、ミュッセが回復するのを待たずに、彼女はミュッセのもとを去る。
三月末～四月　ミュッセはヴェネツィアを去り、ジュネーヴ経由、パリに戻る。過去を清算するつもりで、書棚から古典以外の書籍を廃棄。ジョルジュ・サンドとは、情熱的な書簡を交わす。
七月一日『戯れに恋はすまじ』(「両世界評論」)
八月中旬　ジョルジュ・サンド、パリへ来て、ミュッセに会う。
八月二三日『肘掛椅子のなかの芝居、散文』二巻、両世界評論社、『ロレンザッチョ』(未刊の劇)、『マリアンヌの気紛れ』(以上第一巻)、『アンドレア・デル・サルト』『ファンタジオ』『戯れに恋はすまじ』『ヴェネツィアの夜』(第二巻)
一〇月一三日　ストラスブールとバーデンの旅から戻ったミュッセは、ジョルジュ・サンドと縒りを戻す。
一二月七日　ジョルジュ・サンドと絶縁。サンドはノアンに逃れる。

一八三五年　　二五歳
一月二日　ジョルジュ・サンド、パリに来て、ミュッセに会う。
三月六日　ジョルジュ・サンド、ミュッセの知らぬ間に、パリを出て、ノアンへ去る。決定的な別れ。
六月一五日『五月の夜』(「両世界評論」)
八月一日『バルブリーヌの糸紡ぎ』(「両世界評論」)
八月　ジョベール夫人(友人アルトン＝シェーの妹)との短い関係。しかし友情は長く続く。
九月一日『出版物に関する法』が「両世界評論」に。出版の自由を妨げる政府の方針を批判した政治的詩篇。
一一月一日『見せかけ（燭台）』（「両世界評論」）
一二月一日『十二月の夜』（「両世界評論」）
（四月二八日　ユゴー『パドーヴァの暴君、アンジェロ』初演）

一八三六年　二六歳
二月一日『世紀児の告白』（二巻、フェリックス・ボネール社刊）
三月一日『ラマルチーヌ氏への書簡』（「両世界評論」）
四月一五日『一八三六年の官展』（「両世界評論」）
七月一日『意味のない誓いは無用』（最後の重要な戯曲）

一八三七年　二七歳
三月　エーメ・ダルトンとの関係始まる。三八年に、結婚を請われて別れる。（一八六一年に、弟のポールが彼女と結婚する）
六月一五日『できごころ』（「両世界評論」）
一〇月一五日　詩篇『十月の夜』（「両世界評論」）
一二月八日『できごころ』のロシア語版、サンクト＝ペテルブルクのアレクサンドレフスキー劇場で上演。

一八三八年　二八歳
五月一日　詩篇『ティタンの息子』（「両世界評論」）
一〇月一九日　内務省図書館司書に任

命。年俸三〇〇〇フラン。
一一月一日『悲劇について、ラシェル嬢のデビューに際して』(「両世界評論」)
一二月一日『バジャゼの再演について』(同前)
(一一月八日　ユゴー『リュイ・ブラス』の初演。ルネッサンス座柿落し、フレデリック・ルメートル主演。大成功)

一八三九年　二九歳

一月一日『ラシェル嬢ならびにポーリーヌ・ガルシア嬢のデビューについて』(「両世界評論」)

一八四〇年　三〇歳

七月『喜劇と諺劇』および『全詩集』(それぞれ一巻)を《シャルパンティエ叢書》から刊行。
(一八四一年　ヴィクトル・ユゴー、アカデミー=フランセーズ会員となる。
一八四三年三月七日　ユゴーの『ビュルグラーヴ』コメディ=フランセーズ初演、ポンサール一味の陰謀で大失敗。ユゴー、劇作の筆を折る)

一八四五年　三五歳

一二月二〇日『扉は開いているか、閉まっているか、どちらか』(「両世界評論」)
(ユゴー、後に『レ・ミゼラブル』となる『悲惨』*Les Misères* の執筆開始)

一八四七年　三七歳

一一月二七日『ある心移り』コメディ=フランセーズ初演。大成功。友人のビュロが支配人に任命されたという幸運があった。

一八四八年　三八歳

四月七日『扉は開いているか、閉まっているか、どちらか』、共和国劇場（従来のコメディ＝フランセーズ）初演。

五月　二月革命の結果、ミュッセは内務省図書館司書の職を失う。

六月二二日『意味のない誓いは無用』、共和国劇場初演。

八月一〇日『見せかけ』、史劇座（テアトル＝イストリック）初演。

九月　内務省より、革命によって損害を蒙った著作権に対する賠償として、一〇〇〇フランを受け取る。

一一月二一日『アンドレア・デル・サルト』、フランス座（コメディ＝フランセーズ）初演。

一八四九年　三九歳

二月二二日『ルイゾン』、フランス座初演。

一八五〇年　四〇歳

六月二九日『見せかけ』改訂版、コメディ＝フランセーズ初演。

一八五一年　四一歳

六月四日『マリアンヌの気紛れ』、コメディ＝フランセーズ初演。

一〇月二一日『アンドレア・デル・サルト』改訂版、オデオン座再演。

一〇月三〇日『ベティーヌ』、ジムナーズ座初演。

（一二月　大統領ルイ・ナポレオンの

クーデタ。第二帝政始まる。同月一一日ユゴー、国外脱出)

一八五二年　四二歳

一月以来、健康状態悪化。晩年六年間は、殆ど創作をせず。

二月一二日 アカデミー=フランセーズ会員に選出。

七月〜八月『初期詩篇(1829 - 1835)』と『詩集新編(1836 - 1852)』をシャルパンティエ書店より刊行。

一八五三年　四三歳

五月一八日 旧友で、教育省大臣であったフォルトゥールが、ミュッセを教育省付属図書館員に任命。

七月二三日『喜劇と諺劇集』二巻(決定版)をシャルパンティエ書店より刊行。(『アンドレア・デル・サルト』『マリアンヌの気紛れ』『見せかけ』『意味のない誓いは無用』『バルブリーヌの糸紡ぎ』は、上演台本を載せた)

一八五七年

五月二日 死去。享年四六。

一八六一年

『戯れに恋はすまじ』コメディ=フランセーズ初演。

一八六五年

『ファンタジオ』コメディ=フランセーズ初演。

一八六五年〜六六年

弟ポールによる『アルフレッド・ド・ミュッセ全集』全一〇巻、シャルパンティエ書店より刊行。

一八七七年
弟ポールによる伝記出版。
一八八〇年
五月一七日　弟ポールの死。
一八九六年
一二月三日　サラ・ベルナールによる『ロレンザッチョ』初演、ルネッサンス座。

訳者あとがき

ミュッセの『ロレンザッチョ』には、二通りの翻訳がある。いずれも渡邊一夫先生の手になるもので、第一は、新潮社『世界文学全集』第三十四巻収録、昭和三年（一九二八年）七月刊であり、辰野・鈴木訳『シラノ・ド・ベルジュラック』とともに掲載されていた。一九〇一年九月二十五日生まれの渡邊先生二十六歳の時のお仕事であり、東京帝国大学文学部の卒業論文がミュッセであったことから、辰野・鈴木訳『シラノ』と並ぶことになった。第二は、第二次世界大戦後、昭和二十四年（一九四九年）五月に、筑摩書房から「筑摩選書」の十九巻目として、『假面の人』のタイトルで刊行された全面改訳版で、渡邊先生四十七歳。第二次大戦直前に渡仏されて、ファルコネッティ主演の舞台もご覧になっているし、恐らくコメディ＝フランセーズ図書館蔵のミュッセの手稿なども調査された後である。先生の御専門は、既に十六世紀フランス・ルネッサンス期のラブレー研究にはっきりシフトされていた。そして、まさにそのために、二十一年の歳月をおいて改訳された『假面の人』は、副題に小さく『ロレンザッチョ』と記されてはいるが、先生のお仕事と言ってすぐに思い浮かべる人は少ないのではないか。

今にして思えば、このメディチ家の、一見ハムレットめかしてはいるが、遥かに危険な「テロリスト」の物語が、一国演劇史を超えて、極めて長い射程と危険なメッセージ性とを併せ持っていたことに、第二次大戦終結後四年目の日本の読者に気づけというのは、無理な注文であっただろう。左翼イデオロギー盛んなころの「新劇」において、「フランス物」を看板に掲げていた文学座は、まだ岸田国士も健在であった頃だし、十九世紀末から二十世紀初頭にかけての、演劇史が「同時代風俗劇」と呼ぶものを専門にしていたから、政治的にも、演劇的にも、こんな「やばい」芝居は、誰も注目しなかったのだと思う。五〇年代に入れば、サルトル、カミュ、アヌイの所謂(いわゆる)「実存主義演劇」が、フランス演劇の「新風」であり、「新劇」において「創造的」であろうとするなら、これがまずは学習すべき手本なのであった。

私自身、最初のフランス留学(一九五六~五九年)に際して、その前年一九五五年に帰国した安堂信也が、東京大学で開かれた「日本フランス語フランス文学会」の第一回大会で行った報告によって、ジェラール・フィリップ演出・主演の『ロレンザッチョ』が、国立民衆劇場（フランス語では略してTNP［テー・エヌ・ペー］）における画期的な成功事例であることを知らされたのであり、フィリップについては、その数年前だかに、フランス映画祭の折に来日した際、東京日仏学院でコルネイユの『ル・シッド』の、所謂「ロドリッグのスタンス」と『嘘つき男』の独白を朗読するのを聴いて、映画で観るのとは違う「舞台の俳優としてのフィリップ」を発見していたから、多分、新潮社版はフランス行きの荷物の中に入れて出かけたのだと思う。そして当然のことながら、新潮『世界文学全集』の二段組のページから見え隠れしていた日本語のミュッセと、シャイヨー宮劇場の広い舞台を支配したフィリップと国立民衆劇場の魅力との落差に、改めて複雑な思いを抱いたのである。因みに、フィリップのロレンゾが「演劇史的事件」であったのは、一つには、フィリップ以前には、初演のサラ・ベルナール以来、ロレンゾの役は女優が演じるという「決まり」があったからであり、フィリップはそれを初めて、しかも見事に覆したからである。

ところで、渡邊一夫先生は、私が仏文大学院の学生であった頃には、ミュッセのことなど、公にも私的にも、おくびにも出されなかったし、戦後の改訳ヴァージョンである『假面の人』の存在を知ったのは、恐らく帰国後であり、当時住んでいた阿佐ヶ谷の古書店で、不思議な本もあるものだと思いつつ買ったのではなかったかと思う。新潮社版に比べて、当然とはいえ、遥かに文体も精緻になっている改訳を読んでも、TNPの舞台の記憶は消えなかった。それは恐らく無意識的に、シャイヨー宮劇場で観たフィリップ版『ロレンザッチョ』の衝撃が、様々な疑問にもかかわらず、フィリップが一九五九年に肝臓癌で夭折するという事件も重なって、同時代人の多くの人々と同じく、「フィリップ亡き後では、もはや『ロレンザッチョ』はできない」という、《否定性の魔》に取りつかれていたからだと思う。

それは別の観点から想い起こして見ると、二十代半ばの二年半に及ぶ最初のパリ留学で観た芝居のうち、日本に帰ってから、もし演出の仕事が出来るような環境が整ったら、「是非自分の訳・演出でやってみたい作品は」と聞かれれば、躊躇(ちゅうちょ)することなく『ロレンザッチョ』と『繻子(しゅす)の靴』だと答えていたことと、言わば表裏一体をなしていた。いずれも役者が良くなくてはもたないだろうし、その前に、上演に耐えうる翻訳を作るのが、どのくらい大変な作業であるのかは、漠然とではあるが想像は出来ていた。それに、いま述べたように、『ロレンザッチョ』に関しては、「フィリップ効果」とでも呼ぶべきものがあまりにも強く、ほとんど呪力のように働いていたから、まずは、「フィリップのような役者は見つかるまい」という、必ずしも根拠がないわけではない悲観的見通しが先に立っていたし、『繻子の靴』に関して言えば、自分が、研究の上で選び取った劇詩人の「集大成的戯曲」なのであるから、これは、そもそも翻訳が可能であろうか、仮に翻訳が出来たとしても、バローの上演台本で満足すべきなのか、特にアントワーヌ・ヴィテーズが、一九八七年に「全曲版」を上演してからというものは、やはり上演するなら「全曲版」に挑むべきではないか、といった、これもまた障壁は幾つも立ちはだかって来たのである。

こうして、研究者としてはクローデルを選び取っていた以上、その一つの成果として、舞台上演を企てることは、それほど無謀なことではあるまいという思いもあったが、『ロレンザッチョ』のほうは、「フィリップ効果」の《厄払い》をしない限りは、到底「舞台の事件」とはなるまいと信じていた時間は長い。

それから舞台の現場に入るまでには、様々な紆余曲折があって、一九七〇年代には、観世寿夫をはじめとする能狂言の人たちと組んだ「冥の会」で、古代悲劇を上演するという機会に恵まれ、更に一九七九年からは、演劇集団「円」の企画委員・演出家という役割を、芥川比呂志の誘いで引き受けることになった。しかし、「新劇」の現場にコミットすればするほど、『ロレンザッチョ』も『繻子の靴』も、その舞台上の出現は、ひたすら遠ざかっていくばかりのように思われていた。

「生涯にどうしてもやっておきたい二作は『ロレンザッチョ』と『繻子の靴』だ」ということは、執拗に周囲の人々に語ってきたのだが、ある時、パリでどちらの舞台も観ていた日本人の友人の一人が、「でも、ひょっとすると、『ロレンザッチョ』のほうが出来てしまって、『繻子の靴』は大変かも知れない」と漏らしたことがあった。そして事実、現実はその通りだったのであり、一九九三年、つまり私の東京大学定年の年に――当時の定年は六十歳――、銀座セゾン劇場の企画として、『ロレンザッチョ』は、日本の舞台に出現し得たのである（この劇場では、三年前に、チェーホフの『かもめ』を演出している）。銀座セゾン劇場における「本邦初演」の舞台については、フランスからわざわざ見に来てくれたロマン派演劇の専門家アンヌ・ユベルスフェルド教授――彼女は、私が客員教授として教えに行った時に、パリ第三大学（新ソルボンヌ）の演劇研究科の主任教授であった――が、フランスの演劇専門誌 *Théâtre/Public*（演劇／観客）誌に書いてくださった劇評があるから、それを「解題」の最後に載せておいた。フランス演劇の傑作と言われる作品を、日本語で上演することについて、フランス人の専門家の批評を聞くことは難しいが、私の場合、幸いにも一九八六年に、ヴィテーズの招きで、先ほどから何度も名前を出したTNPが拠点としていたシャイヨー宮劇場で、ラシーヌの悲劇『フェードル』を上演するという幸運に恵まれたから、その時のフランスの劇評家たちの反応は、『《フェードル》の軌跡』（新書館、一九八八）として一冊の本にすることが出来たし、その反響は一九九九年の「ラシーヌ没後三百年記念」のポール＝ロワイヤル・デ・シャンにおける展覧会や、『ラシーヌ大全』のような刊行物にも残っている。また、日本で上演したジュネの二作についても、ヴィデオ映像からではあるが、《プレイヤード叢書》の『ジュネ全戯曲集』の編集者である演劇学者ミシェル・コルヴァン氏が、同全集の「演出の歴史」の中で、詳しく取り上げてくれている。従って、ユベルスフェルド教授の劇評も、単に儀礼的なものではなく、ロマン派演劇の専門家として、フィリップの舞台は言うまでもないが、ヨーロッパで演じられた『ロレンザッチョ』は、すべて見ておられ、しかもポケット・ブックの叢書で、この作品の校訂版を出してもおられる、専門家としての批評なのである。フランス演劇の専門家による「外部の視座」とでも言ったらよい批評的言説に他ならない。

ところで、上演の話に入る前に、出版のことについて、一言書いておきたい。

自分としては、『繻子の靴』の翻訳は、自分の研究対象であり、いわば「専門」として選んだ劇詩人であるから、いつかは例えば岩波文庫のような、息の長い刊行物として残しておきたいと思っていた。幸いにも、当時、ということは、一九八〇年代に、岩波の雑誌『文学』の編集長をしていた星野紘一郎氏のお蔭で、岩波文庫の企画は通っていた。ミュッセの『ロレンザッチョ』についてはそうは行かず、光文社古典新訳文庫が出来て、ロスタンの『シラノ』の新訳——これは二〇〇一年に演劇集団「円」の製作、橋爪功のシラノで演出・上演した——とともに、その中の一冊に入れてくださるというので、ようやく日の目を見ることになったのである。

もっとも、銀座セゾン劇場での上演に際して、そもそも『ロレンザッチョ』などという作品は、読んだことはおろかタイトルさえも知らないという観客が、恐らく絶対多数なのであるから、劇場販売用にと、朝日出版社の旧知、赤井茂樹氏の計らいで、上演台本を一冊の書物として、劇場で販売することが出来た。しかし、通常の「書物」とは異なる流通の回路であるから、今回の光文社古典新訳文庫版が、渡邊一夫先生のお訳以来、初めての、しかも、舞台上演という作業を経たテクストを基本にした「全訳版」として、日の目を見ることになったのである。

すでに触れたように、フランスの演劇史の中でも、『ロレンザッチョ』という戯曲の運命は特異である。作者二十三歳の時の「若書き」であるが、作者の生前には上演されず、初演は作者の死後三十九年を経た後のことであり、しかも、当時の「聖なる怪物」であるサラ・ベルナールが男装して演じ、それが以後も、慣習となるといった奇怪な運命を辿った。このような異様な受容史にもかかわらず、同時代の「ロマン派演劇」のなかでは、ほとんど唯一、二十世紀後半になって復活し得た戯曲であり、かつ、以後も生き続けている。同世代の巨匠であり牽引者であったユゴーの戯曲が、ほとんど上演に堪えなくなった時代に、唯一、古くならなかったどころか、未だに新鮮な驚きと発見を孕んでいるという、二十世紀前半までは予想もできなかった運命を辿っているのだ。これに比べれば、一九二五年に完成し、一九二八年から二九年にかけて刊行され、それでも「今後二十年は上演されまい」と作者自身が呟いていたが、一九四三年、つまり刊行時から数えて十四年で上演を見ることとなる『繻子の靴』などは、よほど幸運な作品のように見えてくる。この超長篇戯曲も、以後、ほとんど途絶えることなく上演されているのだから、二十五歳の極東から来た留学生が、この二作に標準を定めたのも、あながち的外れなことではなかったと思う。

その翻訳者としては、かつての日に、パリで「『ロレンザッチョ』と『繻子の靴』をやりたい」と心に念じた留学生の、二十代半ばの標準の定め方は正しかったように思うが、その実現の難易度については、友人の指摘にあった如く、意外なことに『ロレンザッチョ』のほうが先に上演され、『繻子の靴』については、八十三歳になってようやく、その「全曲版」を、京都造形芸術大学舞台芸術研究センターの企画として、京都芸術劇場「春秋座」で上演の軌道に載せることが出来るようになるという、これは「現場」に関わらねば予想のつかない時間の捩れを体験しているのである。

ともあれ、この「全曲版」の『ロレンザッチョ』は、その重要な部分に関しては、「舞台の試練を経て」いるということだけは言っておきたかった。そこには、視覚的に美しく、かつ極めて機能的でもある舞台装置——それはまさに「装置＝仕掛け"dispositif"」であった——を考案してくれた、今は亡き丸田道夫の演劇的な鋭い美的感覚と、HMIというハロゲン光源の照明と、ACという滑走路に使われていた過激な照明器材を駆使して、見事なルネッサンス・フィレンツェの、欲望と快楽の、汚辱と純潔の交差する空間を出現させてくれた服部基の「光の美学」があったし、スタッフもキャストも、恐らく以後は不可能であろうと思われる贅沢な才能の参加があった。先に触れたように、「解題」の最後に、この舞台を見てくださったフランス・ロマン派演劇研究の第一人者であり、この作品の校訂版を出してもおられるアンヌ・ユベルスフェルド教授が、フランスの演劇専門誌に書いてくださった劇評を再録したのも、台本作者・演出家としての感謝の気持ちを代弁して頂くためでもあった。

この「あとがき」の冒頭で、渡邊一夫先生のお仕事に拘ったのも、現時点から数えれば八十七年という歴史的時間の横断に、感慨を抱かざるを得ないからであった。ほとんど「欽定訳」となっている辰野・鈴木訳『シラノ』を、二〇〇一年に、上演を前提に更新した時や、鈴木信太郎先生の岩波文庫版『マラルメ詩集』を、一昨年、二十一世紀の「読み」に差し替えた「恩返し」とはいささか別の意味で、研究者としては余り交差するところがなかったが、フランス文学研究の厳しい師であった渡邊一夫先生のお仕事の一端を、歴史のページの中に組み込んだことに、やはり個人的な感慨を覚えざるを得ないからである。

最後になるが、新訳『シラノ・ド・ベルジュラック』以来、戯曲の翻訳・出版という厄介な作業を引き受けて来て下さった光文社古典新訳文庫編集部の中町俊伸氏に、改めて熱くお礼の言葉を申し上げたい。

二〇一六年四月　　　　渡辺守章

上演データ　スタッフ、キャスト連名と上演期間・場所

スタッフ

訳・台本・演出	渡辺守章
美術	丸田道夫
照明	服部基
衣装	渡辺園子
音響	深川定次
舞台監督	土岐八夫
演出助手	大河内日出雄
舞台監督助手	小山博道
	鈴木慎介
	飯田貴幸
	竹内章子
制作	澤木慶瑞
	松坂雅治

制作助手　内堀美佳
企画　堤　康二
企画・製作　銀座セゾン劇場

主な配役（表記の順は原作に倣った）

アレクサンドル・デ・メディチ　杉本哲太
ロレンゾ・デ・メディチ　堤　真一
コジモ・デ・メディチ　大木邦生
チーボ枢機卿　麿　赤兒
チーボ侯爵　醍醐貢介
モーリス卿　大林隆之介
ヴァローリ枢機卿　山田明郷
ジュリアン・サルヴィアーチ　渕野一生
フィリップ・ストロッツィ　辻　萬長
ピエール・ストロッツィ　黒田隆哉
レオン・ストロッツィ　渕野俊太

マフィオ／トマ・ストロッツイ　前田晃一
ロベルト・コルシーニ　塩附 智
パッラ・ルッチェライ　田中亮太郎
ビンド・アルトヴィティ　山本健翔
ヴェントゥーリ　田原正治
テバルデオ　明賀則和
スコロンコンコロ　ユキオヤマト
ジオーモ　佐戸井けん太
金銀細工商　小田 豊
生地屋　豊川 潤
アニョーロ／ピッポ　遠藤 雅
マリー・ソデリーニ　後藤加代
カトリーヌ・ジノーリ　栗田よう子
チーボ侯爵夫人　大輝ゆう
ルイーズ・ストロッツィ　真堂 藍
女官一　久邇瑳代子

女官二　内田幸子

ドイツ士官、兵士、町人、町人の妻、流刑囚など
手塚正人、西本泰輔、小和田貢平、村橋広章、芳賀綾平、河田哲広、塩附智、平井太佳子、福井照乃

一九九三年七月一日―七月二十四日
銀座セゾン劇場公演

本文中に、「私生児」という今日の観点からみて不快・不適切な表現が用いられています。現在では非嫡出子、もしくは婚外子と表記されるべきところですが、本書は十六世紀イタリアでの、歴史上実際にあった暗殺事件を題材にしており、物語の内容および時代背景等を考慮したうえで、編集部では原文に忠実に翻訳することを心がけました。侮蔑や差別の助長を意図するものではないことをご理解ください。

（編集部）

ロレンザッチョ

著者　ミュッセ

訳者　渡辺守章（わたなべ もりあき）

2016年8月20日　初版第1刷発行

発行者　駒井稔
印刷　慶昌堂印刷
製本　ナショナル製本

発行所　株式会社光文社
〒112-8011東京都文京区音羽1-16-6
電話　03（5395）8162（編集部）
03（5395）8116（書籍販売部）
03（5395）8125（業務部）
www.kobunsha.com

落丁本・乱丁本は業務部へご連絡くだされば、お取り替えいたします。
ISBN978-4-334-75336-8 Printed in Japan

いま、息をしている言葉で、もういちど古典を

長い年月をかけて世界中で読み継がれてきたのが古典です。奥の深い味わいある作品ばかりがそろっており、この「古典の森」に分け入ることは人生のもっとも大きな喜びであることに異論のある人はいないはずです。しかしながら、こんなに豊饒で魅力に満ちた古典を、なぜわたしたちはこれほどまで疎んじてきたのでしょうか。

ひとつには古臭い教養主義からの逃走だったのかもしれません。真面目に文学や思想を論じることは、ある種の権威化であるという思いから、その呪縛から逃れるために、教養そのものを否定しすぎてしまったのではないでしょうか。

いま、時代は大きな転換期を迎えています。まれに見るスピードで歴史が動いていくのを多くの人々が実感していると思います。

こんな時わたしたちを支え、導いてくれるものが古典なのです。「いま、息をしている言葉で」——光文社の古典新訳文庫は、さまよえる現代人の心の奥底まで届くような言葉で、古典を現代に蘇らせることを意図して創刊されました。気取らず、自由に、心の赴くままに、気軽に手に取って楽しめる古典作品を、新訳という光のもとに読者に届けていくこと。それがこの文庫の使命だとわたしたちは考えています。

このシリーズについてのご意見、ご感想、ご要望をハガキ、手紙、メール等で翻訳編集部までお寄せください。今後の企画の参考にさせていただきます。
メール　info@kotensinyaku.jp

光文社古典新訳文庫　好評既刊

シラノ・ド・ベルジュラック

ロスタン
渡辺　守章　訳

ガスコンの青年隊シラノは詩人にして心優しい剣士だが、生まれついての大鼻の持ち主。従妹のロクサーヌに密かに想いをよせるが…。最も人気の高いフランスの傑作戯曲！

アガタ／声

デュラス
コクトー
渡辺　守章　訳

記憶から紡いだ言葉で兄妹が〝近親相姦〟を語る『アガタ』。不在の男を相手に、電話越しに女が別れ話を語る『声』。「語り」の濃密さが鮮烈な印象を与える対話劇と独白劇。

オンディーヌ

ジロドゥ
二木　麻里　訳

湖畔近くで暮らす漁師の養女オンディーヌは騎士ハンスと恋に落ちる。だが、彼女は人間ではなく、水の精だった―。「究極の愛」を描いたジロドゥ演劇の最高傑作。

アンティゴネ

ブレヒト
谷川　道子　訳

戦場から逃亡し殺されたポリュネイケス。王は彼の屍を葬ることを禁じるが、アンティゴネはその禁を破り抵抗する……。詩人ヘルダーリン訳に基づき、ギリシア悲劇を改作したブレヒトの傑作。

三文オペラ

ブレヒト
谷川　道子　訳

貧民街のヒーロー、メッキースは街で偶然出会ったポリーを見初め、結婚式を挙げるが、彼女は、乞食の元締めの一人娘だった……。猥雑なエネルギーに満ちたブレヒトの代表作。

★続刊

脂肪の塊／ロンドリ姉妹　モーパッサン／太田浩一・訳

〝脂肪の塊〟とあだ名される娼婦と馬車に乗り合わせたブルジョワ、貴族、修道女たち。人間のもつ醜いエゴイズム、好色さなどを痛烈に描いた表題作と、イタリア旅行で出会った娘との思い出を綴った「ロンドリ姉妹」など、傑作全10篇を収録。

ゴリオ爺さん　バルザック／中村佳子・訳

出世したいと野心に燃える学生ラスティニャック、貴族に嫁いだ二人の娘に金を持たせるために破産したゴリオ爺さん、老獪な悪党ヴォートラン……。一癖も二癖もある面々が、パリのうらぶれた下宿屋を舞台に繰り広げる愛と欲望の物語。

ナルニア国物語①　魔術師のおい　C・S・ルイス／土屋京子・訳

魔法の指輪で別世界にやってきたディゴリーとポリーは、悪い魔女を誤って解き放ってしまう。また、別の世界ではナルニア国の誕生に立ち会うことになるが……。全世界で絶大な人気を誇るファンタジー年代記、ついに新訳で刊行開始！（全7巻）